FARMÁCIA DO AMOR DA FAMÍLIA BOTERO

Farmácia do Amor da Família Botero

Lee Sun-Young

TRADUÇÃO
Jae Hyung Woo

TÍTULO ORIGINAL 보테로 가족의 사랑 약국
The Botero Family's Love Drugstore

Copyright © 2022 by 이선영 (Lee Sun-Young)
Publicado originalmente por Clayhouse Inc.
Todos os direitos reservados. Nenhum trecho deste livro pode ser usado ou reproduzido de maneira alguma sem permissão, exceto por breves citações no corpo de resenhas ou artigos críticos.
Portuguese Translation Copyright © 2024 by VR Editora S.A.
Publicado mediante acordo com Clayhouse Inc. por intermédio de BC Agency, Seoul & Patricia Natalia Seibel, Porto.

GERÊNCIA EDITORIAL Tamires von Atzingen
EDIÇÃO Marina Constantino
ASSISTÊNCIA EDITORIAL Michelle Oshiro
PREPARAÇÃO Núbia Tropéia e Marina Constantino
REVISÃO Alessandra Miranda de Sá, Juliana Bormio e Letícia Nakamura
COLABORAÇÃO Bárbara Waida e Seyi Youn
ARTE DE CAPA studio forb
ILUSTRAÇÕES Ji-soo Ban
COORDENAÇÃO DE ARTE Pamella Destefi
ADAPTAÇÃO DE CAPA E PROJETO GRÁFICO Pamella Destefi
DIAGRAMAÇÃO Pamella Destefi e Douglas Kenji Watanabe
PRODUÇÃO GRÁFICA Alexandre Magno

**Dados Internacionais de Catalogação na Publicação (CIP)
(Câmara Brasileira do Livro, SP, Brasil)**

Lee, Sun-Young
Farmácia do amor da família Botero / Sun-Young Lee;
tradução Jae Hyung Woo. — São Paulo: VR Editora, 2024.

Título original: 보테로 가족의 사랑 약국
ISBN 978-85-507-0589-7

1. Ficção coreana I. Título.

24-229112   CDD-895.73

Índices para catálogo sistemático:
1. Ficção: Literatura coreana 895.73
Eliane de Freitas Leite — Bibliotecária — CRB 8/8415

Todos os direitos desta edição reservados à
VR Editora S.A.
Av. Paulista, 1337 – Conj. 11 | Bela Vista
CEP 01311-200 | São Paulo | SP
vreditoras.com.br | editoras@vreditoras.com.br

*Não há remédio para o amor,
a não ser amar mais.*
— HENRY DAVID THOREAU

*Não há remédio para o amor,
a não ser amar mais.*
— HENRY DAVID THOREAU

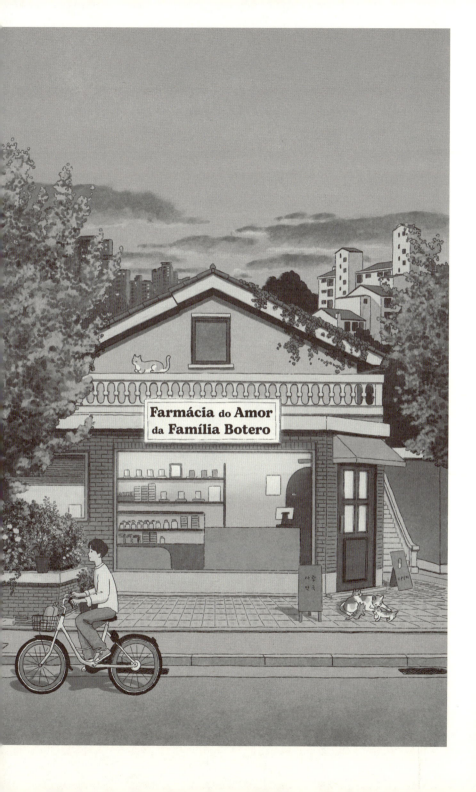

Sumário

Afrodite e Hefesto 11
O segredo de Hana 24
Cinturão Park, a casamenteira 37
Poção do amor 54
Personagens na pintura de Fernando Botero 68
Será isso um sinal de tentação? 84
Farmácia com música 99
Contrato de compra do produto 112
Por que se sente injustiçada? 126
Técnicas psicológicas para detectar mentiras 140
O que aperfeiçoa a alma humana 154
Sem-vergonha e irresponsável 170
Você tem olhos para quem? 182
Fenômeno do espelhamento 196
Eu passei a gostar muito dela 209
Descendente de Lilith 221
Nem precisava falar! 234
O amor está sempre certo 247
Perdoar é mais difícil que amar 261
Sombras de cada um, luzes de cada um 271
Sentindo-se conectados como um só 284
Som de um motor quente 297

Palavras da autora 311

Afrodite e Hefesto

Espremida numa antiga área residencial, a farmácia podia parecer um pouco estranha, ainda mais porque não havia nenhuma clínica médica por perto. Apesar de peculiar, o nome "Farmácia do Amor" era direto ao ponto e acertado.

Ali ficava um armazém de mais ou menos sessenta e cinco metros quadrados, construído alguns anos antes para ser alugado como depósito de alimentos mediante uma caução de dois milhões de wons e um aluguel mensal de trezentos mil wons. O lugar chegou a abrigar dois ou três inquilinos do ramo, mas, no final, fora deixado em péssimo estado. O armazém foi reformado e ali se inaugurou a farmácia.

Saindo da área residencial, além do mercado tradicional e da estrada de oito pistas, deparava-se com uma área urbana bem organizada. Diante da fileira de arranha-céus, havia hospitais e farmácias, e a estrada que ligava o bairro residencial ao centro da cidade se chamava "Estrada Infinita do Amor".

— Todo mundo sabe que aquele bairro é bom para os negócios, mas como se banca o depósito, as taxas e o aluguel de vários milhões de wons? Aqui está ótimo. O laboratório ficará no porão, e o térreo será a loja — disse a sra. Han com um sorriso satisfeito.

Naquele sorriso, havia certa crença de que Hyoseon se juntaria a ela. Mesmo assim, por que reformar um edifício construído havia quarenta ou cinquenta anos para abrir uma farmácia? Hyoseon balançou a cabeça com uma expressão de desaprovação.

Talvez por causa da empolgação da sra. Han, o pai de Hyoseon também estava animado. Era uma pessoa fechada, pouco dada a demonstrações, mas era possível adivinhar pelo brilho de suas bochechas, escondidas atrás dos óculos de armação de tartaruga e rechonchudas como as de um bebê. Talvez sua vontade fosse ainda maior do que a da sra. Han, que apenas encorajava muito o confuso pai de Hyoseon.

A obra acabara de terminar, e a farmácia estava ganhando forma. Voltando do trabalho, quando Hyoseon abriu a porta de vidro da farmácia, deparou-se com a sra. Han, de mangas arregaçadas, limpando o chão. Assim que passou pela porta de correr, a mulher lhe jogou um pano e disse para limpar as prateleiras. Hyoseon fingiu limpá-las.

— Esse lugar é nossa última esperança!

A expressão da sra. Han era solene, como se estivesse formando uma organização secreta.

— Você realmente acha que isso vai dar certo?

— Claro. Se você topar, com certeza será um sucesso.

Era impossível saber de onde vinha aquela confiança.

— Por que eu?

— Porque isso será a renda da nossa família.

Como assim, nossa? Desde quando viramos uma família?

Um suspiro escapou da boca de Hyoseon.

— E, então, o que você quer que eu faça?

— A ideia é fazer uso do seu diploma de terapeuta.

Hyoseon era musicoterapeuta e estava trabalhando numa clínica de saúde pública com um contrato temporário de um ano. Escolhera aquela formação porque considerava a carreira promissora, mas ainda estava longe de encontrar um emprego fixo. O trabalho a fazia pensar muito, pois ela enfrentava suas próprias feridas ocultas a cada paciente que atendia. Aprendera que o princípio da psicoterapia era reconhecer as próprias feridas. Talvez ela mesma precisasse de tratamento psicológico. Para uma pessoa saudável, sentir empatia pela dor de alguém enfermo é tão difícil quanto um camelo passar pelo buraco de uma agulha. Nesse sentido, talvez Hyoseon fosse o camelo que passou pelo buraco da agulha... De qualquer forma, as palavras da sra. Han sobre aproveitar o diploma de terapeuta de Hyoseon para administrar a farmácia pareciam não fazer sentido. Mas de nada adiantaria discutir com a sra. Han. Hyoseon terminou de limpar e seguiu direto para o porão, que a sra. Han batizara de "Laboratório do Amor".

O porão era o laboratório do pai desde que Hyoseon era pequena. Diziam que seu pai e a sra. Han compraram aquele terreno juntando todas as economias que tinham quando estavam para casar. Na época, a construção já tinha entre quinze e dezesseis anos, o que significava que então já tinha cerca de cinquenta anos. Naquele tempo, era indispensável que as casas de estilo ocidental tivessem um porão para a fornalha e para o armazenamento de carvão. Descendo pelas escadas do pátio, chegava-se a um porão com cerca de sessenta e cinco metros quadrados. À medida que o depósito de carvão, onde se amontoava todo tipo de coisas, foi se esvaziando, tornou-se naturalmente o domínio do pai. Assim como o andar de cima era o espaço de Hyoseon, e o primeiro andar era ocupado pela sra. Han. Os membros da família de Hyoseon se comportavam como óleo na água, a começar por seu espaço residencial.

Sempre que via o pai e a sra. Han, Hyoseon pensava em Afrodite e Hefesto da mitologia grega. Hefesto, o deus da sorte, que conquistou Afrodite, a deusa da beleza, não era muito bonito, mas extremamente habilidoso com as mãos, e por isso era chamado de deus dos ferreiros. Ao contrário de Hefesto, que vivia isolado do mundo e se concentrava apenas em seu próprio trabalho, Afrodite estava sempre seduzindo os outros. Talvez o conto de fadas "A Bela e a Fera" seja baseado nesse mito, pelo menos era o que Hyoseon achava. O que levou a bela sra. Han a se unir àquele pai bestial? Que tipo de truque a Fera teria usado para conquistar a Bela?

A julgar pela idade e pela aparência da sra. Han, seu pai devia ter se apaixonado à primeira vista. Ela vivia se referindo ao passado deles usando a impertinente palavra "truque". Era uma palavra sediciosa e intrigante, que podia ser usada para descrever uma conspiração, e talvez tivesse contribuído para que Hyoseon nascesse.

Seu pai, que estava se aproximando dos sessenta anos, havia pulado a fase da meia-idade e se reduzia a um homem velho. Ainda que os cabelos ressecados e a gordura abdominal se devessem à idade, os olhos semicerrados, a ponte do nariz encovada e os lábios grossos sempre estiveram ali, desde a juventude. Dizem que enaltecer a própria aparência é uma doença crônica masculina, mas o pai de Hyoseon era a exceção. Afirmar que a filha não se parecia com ele foi o melhor elogio que já lhe fizera. Mas a sra. Han estragara tudo quando disse que eles eram muito parecidos. Hyoseon se achava parecida com os dois. Quando jovem, era igualzinha ao pai, mas, conforme envelhecia, ia ficando mais parecida com a sra. Han. Dizem que o filho de um nobre só enriquece com o tempo. As palavras que o pai, que costumava falar pouco, deixara escapar sobre Hyoseon eram ainda mais significativas porque fugiam aos conhecimentos de quem durante toda a vida se considerou um estudioso das ciências, e podiam ser uma prova de que o amor que sentia por ela era capaz de cegá-lo. Como diz o ditado, até um ouriço acha seus filhotes lindos.

    Quando desceu ao porão, Hyoseon viu as costas do pai, com as nádegas se espalhando pelo topo de um banquinho. Seus ombros estreitos pareciam um pouco mais caídos a cada dia. Embora devesse ter ouvido a chegada dela, ele não se mexeu. Costumava ser professor de biologia em uma escola, mas deixara este emprego para ensinar matemática e ciências em um cursinho para alunos do ensino fundamental. A maior parte da renda dele ia para as pesquisas, então era a sra. Han, que era farmacêutica, quem sustentava a família. Alguns anos antes, quando já estava velho demais para exercer a função, fora demitido do cursinho. Para piorar a situação, a grande farmácia onde a sra. Han trabalhava reduzira o quadro de funcionários, e ela também estava desempregada havia alguns meses. Cansada de enviar seu currículo para farmácias, declarou que abriria uma. Mas só venderia fórmulas prontas, não seria uma farmácia de manipulação.[1]

Na verdade, a pesquisa a que o pai de Hyoseon se dedicava foi por muito tempo negligenciada pela sra. Han. "Aquela maldita pesquisa inútil que não acaba nem nunca dá em nada!" era uma das frases proferidas por ela com regularidade. Felizmente, o laboratório não estava envolto em mistério, nem guardado a sete chaves. Embora fosse a fortaleza do pai, não era uma área proibida e, mesmo quando era pequena, Hyoseon podia entrar e sair do porão sempre que quisesse.

Para a jovem Hyoseon, o laboratório era um espaço fantasioso o suficiente para estimular a imaginação. Parecia que os olhos de um sapo centenário e as sobrancelhas brancas de um tigre se combinariam para, misteriosamente, dar lugar a um mundo mágico. Hyoseon chegou a indagar se o pai era químico, e não biólogo, uma teoria que estava certa e errada ao mesmo tempo. Seu pai lhe contara que sua especialização era em bioquímica, uma área em que a biologia e a química se encontravam.

De qualquer forma, na época que frequentava o laboratório, Hyoseon estava em uma idade em que conseguia aceitar e absorver tudo o que via. Isso porque o mundo da fantasia e da magia se assemelhava muito ao ambiente do laboratório. No limiar da puberdade, à medida que seu conflito com a sra. Han se aprofundava, o laboratório foi deixando de

---

1 Na Coreia do Sul, as farmácias vendem remédios manipulados além dos medicamentos tradicionais. (N. E.)

lhe interessar. Depois disso, a pesquisa de seu pai passou a ser chamada de "truque" pela sra. Han, sem maiores explicações. Qual seria a conexão entre um truque e a pesquisa bioquímica que seu pai vinha realizando? O pai sabia muito bem que a pesquisa à qual dedicara sua vida estava sendo atacada com palavras maldosas e perturbadoras.

Nesse ínterim, a pesquisa conquistou alguns resultados discretos. Bastava ver que obtivera as patentes de alguns produtos desenvolvidos por ele. Purificadores de ar para repelir mosquitos no verão ou esponjas contra a umidade para a estação chuvosa chegaram a ser comercializados como produtos de uso cotidiano. Hyoseon sabia, porém, que seu pai não estava imerso em pesquisas só para conseguir a patente de produtos tão triviais.

Ela se aproximou do pai, que se dedicava ao truque sobre o qual a sra. Han tanto falava. Em uma bandeja empurrada de canto havia uma panela de níquel prateada e um recipiente para arroz instantâneo. Parecia ser o jantar dele. Para a sra. Han, que nunca foi boa com tarefas domésticas, a inauguração da farmácia devia ser a desculpa perfeita.

— Chegou agora do trabalho?

O pai se virou. Ele não tentava persuadir Hyoseon como a sra. Han, pois sabia que a filha se rebelaria se ele ficasse do lado da mulher. Se fôssemos medir sua afeição por Hyoseon, o pai e a sra. Han eram bem parecidos. A distinção era que, enquanto a sra. Han dizia palavras duras, o pai era apenas indiferente. Mas Hyoseon já ouvira algumas histórias. Diziam que, quando ela mal tinha completado dois anos de idade, fora levada para um orfanato, de onde o pai foi buscá-la no dia seguinte. Como pais, pelo menos os dois tinham o bom senso de não tocar no assunto. Mas foi uma história do passado que chegou aos ouvidos de Hyoseon pela boca de algum parente distante.

— Pai, é sério que seu jantar vai ser só comida instantânea? Pelo visto ela nem vai preparar o jantar só por conta da inauguração da farmácia.

— Esqueça isso. Sua mãe deve estar bem ocupada, correndo para lá e para cá sozinha. Mas você parece um pouco cansada. O trabalho está valendo a pena, pelo menos?

— Você sabe como é emprego terceirizado... o trabalho é árduo, o salário é apertado e não há garantia de futuro.

Os pequenos olhos de seu pai brilhavam como cacos de vidro refletindo a luz do sol enquanto a olhavam.

— Já que é assim, por que não considera o que sua mãe sugeriu?

Antes que Hyoseon pudesse refutar, o pai logo assumiu o controle da conversa. Citou como Hitler usou a obra de Wagner para incitar o povo alemão e disse que não havia nada que tocasse o coração das pessoas como a música. Ela compreendeu o que ele estava tentando fazer ao mencionar ditadores e chamar a atenção para a música, mas decidiu ignorar. O pai não estava de todo errado. A música era, ao mesmo tempo, só barulho e uma das poderosas forças da energia cósmica. Portanto, podia tanto contribuir para a criação do Universo como para a destruição de uma cidade. Ao mesmo tempo, tinha o poder de afetar a mente e o corpo. O humor de uma pessoa se transforma ao ouvir música devido à liberação de substâncias químicas como serotonina, endorfina, dopamina e adrenalina. A conclusão do pai era que os hormônios estimulados pela música tinham uma conexão profunda com a energia sexual. Hyoseon sabia que, com isso, o pai estava dizendo que sua pesquisa não era alheia à música. Provavelmente estava tentando persuadir Hyoseon como a sra. Han.

No meio da conversa, o pai se virou e, com uma pinça, tirou uma lâmina de baixo do microscópio e a colocou sobre um pedaço de vidro. O movimento exibia destreza. As células que se moviam na lâmina não eram visíveis a olho nu, mas deviam estar bem ativas. Certa vez, usando um microscópio, ele mostrara à jovem Hyoseon as células retiradas com um cotonete da boca dela. As células se contorciam e tremiam como ondas. Aos olhos da jovem Hyoseon, aquilo era fascinante e assustador ao mesmo tempo. Ela não conseguia acreditar que houvesse coisas parecidas com insetos em sua boca.

O pai queria que Hyoseon seguisse seus passos e se formasse em bioquímica. Embora ela tenha tentado por três anos, não conseguiu entrar na faculdade de ciências e engenharia que o pai queria que ela fizesse. Ele não perdeu as esperanças. Queria que a filha fizesse um curso superior de dois anos em higiene ou patologia clínica, pelo menos. No fim, Hyoseon escolheu uma carreira musical, destroçando as expectativas de seu pai. Considerando que a sra. Han era formada em farmácia, estava claro que Hyoseon era uma mutante. De certo modo, foi também uma maneira de Hyoseon se rebelar contra o pai e a sra. Han.

— A sra. Han mandou você falar comigo, não é?

— Por que você chama a sua mãe de sra. Han? Quando vai parar com isso? — O pai franziu o rosto. Tinha rugas profundas ao redor dos olhos e sobrancelhas grisalhas que pareciam recobertas de neve.

— Você sempre fala isso. Por que você se apaixonou pela sra. Han, pai? O que ela tinha? É só porque ela é bonita?

— De novo com essa de sra. Han. E por que você gosta tanto de Seungkyu? O que ele tem?

O contra-ataque do pai foi poderoso. Só de pensar em Seungkyu, a filha ficava com dor de cabeça.

— Como você mesmo disse, provavelmente é um efeito hormonal no cérebro.

Os hormônios do amor, como dopamina, feniletilamina, ocitocina e endorfina, eram semelhantes às substâncias geradas ao ouvir música.

— Exato, são apenas reações hormonais. O problema é que Seungkyu faz seus níveis de dopamina aumentarem, mas você não causa o mesmo efeito nele. Quando a dopamina sobe, ela é substituída pela feniletilamina, uma espécie de substância estimulante que, quanto mais alto seu nível, maior a excitação. Em outras palavras, quando uma pessoa se apaixona, sua temperatura sobe. Porque envolve desejo sexual.

— Se a temperatura corporal dele não sobe por minha causa, como você está dizendo, por que ele vem tanto à nossa casa?

Mas Hyoseon sabia que havia um fundo de verdade. Apesar de Seungkyu visitá-la com frequência, nunca encostara um dedo sequer nela. Ela não estava interessada na explanação do pai sobre hormônios, mas concordava com a conexão entre amor e calor, já que, quando olhava para Seungkyu, sentia o corpo todo esquentar.

Como seria o amor entre o pai e a sra. Han? O pai, que falava de termos celulares como núcleo, mitocôndrias e ribossomos e não tinha nenhum atributo físico digno de nota, devia ser um velho solteiro. Talvez a aparência e a idade não tenham nada a ver com as faíscas que se formam entre um homem e uma mulher. Mesmo o pai estando convencido de que o corpo humano era composto por vinte e nove elementos biológicos, não deixava de ser um homem com um forte desejo sexual, e era apenas o instinto que levava homens e mulheres jovens a fazer contato visual. Se o resultado foi o nascimento de Hyoseon, o amor entre os dois estava mais do que comprovado. Mas e aquela história de truque? A longa história entre a sra. Han e seu pai era um mistério sem solução.

— Você já se declarou para Seungkyu?

— Eu preciso mesmo confessar em palavras? Ele não sabe que eu o amo?

— Tudo se resume a dopamina e feniletilamina. Simultaneamente, são produzidas as moléculas de proteínas que ativam as funções reprodutivas. É uma substância semelhante ao hormônio que promove a ovulação e libera um óvulo do ovário. É a abundância deste hormônio que faz os adolescentes se interessam tanto por sexo... — O pai não mencionara Mun Seungkyu para saber das questões amorosas de Hyoseon. Estava apenas divagando para chegar ao cerne da questão. — Eu pesquiso substâncias com efeitos semelhantes há muito tempo...

Hyoseon sabia que, com a inauguração da farmácia, a sra. Han comercializaria uma substância que seu pai pesquisava havia muito tempo. Como o nome da farmácia revelava, a substância se resumia ao amor.

— O que raios é essa substância? Um impulsionador da libido?

O pai balançou a cabeça lentamente.

— Kisspeptina.

A resposta do pai foi curta. Seria aquela a verdadeira natureza do truque do qual a sra. Han falava?

— O primeiro estudo foi um sucesso. Na época, até chegou a chamar um pouco de atenção.

Foi numa época em que Hyoseon, que ingressara na Faculdade de Música se sentindo culpada por não ter atendido às expectativas dos pais, estava alheia às coisas que aconteciam em casa. Mesmo assim, ela tinha lembranças vagas. Seu pai recebera a visita de representantes de um laboratório e de um centro de pesquisa em biotecnologia, cujos nomes eram difíceis de lembrar. Entre eles, havia estrangeiros com cabelo e olhos de cores incomuns.

— Era uma substância que atuava na parte do cérebro humano relacionada ao amor. Um tipo de Viagra mental.

Seu pai também conduzira ensaios clínicos com o apoio do laboratório. Era uma nova droga, capaz de trazer estabilidade psicológica e confiança a quem se queixava de ansiedade relacionada a namoros e relações sexuais. Ele dizia que a kisspeptina, que estimulava as áreas relacionadas à libido no cérebro, seria excelente no tratamento para disfunção sexual e depressão.

— E por que você desistiu?

— Não se lembra do incidente? Um jovem que participou

do experimento me incriminou quando foi acusado de perseguir uma mulher por quem tinha uma queda? Hyoseon se lembrava de quando seu pai fora chamado a depor na delegacia.

— Então, por que você retomou a pesquisa?

— Mudei de ideia. Minha pesquisa pode ajudar as pessoas com algumas coisas. Sua mãe também ajudou a me convencer, é claro. Digamos que alguém pode se apaixonar, como é o seu caso com Seungkyu. Ao ingerir a substância que pesquisei, Seungkyu poderia se apaixonar ainda mais por você, sabe? Você não iria gostar se ele não apenas a amasse com o corpo, mas também com a mente?

Hyoseon ficou um pouco intrigada com as palavras do pai. Ela talvez aceitasse tudo aquilo se, com isso, pudesse ter Seungkyu, mesmo que fosse um truque. Talvez vendesse igual água para quem tivesse um amor platônico. Afinal, como o pai explicara, era uma ideia que saiu da cabeça de uma mulher que entendia bem dos assuntos mundanos.

— Você só vai continuar fazendo o que já tem feito. Seu trabalho de confortar as pessoas através da música. Analisar o coração das pessoas também é uma das propriedades da substância que desenvolvi.

Hyoseon viera ao laboratório do pai para recusar a oferta de uma vez por todas, mesmo que fosse só por causa da sra. Han. Mas, antes que percebesse, já estava meio convencida. As bochechas rechonchudas do pai ganharam um brilho suave. Ele também parecia ter percebido que Hyoseon estava se deixando persuadir.

O segredo de Hana

Fora um deslize. Não sabia que seu corpo reagiria tão rapidamente. Agora Hana estava amarrada à cama. *Que saco!* A sensação de estar em um túnel muito, muito longo era horrível. Era tudo culpa daquela musicoterapeuta.

Quando a terapeuta entrou no quarto do hospital, Hana sentiu um aperto no coração. Detestava as pessoas que apareciam para analisar a mente dela. Tinha a mesma resistência em relação à neuropsiquiatra. *Como eles acham que vão conseguir ler minha mente?*

Assim que a terapeuta entrou no quarto do hospital, se apresentou e estendeu a mão. Achava que o nome dela era Choi Hyoseon. Não havia uma única veia fina visível nas costas de sua mão gordinha. De repente, Hana sentiu vontade de pegar naquela mão e, por um momento, lembrou-se dele. O menino cuja pele era branca e macia, nada característico de um garoto. Hana também tivera vontade de segurar aquela mão. Ou melhor, talvez Hana quisesse que ele segurasse a dela. Até que teve seu orgulho ferido pela consideração dele, que manteve a boca fechada, mesmo sabendo do segredo de Hana.

A terapeuta dissera que conduziria cinco sessões de musicoterapia. Hana era obcecada por música. Sabia cantar *trot*[2] como ninguém, mas não apenas isso, também cantava músicas românticas, canções folclóricas, pop. Conseguia cantar qualquer música com facilidade se tentasse, e sentia muito orgulho de sua habilidade, ainda que seus pais quisessem que ela se dedicasse apenas aos estudos e nem prestassem atenção ao talento dela.

Hana teve uma boa impressão da terapeuta. Muito melhor do que a que tivera da neuropsiquiatra, que a garota achava péssima. Por ser musicoterapeuta, o ponteiro do marcador de simpatia de Hana chegou ao máximo. Digamos que era como enxergar um fino feixe de luz quando se estava em um túnel profundo e escuro. Podia ser um sinal de que algo bom estava para acontecer.

"Tudo neste mundo pode ser bom ou ruim, depende do ponto de vista", é o que a mãe dela costumava falar ao pai de Hana. Mesmo quando dizia coisas assim, sua mãe usava uma mistura de gírias e palavrões. Hana tinha consciência de que sua mãe era bem mais velha que seu pai e que, quando falava com ele, o fazia como se estivesse lidando com uma criança. Hana odiava quando Seri *unnie*[3] sorria com os olhos para o pai dela, mas, levando em conta somente a idade, o

---

2 *Trot* (트로트) é um gênero musical coreano que teve início no começo do século XX, caracterizado pela batida simples. (N. E.)

3 Os termos *unnie* (언니) e *oppa* (오빠) são usados apenas por mulheres para se referir, respectivamente, a mulheres e homens mais velhos de forma íntima. Os termos equivalentes utilizados por homens são *nuna* (누나) e *hyung* (형). (N. T.)

fato era que ela combinava mais com o pai da menina do que a própria mãe. "Woosik *oppa* só podia estar maluco. Como é que foi fisgado por Aechun *unnie*, que tem idade para ser mãe dele?", Hana certa vez ouvira Seri *unnie* conspirando sozinha. Hana achava horrível aquele jeito de falar de Seri *unnie*, que desprezava a mãe da menina, apesar de sempre baixar a cabeça na frente dela. Será que era porque Seri *unnie* também sabia do segredo de Hana, aquele que o garoto também sabia? Que era como o calcanhar de aquiles dela. Ela nunca imaginara, nem em seus sonhos, que isso viraria um bumerangue e voltaria para ela dessa forma.

— Você é tão pequena que parece um chihuahua — disse a terapeuta enquanto olhava para Hana.

Um cachorrinho com cabeça em formato de triângulo invertido e olhos redondos veio à mente da garota. A terapeuta tentava de tudo para fazer com que Hana falasse de alguma forma, um esforço que era admirável, ainda mais comparado com o da neuropsiquiatra, que mais parecia uma paciente.

— Olhando de perto, você se parece com aquela cantora... Como é que ela se chamava mesmo?

A terapeuta inclinou a cabeça. Estava dizendo que Hana se parecia com uma cantora? Hana decidiu que gostava daquela terapeuta. Esperava que a cantora fosse uma de suas *idols*, como uma das integrantes do grupo Twice, mas a terapeuta acabou por mencionar uma cantora francesa ou algo assim. Embora não fosse uma artista de K-pop, ela aceitaria ser parecida com uma cantora francesa. Hana balançou os ombros com confiança. Lembrou-se de quando o garoto lhe dissera para tentar virar *idol*. E, naquele momento, algo incrível aconteceu, até na opinião da própria Hana. Do nada, uma palavra escapou de sua boca.

Sua boca, que andava bem fechada como se seus lábios estivessem grudados, de repente se abriu. Por um instante, sua língua, que havia se enrijecido de choque quando ouviu a notícia do garoto, se destravou, seus lábios se abriram e deles saiu um som. A terapeuta olhou para Hana parecendo confusa. Ela também devia saber que Hana tinha afasia, mas disfarçou e continuou falando sobre a cantora. Algo sobre como a intérprete, que fora apelidada de "pequena pardal", era chamada de lenda da *chanson*. E que, embora fosse uma grande cantora, teve uma infância infeliz. A mãe vivia nas ruas e o pai era do circo, por isso a cantora foi criada pela avó, que era cafetina, e passou a infância com garotas mais velhas que trabalhavam como prostitutas. Assim como um filme, sua vida era cheia de altos e baixos. Quando deu por si, Hana percebeu que estava concentrada na história da terapeuta.

— Dizem que essa cantora não pôde ir à escola e que também não se dava bem com as prostitutas... Em nosso país, seria como se tivesse sofrido bullying.

A terapeuta deve ter achado a expressão de Hana preocupante. Então, a observou com cuidado e falou:

— Por acaso, você também sofreu bullying na escola?

O que essa terapeuta acabou de dizer? A frase desarmou um disjuntor e o fusível se apagou por um instante. Logo, tudo escureceu, e a cabeça de Hana disparou como se fosse uma bomba. O grito da terapeuta e o barulho da cadeira desabando pareceram tão distantes quanto um zumbido ao fundo. Hana não teve culpa. Era tudo culpa da terapeuta, que não deveria ter contado a ela sobre as coisas pelas quais a cantora conhecida como "pardal" havia passado. A mulher dissera que era musicoterapeuta, mas, pelo jeito, não só tinha a capacidade de penetrar nos pensamentos íntimos das outras pessoas, como também na vida delas. Pensando bem, ainda que a origem dos pais da cantora, uma moradora de rua e um integrante de circo, fosse incomum, os pais de Hana não eram exatamente motivo de orgulho.

A mãe de Hana era casamenteira. Diziam que dirigia uma agência de casamentos, mas era uma intermediária que atuava ilegalmente. Na agência de matrimônios onde Seri *unnie* trabalhava, esses profissionais eram chamados de gerentes de casais. Hana detestava Seri *unnie* e o cartão de visitas que ela sempre carregava consigo para mostrar onde trabalha. Mas também era verdade que ela parecia mais legal do que sua mãe.

O pai jovem de Hana também estava longe de ser uma pessoa comum. O próprio encontro entre sua mãe e seu pai já era uma história chocante. E Hana desabafara com o garoto sobre essa história familiar embaraçosa, movida pelo desejo de se aproximar mais dele.

Ao contrário de Hana, ele era uma criança comum até demais. Embora fosse um pouco rechonchudo e de pele extremamente branca, ele era o tipo de aluno-modelo que não chamava atenção. Suas notas eram um pouco acima da média, tal como sua aparência. A situação familiar dele também parecia ser mais ou menos, e isso chamou a atenção de Hana. Com o rosto quente e o coração pulando, estava convencida de que o amor prometido havia chegado. Embora fosse uma escola mista, meninos e meninas ficavam em turmas separadas, e ela nem sempre o via, o que a deixava ainda mais ansiosa. Hana convencera o garoto a ingressar no coral misto da escola. O garoto sorriu e consentiu sem falar nada, e o sorriso dele foi um sinal verde para Hana. Só o fato de poder mostrar suas habilidades de canto na frente do garoto fazia com que se sentisse a maioral. Eles se encontravam uma vez por semana do coral, mas não se aproximavam, nem se distanciavam. Angustiada, Hana tomou uma decisão: lembrou-se de Seri *unnie* dizendo que o álcool é um catalisador para o amor, então levou uma garrafa de *soju* para o ensaio. Hana esperava que o garoto ficasse embriagado, mas ele continuou sóbrio e só Hana ficou animada e começou a rir por tudo. Deixou escapar a história de sua mãe e de seu pai, que considerava um segredo de estado. O garoto ouviu em silêncio, de boca fechada. Hana tampouco se esqueceu de acrescentar: "Você é a primeira pessoa para quem contei isso". Num determinado momento, pôde sentir o braço do garoto envolvendo seus ombros delicados. Quando ficou sóbria, o arrependimento tomou conta dela como uma maré vazante, e Hana ficou extremamente envergonhada por ter revelado o calcanhar de aquiles. Passou a se distanciar do garoto e, justamente por isso, teve medo de que ele revelasse o seu segredo.

    Hana já odiava ter que responder a perguntas sobre sua família por causa desse segredo. Pensava que sua professora sentiria pena dela ao constatar a diferença de idade significativa dos pais e as circunstâncias que cercavam a sua vida.

A cada novo ano letivo, ela tentava mudar o jeito como era vista pela professora, dançando e cantando com desenvoltura na frente das colegas. Músicas e coreografias de *idols* do BTS, Twice, 2PM etc. eram o básico, e ela não teve dificuldade em assimilar o *trot*, que estava em ascensão.

— Aechun *unnie*, na minha opinião, ela não é do tipo que se dá bem nos estudos. Deixe a menina virar cantora — dissera Seri *unnie*, reconhecendo aquilo na garota. Embora fosse detestável, às vezes ela dizia algo útil.

— Não enche! Você não sabe que eu e Woosik vivemos pela Hana? Nós só temos olhos para ela. Vamos fazê-la estudar muito. E sabe por que não tive mais filhos? Para criar Hana muito bem.

— Você é engraçada, *unnie*! É claro que você não tem outros filhos. É preciso olhar para o céu para ver as estrelas.

Seri *unnie* era realmente odiosa. Parecia que gostava de descontar sua raiva pisando no calo da mãe de Hana.

— Cale a boca! Tem noção de que foi você quem ficou a ver navios?

É claro que Aechun não iria levar desaforo para casa. Depois de levar aquele chega pra lá da mãe, Seri *unnie* fora atazanar Hana.

— Está tudo bem com Woosik *oppa*, quero dizer, com o seu pai?

— Como é? — Hana ergueu os olhos.

— Quero saber se sua mãe e seu pai andam brigando.

— Está dizendo que minha mãe e meu pai são briguentos?

— Ora essa! Mas é claro. Já precisou vir até uma viatura policial por causa de uma briga entre os dois.
— E quando foi isso?
— Daquela vez lá...
— Não seja ridícula! Em que ano, mês, hora e minuto? *Unnie*, vê se para de prestar atenção no que acontece aqui em casa e cuida da sua vida!
— Mas que coisa! Custa falar de um jeito mais educado? Como assim, cuidar da minha vida? Que baixo nível. Há jeitos mais bonitos de falar. Sou uma gerente de casais!

Seri *unnie* agarrou a nuca de Hana. Não foi uma sensação muito agradável, mas ela estava certa. A briga que a mãe e o pai de Hana tiveram foi tão violenta que até uma viatura policial apareceu. Talvez fosse por isso que ela ficara tão irritada com Seri *unnie*. Mas o mais engraçado era que, quando o assunto era Hana, a mãe e o pai dela pensavam da mesma forma e pareciam um casal mais unido do que nunca.

O motivo da briga era sempre o pai. Era comum que ele voltasse para casa depois de passar dias fora, deixando a mãe de Hana revoltadíssima. Antes da tempestade, a melhor coisa a fazer era se abrigar, por isso naquele dia Hana logo foi para o seu quarto e fechou a porta. Na certa, a mãe iria agarrar o pai pelo colarinho. Comparado ao do pai, que era magricelo, o baixo-ventre da mãe, que tinha o apelido de "Cinturão Park", não era brincadeira. O ataque da mãe, alimentado pela energia que irradiava de seu abdômen, fez com que o pai caísse indefeso.

— E com que amigos você saiu desta vez?!

A voz da mãe em altos decibéis ecoou não só pela sala, como também pelo quarto de Hana. A reclamação da mãe sobre "amigos" em vez de "mulheres" era um repertório familiar aos ouvidos de Hana.

A vigilância da mãe sobre o pai ultrapassava a possessividade de um marido jovem. Hana sabia que a mãe amava o pai dez vezes mais do que era correspondida. E que o pai, que gostava de beber e de sair, lutava para escapar das garras da mãe, que, por sua vez, ficava preocupada por não conseguir prender o marido. Era uma esposa sedenta de carinho. Mas isso não significava que o pai já tivesse causado problemas com outras mulheres.

Um dia, Hana quis dar um conselho real sobre a falta de afeto de sua mãe.

— Mãe, sabe de uma coisa?

— O que é? Eu sei de tudo, menos do que não sei.

Embora a mãe julgasse saber de tudo sobre amor e casamentos entre homens e mulheres, sempre perdia para Hana. Ou melhor, fingia que perdia. Devia ser por conta do amor incondicional que os pais sentiam.

— Mãe, você tem um caso sério de dependência em relação ao pai.

— É, pode ser. Mas também é verdade que seu pai está com a cabeça em outro lugar.

Como a mãe estava se mostrando receptiva, Hana achou que concordariam em tudo. Mas a mãe se mostrou surpreendentemente impassível. Seria aquilo uma comprovação de que a dependência do marido era grave? Seria normal ter ciúmes de mulheres, mas o alcance do ciúme de sua mãe se estendia aos amigos. E já fazia muito tempo que Hana se cansara das brigas dos pais.

espécie de vingança tímida de Hyoseon? Por dentro, Sooae reprovou o comportamento, balançando a cabeça.

— Ah, é a mãe. De qualquer forma, como a paciente é uma moça jovem, preste bastante atenção. Se ela cair com esta fratura, pode sofrer grandes danos estéticos.

Estéticos? Será que tinha como ficar pior do que já era? Se Sooae fosse dizer a verdade, mesmo falando da sua própria filha, diria que a aparência de Hyoseon era lamentável. Dizem que até os ouriços acham seus filhos bonitos, mas Sooae não concordava com essa afirmação. *O que é feio é feio. Se achar alguém bonito só porque é seu filho, seus olhos estão com algum problema.* Sooae espiou Hyoseon pelo canto do olho. Se a farmácia se saísse bem, ela bancaria uma cirurgia plástica para a filha. Seria bem caro, mas seria uma boa oportunidade para mandar Hyoseon dar um pé na bunda de Seungkyu, que não valia nada.

— Minha mãe é tão preocupada com a própria aparência que não tem interesse na da própria filha — Hyoseon zombou com uma expressão cínica. O médico ficou tão pasmo que só conseguiu rir. As duas saíram do consultório.

— Mas que pancada, hein? Você é incapaz de se comportar? Precisava mesmo dizer essas coisas de mim, que vim correndo e deixei a farmácia toda bagunçada? Faz ideia de como é difícil cuidar da inauguração da farmácia sozinha, já que ninguém me ajuda? — Sooae acabou explodindo.

— É mesmo? Nossa, você veio tão rápido. Não sei como teve cabeça para se maquiar mesmo sabendo que a filha estava no pronto-socorro sangrando muito.

Era por isso que Hyoseon estava de mau humor.

— E você? Está orgulhosa de ter levado uma cabeçada de uma pirralha? Nem ganha grande coisa para isso. — É claro que Sooae era incapaz de dizer palavras gentis.

— Eu sabia. Lá vem você com esse papo de dinheiro outra vez. Vê se para de ficar sorrindo para o médico. Isso me deixa envergonhada.

Que situação insuportável. Tal pai, tal filha. Até mesmo Hyoseon a estava repreendendo por causa de homens.

— Isso mesmo, eu sou louca por dinheiro. Você acha que se formou na faculdade e tirou o certificado de musicoterapeuta com o dinheiro de quem? Mas deixa isso pra lá. O que você vai fazer agora? Se for fazer tratamento oftalmológico, vai ter que se ausentar do trabalho. Não tem como deixarem vago o cargo de trabalhadora temporária.

Sooae omitiu as próximas palavras. Para que Hyoseon também entendesse, se tivesse a cabeça no lugar.

— E o que você quer que eu faça?

— O que mais? Trabalhar na farmácia usando a formação que você obteve com o meu dinheiro, que ganhei com muito sacrifício. — Hyoseon ficou sem palavras, com uma expressão taciturna. — Vamos tentar nós três. Vamos dividir os lucros.

Sooae não pôde deixar de rir de si mesma depois de dizer aquilo. *Como assim, nós três?* Havia amor familiar suficiente para uni-los? Embora não tenha dado uma resposta concreta, Hyoseon parecia estar oitenta por cento convencida.

As duas voltaram para casa. Hyoseon subiu até o último andar pela porta principal, e Sooae entrou pela porta de vidro externa criada para ser a entrada da farmácia. O marido não parecia ter saído do porão enquanto ela estivera no hospital. Sooae pegou uma vassoura e varreu os cacos de vidros. Se seu marido a tivesse visto, já teria começado a gritar com ela. Mesmo aparentando ser uma pessoa boa e gentil no dia a dia, uma vez que o sangue lhe subia à cabeça, tornava-se esquentado e fora de controle. Sooae soltou um longo suspiro.

Personagens na pintura
de Fernando Botero

Seri passou diante da "Farmácia do Amor". Na rua ventava frio, mas a luz que vinha da farmácia parecia quente. Lá dentro, um homem bem velho lia um livro com os óculos de aro de tartaruga abaixados. A localização da farmácia, que ficava entre duas casas simples, era incompreensível. O nome comercial também não parecia nada vantajoso. Existiam muitas outras palavras mais sofisticadas. Alguns poucos nomes que vieram à mente de Seri já eram melhores que aquele: Farmácia Medicinal, Farmácia Estrada do Amor, Farmácia Cruz Verde etc.

O local costumava ser um armazém de alimentos. Caixas de isopor e papelão ficavam empilhadas do lado de fora, na rua. Então, certo dia, a grade de alumínio permaneceu fechada, e o lado de dentro, escuro. Bem ao lado da grade ficava a porta de uma casa, e parecia ser uma casa antiga, semelhante às outras.

Esse armazém agora fora transformado em uma farmácia. Parecia que um dinheiro razoável fora despendido na reforma, pois a frente da farmácia era toda feita de vidro.

Até se destacava do entorno. Como se uma foto colorida tivesse sido colocada em um álbum de fotos sépia e desbotadas da década de 1980. A farmácia parecia uma mutação.

Ao sair da área residencial repleta de casas antigas e atravessar a estrada principal, era possível ver a selva de edifícios do centro da cidade. O local de trabalho de Seri, a agência de matrimônios, também ficava ali. Embora trabalhasse como gerente de casais autônoma, o desempenho de Seri na formação de casais era tão bom quanto o de um funcionário registrado. Além dela, havia mais alguns autônomos. A empresa agora abrira uma vaga permanente, fazendo com que os prestadores autônomos competissem entre si. Seri estava tão focada no seu desempenho que nem sequer tomava café com os colegas autônomos, travando uma guerra psicológica.

Assim que um cliente entrava na agência, começava a competição entre os gerentes de casais. Até que tivesse marcado um determinado número de encontros com alguém que correspondesse aos critérios estabelecidos pelo cliente, ela devia agir como se estivesse dando ao cliente todo o suporte necessário. Só assim conseguiria atrair milhões de wons em taxas de adesão. Quando nenhum encontro parecia dar certo, os gerentes ficavam frustrados e se concentravam apenas em cumprir a meta pré-estabelecida. Nesse ponto, Seri até costumava pedir ajuda a Aechun.

Mas agora até Seri sabia que ela nunca teria a chance de conseguir a vaga. Seri, que só tinha o ensino médio, não preenchia as qualificações para uma vaga permanente. Foi tolice ter acreditado no discurso da empresa de que a formação acadêmica não era importante para juntar casais.

Quando percebeu que a vaga era inalcançável, Seri passou a recorrer a alternativas apenas para bater a meta de casais formados. Quando não tinha boas combinações ou os encontros não davam certo, se aproveitava dos muitos contatos que tinha nesse meio, pois Aechun *unnie* já lhe apresentara a várias pessoas, e ia atrás de alguém para tapar os buracos. Mesmo pagando pelo serviço por fora, como a taxa de adesão era alta, a negociação ainda era vantajosa. Já tinha chegado a receber uma taxa de apresentação equivalente à taxa de adesão dos casais formados sem o conhecimento de ninguém. A empresa, que usava a vaga fixa como isca para Seri, era tão ruim quanto ela, que ganhava por fora se aproveitando de seu cargo de autônoma.

Os gerentes de casais na agência matrimonial sempre tentavam esses truques, mas Aechun estava em um nível diferente. Ela não apenas se esforçava até que o casal tivesse sucesso, mas também oferecia aconselhamento para evitar brigas e serviços de acompanhamento. Aechun era uma força poderosa que não podia passar por uma simples gerente de casamentos. Mas, nos últimos tempos, seu brilho estava apagado por causa da filha.

Seri passou em um delicioso restaurante de mingaus perto da empresa e pegou um para viagem. Parecia que o estado de Hana tinha piorado e ela sofrera uma convulsão, depois de ter dado uma cabeçada no olho de uma terapeuta. Por causa disso, Aechun e Woosik estavam em frangalhos. A porta do apartamento cento e cinco estava aberta. Pelo visto, esqueceram até mesmo de trancá-la. Quando Seri abriu a porta, a primeira coisa que viu foi um homem e uma mulher gordos pendurados na parede da sala. Era uma pintura de Fernando Botero que fora presente de Seri.

Aechun, que estava deitada no sofá da sala, se levantou devagar. Ela parecia ter envelhecido muito desde a última vez que se viram, a ponto de Seri acreditar que ela tinha quase a mesma idade da mãe de Woosik. "Onde Woosik *oppa* estava com a cabeça para ficar com uma velha assim", foram as palavras que Seri engoliu. Em qualquer outro momento, ela teria expressado seus verdadeiros sentimentos sem nenhum filtro. Aechun também não ficaria só ouvindo. Ela teria nocauteado Seri, proferindo cobras e lagartos. As duas diziam coisas de todos os tipos possíveis e impossíveis, até que se reconciliavam sob o tilintar de copos de bebida. De qualquer forma, levando em consideração o momento atual, era melhor manter a compostura.

Naquele ramo, Aechun não era uma pessoa qualquer. Só de observar a completa diferença na maneira como ela lidava com pessoas aleatórias e clientes de alto nível era o suficiente para fazer Seri segurar a língua. O homem da outra vez, o funcionário público, também já estava indo para o terceiro ou quarto encontro.

— *Unnie*, trouxe mingau para você. Coma e veja se melhora.

Seri ofereceu um saco de papel contendo o mingau para Aechun.

— Nossa Hana está daquele jeito no hospital. Como é que eu vou ficar comendo, sendo mãe dela? Estou sem apetite.

Aechun sacudiu a mão. Seri olhou atentamente para ela. As coisas pareciam estar indo até que bem para o casal formado pelo funcionário público e a professora do ensino fundamental I, até que chegou uma reclamação da mulher. Seri precisava se aconselhar com Aechun sobre como resolver o problema. A confiança de Aechun também era fundamental para que ela pudesse resolver os problemas do casal. Já que Aechun conseguira transformar seu caso de amor com Woosik em casamento, para ela seria moleza formar todos os casais do mundo.

— Dizem que aquela malcriada falou alguma coisa no dia que atacou a terapeuta. Mas parece que ninguém ouviu.

— Nossa?! Quer dizer que a afasia de Hana foi curada?

— Isso é o que eu não sei. Parece que ela falou com a terapeuta, mas manteve a boca fechada desde então.

— *Unnie*, vá ver essa terapeuta. Você não tinha dito que iria visitá-la e pedir desculpas?

— Você nem precisava falar. Mas quando Woosik foi conversar no hospital, disseram que a terapeuta havia se desligado do lugar, sabe?

— Será que foi por causa de Hana?

— Ela deve ter ficado em choque porque ficou com os olhos do tamanho de uma bola de golfe.

— Pois é. Hana precisava mesmo controlar o próprio temperamento. Fica igualzinha a você quando começa a aprontar, não é? *Oppa*, por outro lado, é tão gentil.

— Cale a boca! Quando parece que está sendo boazinha, você sempre acaba falando alguma besteira.

— Me desculpe.

— A propósito, você não ouviu nada a respeito de Hana? Antes de ela ser internada. De repente, sem que a gente soubesse, ela já estava com um problema. Tente lembrar se ela não deixou escapar alguma coisa para você.

— Será que é porque o *oppa*, quer dizer, o pai dela fez aquilo?

Aechun ergueu os olhos. Era algo sobre o qual evitava falar até mesmo entre os familiares e, por isso, nunca tinha conversado abertamente a respeito com Seri.

— De jeito nenhum. Não é possível que tenha tido uma convulsão e feito coisas tão terríveis com uma faca por causa disso...

— Para onde o *oppa* foi?

— Alguém precisa trabalhar, apesar de tudo. Foi trabalhar na casa noturna.

Ela soou como se não tivesse outro jeito, já que aquilo era a única coisa que ele sabia fazer. Woosik também devia estar muito preocupado com Hana. Apesar de o casal sempre brigar por questões de incompatibilidade, quando o assunto era Hana, eles trabalhavam juntos. Talvez fosse por isso mesmo que Seri detestava Hana.

— É claro que você também não deve tê-lo deixado em paz, *unnie* — acabou soltando Seri, já que sabia que Aechun era impiedosa com o dinheiro.

— Ei, Lim Seri! Pare de fingir que se importa com Woosik. Ele saiu porque quis. Eu preferia estar ganhando dinheiro por conta própria, mesmo sendo chamada de casamenteira. Você acha mesmo que eu gosto que ele vá? Eu também não gosto. Fico com o coração agoniado porque não se sabe quando ele pode aprontar outra loucura.

Apesar de discutirem por causa dele, tanto Aechun quanto

Seri ficavam apreensivas com as loucuras que Woosik poderia cometer.

— Justamente porque você fica cutucando o *oppa* assim é que ele deve ter escolhido fazer aquilo. É tudo por sua causa. Aff! Eu não aguento.

— Olha só como fala. Por acaso você tem que aguentar alguma coisa? Nossa Hana já faz a gente sofrer tanto, mas você tinha que vir mexer na ferida? — gritou Aechun.

Woosik não se interessava por Aechun ou Seri, muito menos por outras mulheres por aí. Ele dizia que tinha se submetido voluntariamente à castração química. O problema era que, muito tempo atrás, Aechun levara Woosik para a cama... Não. Esse também não era o problema. Era apenas um assunto de família. O maior problema eram os sentimentos de Seri em relação a Woosik. Se, em primeiro lugar, Seri não nutrisse uma paixão por Woosik, Aechun não teria ficado com ciúmes e também não teria ficado chateada com aquela história da castração química.

— *Unnie*, sinto muito! Mas bem que ele podia ter perguntado o endereço da terapeuta lá no hospital.

— Eu consegui o endereço dela. E você sabe onde fica a casa dela?

— Onde?

— Nesta rua. É no lugar de que te falei da última vez. A farmácia nova.

— Quer dizer a Farmácia do Amor? É sério que é lá?

— É o que estou dizendo.

— Mas que coisa! O mundo é tão grande e tão pequeno ao mesmo tempo.

— Mas aquela farmácia parece um lugar estranho.
— Estranho? O que pode haver de estranho em uma farmácia?
— Dizem que vende remédios relacionados ao amor ou algo assim.
— Quer dizer que não é apenas um nome chamativo? É uma farmácia que realmente vende amor!?
Apesar de ser uma farmácia, não havia nada de estranho em vender amor, certo? Foi o que Seri se perguntou. Se fôssemos questionar isso, tanto Cinturão Park, que era casamenteira, quanto Seri, que era gerente de casais, eram pessoas que trabalhavam com coisas relacionadas ao amor. Mas ninguém as chamaria de estranhas por conta disso.

Pelo contrário, a vida de Seri era mais absurda que seu trabalho. Seri tinha trinta e poucos anos e já passara por muitos altos e baixos. Antes que seu pai, um engenheiro, perdesse um braço devido a uma descarga elétrica e se tornasse uma pessoa com deficiência de segundo grau, Seri era feliz. Ela tinha talento para desenhar e frequentou uma escola de ensino médio voltada às artes. Mas o infortúnio era como as faturas do cartão de crédito, que vinham uma atrás da outra. Seu pai, pessimista em relação à própria condição, passava os dias bebendo, e sua mãe ganhava a vida fazendo bicos, até que começou a sofrer de hipertensão e diabetes. Ela tentava se curar injetando insulina em si própria, mas ficou com a metade do corpo paralisada. Num inverno extremamente frio, seu pai, que saíra para beber, morreu congelado entre os desabrigados na estação Seul. Como Seri não tinha dinheiro para o funeral, o pai acabou sendo enterrado como se não tivesse família. Isso aconteceu quando Seri acabara de se formar no ensino médio, sendo aceita numa faculdade de belas-artes. Mas estudar era um luxo com o qual ela nunca poderia sonhar.

Depois de alguns empregos de meio período, conseguiu trabalho como secretária e contadora de Aechun por indicação de um parente distante. Seri precisava cobrir as despesas da casa de repouso da mãe e não tinha condições de escolher com qual emprego ficaria. Sentiu uma forte afinidade com Aechun graças às adversidades que a nova chefe já enfrentara, sobre as quais ela falava frequentemente, que as lembravam de sua própria vida. Mas nem sempre era fácil agradar Aechun, com seu temperamento forte.

Nos dias em que era duramente criticada por Aechun, Woosik a confortava dando-lhe uma lata de cerveja. Woosik já era um homem comprometido quando Seri o conheceu. Um homem casado que tinha uma filha. Mas não dizem que o amor não tem fronteiras nem idade? Na época, Seri não tinha ideia da extraordinária história daquele casal formado por Woosik e Aechun. Embora houvesse uma grande diferença de idade, eles tinham uma certidão de casamento, uma filha e uma família funcional. Ninguém pensaria uma coisa daquelas.

O olhar de Seri repousou na mão de Woosik, que lhe entregava uma lata de cerveja. Os dedos longos e finos dele eram tão brancos e límpidos, com veias verde-claras aparecendo sob a pele, que era difícil acreditar que pertenciam a um homem. Eram dedos perfeitos para segurar um lápis 4B e desenhar em uma tela em branco. A voz baixa e lenta dele também chamava a atenção de Seri. À primeira impressão, alguns diziam que Woosik era um homem patético e franzino que não se alimentava direito. Na verdade, era isso mesmo. Sua aparência era simples; o físico, desleixado. Era difícil encontrar algum charme nele.

— Você sabe que, mesmo sendo temperamental, Aechun não é uma má pessoa, certo? Aliás, qual é mesmo seu nome?

— Sou Seri.

— Ah, Sae... ri...

Aos olhos apaixonados de Seri, até a falta de jeito de Woosik era admirável.

— Não é SA-E. É SE. Só com E. — Como Seri queria ressaltar que seu nome era sofisticado, fez questão de enfatizá-lo.

— Ah, entendi. Não é SAE-ri, e sim Seri. E qual é o seu sobrenome?

— Não quero falar o meu sobrenome. Meu pai escolheu esse nome para mim porque queria que eu me tornasse uma pintora. Mas, no final, ele não fez nada por mim, exceto me deixar seu sobrenome. Por isso, eu odeio meu pai. Mas ainda gosto do meu nome. Não parece nome de cachorro? Se é para viver assim, na minha próxima encarnação, acho que prefiro nascer como cachorro de madame. Fico com muita inveja quando vejo casais jovens que casam bem. Têm pais decentes que lhes dão de tudo, estudam bastante, correm atrás dos seus sonhos e, ainda por cima, arranjam bons cônjuges. É uma vida muito feliz.

— Seri, você se coloca muito para baixo. Você ainda tem muito futuro pela frente. Não pense assim. Até pessoas como eu conseguem levar a vida... — Woosik confortou Seri com uma expressão amarga.

Ele não combinava em nada com a agressiva e rude Aechun. Todo casal que parecia não combinar certamente tinha uma história. A frase de que um gol pode ser marcado com ou sem o goleiro passou pela cabeça de Seri, como se fosse um provérbio. Enquanto aprendia a trabalhar naquele ramo com Aechun, ouvira muitas outras histórias. Nenhum casal estava garantido até que dissessem o "sim". No entanto, muitos casais se separavam na lua de mel. Às vezes, um deles estava entregando o coração a outra pessoa. Mesmo duas pessoas perdidamente apaixonadas podiam se tornar inimigas mortais quando viviam sob o mesmo teto. Era a peça que a vida pregava.

Um dia, Seri deu de presente a Woosik uma pintura de seu artista favorito, Fernando Botero, fazendo graça ao sugerir que o *oppa* poderia engordar para ficar mais parecido com a *unnie*. Aechun gostou mais da pintura do que Woosik, e o quadro passou a ocupar a parede da sala.

— Sua oferecida maluca! Você gosta do Woosik? Vai tirando o cavalinho da chuva.

Aechun percebera antes de Woosik. Como será que ela tinha descoberto? Na hora, Seri ficou nervosa, preparando-se para ser segurada pelos cabelos. No entanto, Aechun parecia mais calma do que o esperado.

— Você já deve ter ouvido falar que o amor não conhece limites. Mas esse ditado é ultrapassado. Hoje em dia, ninguém mais ama ninguém.

Que tipo de charada era aquela? Não ficou clara a intenção

de Aechun ao trazer o assunto à tona. Seri começou a sentir enxaqueca.

— *Unnie*, eu sinto muito. Juro que não se passou nada entre mim e o *oppa*.

— É claro que não! E é claro que você sente muitíssimo. Mas, Seri, só quero que você saiba que errou o alvo por muito, mas muito mesmo.

Era verdade que ela errara feio. Afinal, estava de olho em um homem casado que tinha inclusive uma filha.

— A questão é que Woosik é um homem que não vai se interessar nem se todas as mulheres do mundo fizerem um show de striptease. Você entendeu? O que estou dizendo é que não adianta ficar toda de risinhos na frente de Woosik, pois ele não vai cair nessa.

Aechun era excelente em convencer os outros com histórias fáceis de compreender. Essa era a maior qualidade dela como Cinturão Park. Sua habilidade de fidelizar os homens e as mulheres bonitas que chegavam querendo encontrar um cônjuge perfeito até que conseguissem esse feito era incomparável. Mas aquele era um discurso longo demais para explicar o quão orgulhoso Woosik era e como ele nem prestava atenção às mulheres que havia por aí. Fosse como fosse, ele não se apaixonara por Aechun? Será que ela estava na verdade se gabando de ter Woosik para si?

— Você sabe o que é gay, certo?

Seri que balançava a cabeça, refletindo sobre as intenções de Aechun com aquele papo foi pega de surpresa. Ficou atordoada por um momento e estreitou os olhos. "Quem é que não sabe o que é gay? Isso é uma coisa apropriada para se dizer neste momento? O que isso tem a ver?", Seri queria retrucar.

— Woosik é gay.

Seri ficou tonta e sentiu como se todo o seu cérebro estivesse derretendo. Como Aechun se casara com um homem gay e dera à luz Hana? No final, Seri não conseguiu perguntar a Aechun. Concluiu que, como Aechun dissera, o amor não conhecia limites e transcendia a barreira da sexualidade, assim como não fazia distinção entre os sexos. Se Woosik era gay, a história de como se apaixonara por Aechun permanecia o maior dos mistérios.

— Será que é uma farmácia especializada em medicamentos como o Viagra?

Esse era o limite da imaginação de Seri quanto à estranheza da Farmácia do Amor.

— Bem, acho que não é isso. Dizem que o produto deles consegue estimular o coração, ou algo assim.

— E como você sabe disso, já que nem esteve lá?

— Woosik, ou melhor, o pai de Hana que pesquisou.

— Na internet?

— Sim. Bem, ele disse que havia uma propaganda da farmácia nas redes sociais.

— Mas o que a terapeuta de Hana está fazendo lá?

— Não sei.

— E o farmacêutico?

— Eu vi uma farmacêutica algumas vezes enquanto passava. Uma mulher linda de jaleco branco, cuidando da farmácia.

Seri se lembrou do velho que vira na farmácia no caminho.
— Tem um velho também, não tem?
— Um velho?
— Sim. Eu vi um homem velho e gordo, que se parece com o homem do quadro do Botero, sentado na farmácia. Deviam chamar de Farmácia Botero, em vez de Farmácia do Amor — Seri disse rindo, mas Aechun não lhe deu muita atenção.

Ela respondeu qualquer coisa sem entusiasmo e puxou para perto o mingau que Seri havia comprado. Por mais que estivesse sofrendo, Aechun não conseguia resistir à fome.

— *Unnie*, por favor, coma um pouco — disse Seri.

— Estou com fome mesmo. Acho que vou dar algumas colheradas.

Relutante, Aechun abriu a tampa do pote de mingau. Dissera que estava sem apetite e que daria apenas algumas colheradas, mas acabou com tudo em um instante. Era por isso que as pessoas a chamavam de Cinturão Park. Era uma pena que Woosik *oppa* morasse com uma mulher assim. Enquanto pensava como Aechun era ridícula, um sorriso suave transpareceu no rosto de Seri, que sentia pena de si mesma. Ela não conseguia entender o que se passava com ela: mesmo sabendo que Woosik tratava as mulheres como se fossem de pedra, ficava se comparando com Aechun, pensando em como era uma mulher melhor que a outra em muitos aspectos.

— Ei! Você pensou mal de mim agora, não pensou? Acho que é por isso que engordo.

Aechun fez um gesto com o punho que segurava a colher, repreendendo Seri. Embora o gesto fosse de brincadeira, também parecia transmitir as verdadeiras intenções de Aechun.

— *Unnie*, para com isso! Para que pegar no meu pé, logo depois de comer uma tigela de mingau inteira? Vamos continuar falando sobre a farmácia estranha.

— Indo direto ao ponto, para que falar da porcaria do amor nos dias de hoje? Isso é o que penso.

Aechun não estava em posição de falar sarcasticamente sobre o amor. Não fora ela quem não conseguiu se conter, sabe-se lá se por amor ou por desejo, e acabou abocanhando Woosik? Afinal, ela agarrara com firmeza o ingênuo Woosik pelos tornozelos, usando a gravidez de Hana como desculpa.

— Dizem que o produto é um Viagra para o cérebro que estimula o coração das pessoas. Coração isso, flecha do Cupido aquilo. Dizem que pode fazer o amor se tornar realidade, blá-blá-blá.

Aquilo estava ficando cada vez mais confuso. O amor tendia a envolver o corpo, mas como assim "para o cérebro"? De repente, uma faísca surgiu em Seri. Aquilo podia ser o remédio que ela precisava.

— Será que qualquer um pode comprar essa droga?

Por acaso os olhos de Seri tinham ficado diferentes?

— Por quê? Ficou interessada?

— Você não está interessada também? Para melhorar o seu casamento com Woosik *oppa*.

— Eu não preciso disso. Para que amor com essa idade?! Só se eu recomendar para os casais que formei.

— *Unnie*, assim não dá!

— Como assim?

— Pode ser que, tomando isso, você e o *oppa* consigam fazer um irmão mais novo para Hana.

— Você acha que isso é possível? Ele até já mexeu lá embaixo. Você acha que ele me enxergaria como uma mulher? Ou melhor, me confundiria com um homem?

De repente, Aechun peidou algumas vezes, levantando um lado das nádegas levemente. Seri tapou o nariz com desgosto.

Seri saiu da casa de Aechun e foi até a estação de metrô.

Foi só então que se lembrou que viera atrás de conselhos para lidar com a reclamação da professora do ensino fundamental I que tinha arranjado para o funcionário público.

Será isso um sinal de tentação?

Seungkyu prestou atenção ao alerta sobre a onda de frio. Quando as temperaturas caíam drasticamente, os carros também sofriam. Ainda mais veículos antigos. No dia seguinte haveria uma enxurrada de veículos quebrados, ele não teria tempo nem para piscar.

Leehwan, seu único funcionário, estava removendo os pneus de um carro suspenso no ar.

— Depois de consertar esse carro, pode ir embora — Seungkyu disse enquanto limpava com uma toalha os uniformes manchados de óleo. Não houve resposta.

Seungkyu gostava de Leehwan, que tinha uma personalidade alegre e enérgica. Ele o contratara como estagiário um ano depois ter aberto o centro automotivo, que era bem-sucedido devido à destreza e ao olhar aguçado de Seungkyu. Mas, ultimamente, o funcionário estava meio emburrado, sabia-se lá por quê.

Seungkyu era um mecânico de automóveis de primeira. Depois de cursar um colégio técnico, formou-se em engenharia automotiva e se especializou na área de inspeção de veículos. Após se formar na faculdade, trabalhou como mecânico em uma grande empresa e como instrutor em um cursinho técnico, e suas habilidades em manutenção de automóveis tornaram-se inigualáveis. Assim como a maioria das pessoas que acreditam em suas habilidades, Seungkyu não economizara, gastando todo o dinheiro que conseguira para obter suas credenciais. Ainda teve sorte por não ter dívidas de cartão de crédito. Como tinha mais de quarenta anos e estava cansado de trabalhar para os outros, dois anos antes havia feito um empréstimo para abrir seu centro automotivo. A oficina não ficava em um bom ponto, mas, talvez por seu currículo e suas habilidades, conseguia se manter com os clientes que chegavam pelo boca a boca.

Seungkyu viu Leehwan ir embora e enviou uma mensagem no KakaoTalk. Uma mensagem pedindo para se encontrarem quando ela tivesse tempo. O caractere "1" não se apagou.[4] Estava ansioso à toa. Mesmo que passasse alguns dias sem vê-la, se sentisse uma vontade repentina, era difícil suportar. Enquanto limpava o local e trocava de roupa, a toda hora verificava o aplicativo de mensagens. Pensou em ligar, porque estava desesperado, mas logo desistiu.

Escutou a notificação e destravou o telefone com alegria. A mensagem dizia que ela já estava prestes a entrar em contato com ele para se verem. Por que será? Ela sempre era seca com as tentativas de contato de Seungkyu. Muitas vezes

---

4 O aplicativo KakaoTalk, amplamente utilizado na Coreia do Sul, indica quantas pessoas visualizaram uma mensagem ao subtrair o número do total de integrantes em um bate-papo. Neste caso, a mensagem não foi visualizada. (N. T.)

ele ficava sem resposta; às vezes, com muito esforço, conseguia obter uma resposta curta.

O polegar de Seungkyu se pôs a trabalhar. Colou um emoji apropriado ao final da frase "Nos vemos lá". Era de um do pacote de emojis de coelho que comprara para fazê-la sorrir, mesmo que só por um instante. Como esperado, não houve resposta. Que pessoa malvada. Seungkyu enviou um emoji com os olhos semicerrados e a língua de fora. Era uma boa representação de como se sentia.

Ele a conhecera havia um ano, cerca de três ou quatro meses depois que Leehwan começara a trabalhar como estagiário. Um carro cujo motor se soltara com o veículo em movimento apareceu na oficina, levado por duas mulheres no carro. Uma mulher grande dirigia e a outra, esbelta, estava no banco do passageiro. As duas mulheres não se pareciam em nada.

Ao lado de Seungkyu, que logo foi abrir o capô, a motorista falou sobre um grave acidente ocorrido um ano antes. Ao tentar mudar de faixa, virara demais o volante para evitar colidir com um carro que se aproximava, cruzou o canteiro central e bateu na mureta. A seguradora a mandara rebocar o carro até um centro automotivo autorizado. Felizmente, a motorista não se machucou e o motor não sofreu danos, mas o conserto tinha sido caro. Os reparos foram cobertos pelo seguro, e o veículo voltara a rodar. No entanto, naquele dia, quando ela tentava virar à direita em um cruzamento de quatro pistas a uma velocidade inferior a vinte quilômetros por hora, a carroceria do carro começou a tremer e o motor desligou de repente, soltando um ruído agudo. O motor voltou a dar partida, mas o pedal do acelerador estava travado e o barulho de metal sacudindo persistia. As duas mulheres encontraram o centro automotivo de Seungkyu, localizado na beira da estrada, e levaram o carro até ali.

Com certeza, o acidente de um ano antes fora a causa. O parafuso de fixação do motor conectado à carroceria do carro rachou-se devido ao impacto da batida anterior, mas os mecânicos despacharam o carro sem inspecionar adequadamente. O conserto ficaria mais de um milhão de wons.

— Você ouviu? Ele está dizendo que foi por causa do outro acidente. Eu nunca gostei da ideia de você sair com o carro mesmo sem saber dirigir direito — a mulher grande descontou a raiva na mulher esbelta.

— De que adianta falar do que já passou? Era você quem estava dirigindo hoje e deu na mesma. Por que está fazendo questão de me culpar? — A mulher esbelta também estava bastante nervosa.

— Então de quem é a culpa? O dono daqui acabou de falar que o problema é o acidente do ano passado. Não falei? Saiu dirigindo destemida assim que tirou a carteira de motorista.

— De qualquer forma, não é você que vai pagar pelo conserto.

Pelo visto, o acidente de um ano antes fora causado pela mulher no banco do passageiro, graças à sua inexperiência ao volante, motorista novata que era. Durante a discussão, ficou evidente que as duas eram mãe e filha. Era difícil acreditar nisso, já que não se pareciam em nada, e a aparência e a idade delas eram um tanto estranhas. Os olhos de Seungkyu pousaram na mãe. Ela era de uma beleza rara. Em comparação, sua filha era medíocre como massa antes de sovar. Seungkyu apostaria que as duas não eram mãe e filha biológicas.

Seungkyu ligou para o centro automotivo da seguradora que fizera o reparo um ano antes. Ressaltou que o período de garantia após o conserto era de um ano e questionou de quem era a responsabilidade, além de ressaltar o problema do parafuso de fixação do motor. A seguradora solicitou fotos, Seungkyu as tirou e as enviou. A seguradora e o centro automotivo devem ter trocado informações, e responderam que iriam arcar com o custo do reparo.

Se não fosse por Seungkyu, as duas mulheres teriam que arcar com aquele serviço que sairia por mais de um milhão de wons, e ficaram tão agradecidas que não sabiam o que fazer.

— Patrão, para que se dar ao trabalho de resolver isso?
— Leehwan resmungou enquanto tirava as fotos. Ele até que estava certo. Seungkyu não precisava ter se envolvido. Talvez a flecha de bondade excessiva que ele havia disparado estivesse voando em direção ao alvo.

— Escuta aqui! Isso tudo é só para atrair clientes e garantir que tenhamos fregueses. Você não consegue entender a minha sabedoria, não é?

— Está bem, patrão! Não tinha mesmo como saber.

Seungkyu fez o melhor que pôde até que os reparos fossem concluídos, e o carro, devolvido às donas. Tal como queria, a mulher passou a frequentar o centro automotivo. Será que o afeto poderia surgir se duas pessoas se vissem com frequência? Mas, a partir de algum momento, o jeito com que a filha olhava para Seungkyu mudou. No início, quando percebeu que tinha errado na flecha que disparara, ele ficou preocupado, mas sabia melhor do que ninguém que aquilo não era tudo. Seu argumento de que a gentileza era apenas para atrair clientes e garantir que a empresa tivesse fregueses não passava de uma desculpa. Um homem nunca é bom com uma mulher se não for por instinto masculino.

O alvo da flecha de Seungkyu era a mãe. Fora amor à primeira vista. Mas os muros da realidade não eram fáceis. A mãe nunca mais dera as caras no centro automotivo, e era a filha quem flertava constantemente com Seungkyu. A mira estava muito, mas muito errada.

— E ela? Por que não veio junto? — Seungkyu mostrou seu temperamento masculino abertamente para a filha, que viera trocar o óleo do motor.

— Quem?

— A mulher que estava no banco do passageiro na outra vez.

— Ah, minha mãe?

— Ela é mesmo sua mãe biológica?

— Por quê? Parecia uma madrasta?

— Eu sabia! Quer dizer que não é mesmo sua mãe biológica. Não me admira. Sua mãe é muito linda.

Seungkyu achou que tinha cometido um erro, mas a pedra já havia sido atirada.

— Você é tão engraçado. Ela é minha mãe de verdade. Nós duas somos tão diferentes assim? Pense bem. Deve ter alguma semelhança aparente.

— Eu sei que é rude perguntar, mas quantos anos tem...

— Quem, eu?

A mulher sorriu timidamente e seu rosto ficou vermelho. Seungkyu ficou um pouco constrangido.

— Não, não você, quero dizer a sua mãe!

Seungkyu não podia fazer nada se todas as palavras e

ações dele eram interpretadas como algo positivo pela filha, que era bem assertiva em relação ao que sentia por Seungkyu. As pessoas embriagadas pelo amor têm uma forte tendência a adaptar cada situação ao seu gosto. Parecem dedicar todos os seus sentidos para confirmar que cada movimento da pessoa pela qual se sentem atraídas é direcionado a elas. E essa ilusão muitas vezes perdurava e se solidificava como um fóssil. Até que abrissem os olhos para a realidade. Talvez o mesmo valesse para Seungkyu em relação à mulher de quem gostava.

— Moço, vamos ser amigos. Ter o mesmo signo no horóscopo chinês vale tanto quanto ter a mesma idade.

A filha era mestra em forçar a barra. Por reflexo, Seungkyu pegou na mão que ela lhe oferecia. Mesmo inconscientemente, ele devia estar ciente da presença da mulher por trás da filha. Porque precisava de um trampolim para se aproximar dela.

O local de encontro era no subsolo. Era um restaurante onde Seungkyu se encontrara com a mulher algumas vezes, usando várias desculpas. O espaço escuro e confinado era ideal para um encontro secreto. Seungkyu desceu as escadas bem entusiasmado. O proprietário guiou Seungkyu até um assento no canto. Embora tenham aprendido a se cumprimentar só com os olhos e excluído as interações mais íntimas, o proprietário era uma pessoa perspicaz. Seungkyu estava relutante, talvez por causa do sentimento de culpa. Provavelmente, por causa de algum tipo de mecanismo de defesa de não querer ser descoberto por ninguém. Mas só Seungkyu tinha mil preocupações. A mulher estava quase indiferente.

Quando o proprietário se aproximou da mesa para anotar os pedidos, Seungkyu sentiu da parte dele um truque disfarçado de gentileza direcionado a ela. A mulher lançou ao proprietário seu sorriso característico. Seungkyu estava tão cansado de vê-la olhar para todo mundo com um sorriso no rosto. Achou que estava na hora de mudar de ponto de encontro.

— Você chegou cedo.

A mulher se sentara de frente para Seungkyu. O proprietário rapidamente colocou o cardápio à sua frente e, com mãos ágeis e um sorriso, deixou Seungkyu incomodado. Ele pediu cerveja e salgadinhos secos.

— Por favor, me dê um copo de água — a mulher disse com uma voz anasalada. O proprietário esboçou um sorriso. Seungkyu o olhou de cima a baixo com uma expressão de descontentamento. Com uma cara sem graça, o proprietário trouxe as bebidas e os salgadinhos. Seungkyu virou sua cerveja.

— Vai com calma. Está fugindo de alguém? Beba devagar.

Talvez por causa do comportamento rude de Seungkyu, a mulher parecia chateada. *Olha só como se comporta, com a idade que tem...* Se fosse outra qualquer, ele teria ficado irritado. Mas naquela mulher tudo era perdoável.

Ela colocou gentilmente sobre a mesa algo que estava segurando. Um blister com dez cápsulas que pareciam analgésicos antipiréticos. Seungkyu limpou a espuma de cerveja da boca com as costas da mão e a encarou. Foi um jeito silencioso de perguntar o que era aquilo. A mulher empurrou as cápsulas para Seungkyu, que as pegou como se atraído por um ímã. Seungkyu abriu a embalagem metálica como se fosse a casca de uma fruta; um caroço oval sólido de cor âmbar foi revelado. Era do tamanho do dedo de um bebê e mais macio do que aparentava. Ele ouvira da filha que a mulher estava abrindo uma farmácia. Iria comercializar poções do amor ou algo assim. Seungkyu estava cansado de ouvi-la fazer declarações toda vez que eles se encontravam e ignorava o que a garota dizia. Agora estava um pouco decepcionado. Parecia que a mulher quis vê-lo só para isso.

— Parece gelatina.

— Sinta o cheiro.

Seungkyu fez o que ela disse e levou a cápsula até o nariz. Tinha cheiro de baunilha. Parecia que não haveria nenhuma dificuldade em ingeri-la. Por outro lado, será que deveria se considerar afortunado pelo fato de estar sendo requisitado por ela, mesmo que para algo assim?

Encontrar-se com a mulher não era fácil. Ao se aproximar de sua filha a contragosto, descobrira que ela tinha talento para a música e conhecia de tudo, desde música clássica até a mais nova música popular, por isso ser musicoterapeuta era um trabalho perfeito para ela.

— Bem que a sra. Han podia ter me transmitido seu talento para as ciências biológicas, em vez do talento musical. Me sinto mal, mas o que posso fazer? Não há como enganar os genes.

Ele ouvira da filha que a mulher, que era farmacêutica, também tinha talento para cantar. Por que Deus só dava presentes para uma única pessoa? Era um tratamento injusto, mas, já que era com a mulher, estava tudo perdoado. A filha a chamava de sra. Han, e Seungkyu achava que era um apelido carinhoso para se referir à mãe.

Seungkyu propôs para a filha um encontro no karaokê e lhe sugeriu que levasse a mãe. Mesmo tendo prometido de pés juntos que faria isso, a filha apareceu sozinha. Suas habilidades como cantora eram excelentes o suficiente para compensar a decepção de a mãe dela não ter vindo. Seungkyu queria ignorar as demonstrações exageradas que a filha lhe dirigia, mas seu estresse foi recompensado. Seungkyu implorou à filha para que pudesse cumprimentar a mãe formalmente, embora fosse triste que aquela seria a única maneira de vê-la. Perguntou à filha que presente ele deveria dar para ganhar pontos com a mãe. Seungkyu queria lhe oferecer a Lua e as estrelas no céu, se assim pudesse ganhar sua simpatia.

— Do que a sra. Han gosta? Como você deve ter adivinhado, minha mãe e eu não temos um bom relacionamento. No entanto, entendo perfeitamente o seu desejo de ganhar pontos com a mãe da sua namorada.

A resposta era dar chocolate. Principalmente um chocolate gourmet chamado "Godiva". A filha dissera que a mãe não resistiria. Também disse, cheia de sarcasmo, que não só aquele chocolate era delicioso, como a mãe, que se achava uma verdadeira rainha, adorava qualquer produto de luxo, mesmo que fosse um simples chocolate.

A filha lhe contou a história de Godiva, que Seungkyu nunca tinha ouvido antes. Godiva era uma marca de chocolate belga, famosa por seu logotipo com uma mulher cavalgando nua. Aquilo poderia ser visto como uma tática de marketing obscena, mas, na Bélgica, havia contexto histórico. O marido da mulher nua era um senhor severo com seus servos, e a mulher ficou conhecida por cavalgar nua pelas ruas para aliviar os impostos dos súditos que sofriam com a tirania de seu marido. O nome dela era Godiva. Ela era a personagem principal do quadro *Lady Godiva*, de John Collier. A filha então fez um comentário maldoso sobre a mãe, dizendo que ela devia ter sido atraída pela obscenidade do logotipo, e não pelas origens históricas de Godiva. Seungkyu perguntou por que ela odiava tanto a mãe.

— Foi a sra. Han que começou.

— Sem chance. Que mãe não gosta da filha?

— A minha, é claro.

— Não pode ser. Deve haver algum motivo.

— Se existe um motivo, deve ser porque me pareço com o meu pai feio, e não com ela.

— Mas que absurdo.

De qualquer forma, Seungkyu convenceu a filha de ir visitá-la em casa. Apareceu segurando nas mãos o chocolate Godiva da mais alta qualidade, emocionado por poder ver a mulher.

— Bem-vindo, sr. Mun. Nunca imaginei, nem nos meus sonhos, que vocês dois namorariam... — Sua expressão ao cumprimentar Seungkyu não era muito boa. Ela podia pensar que Seungkyu não era bom o bastante como namorado da filha, sendo velho demais para ela. Seungkyu rapidamente fez as contas de cabeça. *Muito bem. Ela pode não gostar de mim como namorado da filha, mas e como seu amante?* Era verdade que nem para isso ele era bom o bastante. No entanto, ele era mais jovem que o marido da mulher. Agora não havia mais escolha a não ser seguir em frente com aquilo. Seungkyu estava curioso sobre o marido, mesmo não se valendo da expressão ultrapassada "Se conhecer a si mesmo e ao seu inimigo, vencerá todas as batalhas".

— E quanto ao seu marido? Eu não deveria cumprimentá-lo também?

— Deixe-o em paz. Provavelmente, vai ficar acordado a noite toda de novo.

Segundo a filha, ele era um homem absorto em pesquisas.

— Devo ir ao laboratório e cumprimentá-lo?

— Eu disse para você deixar isso pra lá. E não é laboratório coisa nenhuma. O trabalho do meu marido é ficar trancado no porão.

Havia uma pitada de tédio em sua voz. De repente, Seungkyu se sentiu melhor. Ele lhe ofereceu o chocolate. Os olhos dela se arregalaram e sua língua deu as caras de leve. A alma de Seungkyu foi arrebatada por aquela visão.

— Vejo que o senhor tem gostos muito sofisticados. É bem o meu estilo.

Ela mostrou a Seungkyu um sorriso revigorante. O coração dele bateu forte. Se bem que não demorou muito para perceber que o sorriso dela era apenas um gesto habitual que não significava muita coisa.

Foi assim que os encontros com ela começaram. Com muito esforço, ele conseguiu descobrir o número do seu celular, por meio da filha. Seungkyu cerrou os punhos, ganhando força com as palavras bíblicas de que o começo pode ter sido pequeno, mas o fim será grande. Na aparência, eram claramente encontros entre um futuro genro e uma futura sogra. Encontraram-se a sós algumas vezes, e nessas ocasiões Seungkyu sempre lhe deu chocolates Godiva de presente. Existiria algo mais fascinante do que usar o chocolate como um meio para o amor? Godiva podia não ter sido uma santa que se sacrificou para aliviar o sofrimento dos cidadãos, mas uma mulher lasciva que gostava do olhar dos homens sobre seu corpo nu.

— Sr. Mun, do que gosta na garota?

Assim como a filha a chamava de sra. Han, o jeito como ela se referia à filha era igualmente estranho. As duas eram dignas de destaque no jornal. *Quer saber se eu gosto da filha dela?* Seungkyu queria dizer que não se importava nem um pouco com ela.

— Honestamente, não gostei do senhor como namorado dela. Mas como é ela quem gosta de você... Ela não vai me ouvir, mesmo que eu seja contra. Como o senhor já deve saber, a nossa relação não é muito boa. Cuide bem dela.

Será que todos os pais se sentiam da mesma forma? A filha nem se esforçava para compreender a mãe. Olhando dessa maneira, era igualmente um mistério que ele tivesse se apaixonado pela mãe. Talvez o amor fosse assim mesmo.

Ela baixou os olhos com uma expressão sombria. Era irritante ver o olhar do proprietário direcionado a ela. Quando se encontravam, Seungkyu ficava obcecado por protegê-la do olhar dos outros homens. Ela disse que aquilo era um medicamento que seu marido havia desenvolvido e encorajou Seungkyu a experimentá-lo. O pai gordo e feio de uma filha

Mas aquela discussão seguiu um rumo inesperado.

— O que você disse que fez? O que você fez com o pau? Ficou doido, seu maluco? Você não está falando nada com nada de novo por causa da bebida, né? Acha que pode fazer o que quiser com isso por conta própria?

Quando a mãe começava a xingar o pai, significava que a briga tinha passado do estado de "atenção" e estava virando uma "emergência".

— É, eu fiz o que queria, e daí? Por quê? Achei que você fosse aprovar. Agora, não vou conseguir fazer nada por aí. Você não vai precisar ficar me vigiando, e eu também estou feliz por não ser vigiado por você.

A voz do pai estava calma, mas Hana percebia uma grande hostilidade nela. O pau? Só podia ser aquilo que os homens tinham, né? Quer dizer que ele tinha mexido naquilo? Até mesmo Hana, que acabara de começar o ensino médio, entendia o que aquilo significava. Mas e daí? Era altamente improvável que a mãe e o pai dessem um irmãozinho para Hana. Além disso, se aquilo acabaria com as chances de o pai criar um meio-irmão fora do casamento, não deveria ser um problema. Hana apurou os ouvidos para todos os sons que vinham do quarto principal.

No cerne da discussão entre os dois, havia uma frase incompreensível. *Como assim, castração química?!* Quer dizer que o pai não fizera uma vasectomia? Parecia que um grande peso caíra sobre a cabeça de Hana, que achou esquisita a combinação daquelas duas palavras familiares, "castração" e "química". Será que aquilo significava que seu pai estava envolvido em um crime sexual? Era algo que ela nunca atribuiria a alguém tão sem graça quanto seu pai. É verdade que a aparência franzina dele atraía mulheres como Seri *unnie*, mas ele faria uma coisa dessas? Definitivamente não. Homens, pau, beber, nada com nada, fazer por conta própria. E as palavras cruciais, castração química, foram códigos que permitiram a Hana deduzir a realidade.

Seu coração estava pesado naquela manhã, porque sua mãe e seu pai haviam brigado outra vez, mas, ao chegar à escola, uma notícia ainda mais chocante estava esperando por ela. A morte do garoto. E ainda acompanhada da palavra suicídio.

— Hana, você também o conhecia, não? Ele foi seu colega nos anos anteriores. Ouvi dizer que ele sofria bullying desde o ensino fundamental, é isso mesmo? Parece que isso continuou no ensino médio.

Na mesma hora em que ouviu a notícia da amiga, que era sua fonte de informações sobre tudo o que acontecia na Estrada Infinita do Amor, Hana desmaiou. A pessoa que jogara a pá de cal no garoto não foi outra senão Hana. Um segredo revelado a ele enquanto ela estava embriagada foi o gatilho que levara àquilo. O que Hana lhe contara era uma rocha grande demais para um garoto puro como aquele.

Depois daquele dia, Hana se enfiou no fundo de um túnel. A vida conjugal anormal de seus pais; o nascimento de Hana, a filha que seu pai não fizera questão de ter. Ela seguia se esforçando até então, fingindo que essas coisas não a incomodavam. Mas todo o seu esforço ruiu de uma vez. Se ela pudesse, drenaria todo o sangue do próprio corpo. O sentimento de culpa de que causara a morte do garoto que fora seu primeiro amor a atingiu como um tsunâmi. Num certo dia, num momento de crise, se automutilou com um estilete.

O sangue que se espalhava do pulso de Hana era da mesma cor que escorria dos olhos da terapeuta. Quando Hana viu o líquido vermelho, ficou ainda mais fora de si.

A terapeuta caíra e fora levada ao pronto-socorro, enquanto Hana foi amarrada pelas enfermeiras mais fortes. O pai dela viera correndo e se remexia inquieto, com o olhar ansioso, sem saber o que fazer. Ainda assim, foi melhor do que se a mãe de Hana tivesse vindo, pois despejaria nela palavrões e reclamações na mesma proporção. "Mas que saco, menina! Essa terapeuta não perde os olhos por pouco. O que é que você tem contra ela para fazer uma coisa dessa? Podia, pelo menos, abrir a boca para falar o porquê. Como é que vamos saber o que se passa na sua cabeça, se você mantém a boca fechada? Essa nossa filha, a única que temos, está acabando com o nosso coração", é o que ela falaria. A seu lado, o pai ficaria suando, tentando conter o ímpeto da mãe. O fato é que, mesmo quando a briga era acirrada, havia certa afinidade entre eles. Por isso, vendo de fora, quase dava para pensar que não havia nenhum problema na relação.

Ao que parecia, o pai não tinha ido até o pronto-socorro para ver a terapeuta, que ainda estava recebendo cuidados.

— Hana, ouça o seu pai. Não posso ir me encontrar com a terapeuta agora, enquanto ela está sendo atendida no pronto-socorro. Mas, depois de um tempo, pretendo ir falar com ela. Aqui mesmo, na clínica, ou até na casa dela. O certo seria você também pedir desculpas, mas será difícil, já que está internada. Mas acho que eu e sua mãe deveríamos ir nos desculpar, não acha?

O pai estava certo. O que Hana poderia dizer? Será que ela ia pedir indenização? Talvez por danos psicológicos? Hana fizera aquilo por impulso, mas agora estava preocupada. O pai também parecia apreensivo, mas apenas passou as mãos pelas costas de Hana e, suspirando, disse:

— Hana, pode ficar tranquila. Como será que nossa pobre filhinha pegou essa doença no coração?

Haviam dito que, durante as quatro consultas que restavam, Hana ouviria músicas ou *chansons* francesas, mas ela achava que tudo já tinha ido por água abaixo. Tudo bem, as músicas francesas não tinham nada a ver com ela. Para Hana, *trot* seria o ideal. Depois de ter feito o que fez, Hana ficou ainda mais relutante em sair do túnel escuro.

Cinturão Park, a casamenteira

Desde o começo, nunca houve placa e, assim, era natural que também não houvesse nome comercial. Algumas pessoas chegavam por indicação, outras a descobriam depois de buscar informações a respeito. Era uma expertise que Aechun Park acumulara ao longo de décadas.

— Escuta. Aí é a Cinturão Park... Uma agência de casamento, certo? — O homem que ligou naquele dia estava hesitante.

Aechun ficou incomodada com o termo "Cinturão Park". Parecia que a ligação chegara por indicação, e estava na cara que alguém havia usado o apelido ofensivo de Aechun. Embora ela ainda se perguntasse em que momento o recebera, era inegável que Aechun, cuja barriga era particularmente robusta, estava no seu auge quando descobriu que os clientes se referiam a ela como "Cinturão Park, a casamenteira". Se até mesmo Seri já se referira a Aechun como Cinturão Park *unnie*, aquela já era uma batalha perdida.

— Pois não? Pode falar.

O rapaz do outro lado parecia intimidado pelo jeito direto de Aechun e, depois de fazer algumas perguntas, disse que voltaria a ligar mais tarde antes de desligar rapidamente. A julgar pela insegurança e pela voz arrastada dele, na certa era um homem tímido. Presumiu que fosse um homem cujos pais estivessem preocupados pelo fato de que havia chegado à idade de casar sem uma noiva em vista. Como o seu trabalho era lidar com pessoas, Aechun também se tornou meio que uma leitora de personalidades. Fazia parte da expertise da própria Aechun. O número gravado no celular dela era a única informação sobre o homem tímido. Aechun hesitou por um momento, pensando se deveria salvar as informações. Pessoas que ligavam apenas para ter o gostinho, sem revelar sua condição ou idade, costumavam não entrar em contato novamente.

Aechun inseria na lista de clientes qualquer pessoa que entrasse em contato. Já chegara a ter centenas, milhares de números de clientes dessa forma. Para Aechun, a lista de clientes era o capital do negócio. Mas, naqueles dias, o movimento estava fraco. Um suspiro escapou da boca de Aechun.

Só crescera o número de agências matrimoniais no arranha-céu do outro lado da rua principal, construído havia alguns anos. Eram agências matrimoniais de todos os tipos e nomes ("Meu Amor", "O Casamenteiro", "Marido e Mulher", "Cônjuge Feliz", "Casamento Perfeito" etc.), que só causavam grandes danos ao negócio de Aechun. Seri, que aprendera tudo com Aechun, também a deixara, depois de receber uma oferta para se tornar gerente de casais do olheiro da "Marido e Mulher". Seri disse que sentia muito, mas Aechun deixou Seri ir sem fazer alvoroço, reclamar ou achar ruim. No começo, Seri se gabava de ter sido contratada por um olheiro, mas, depois que começou a trabalhar, percebeu que era um trabalho terceirizado sem contrato fixo e costumava ir desabafar com Aechun. De qualquer forma, Aechun tinha um longo caminho a percorrer para conseguir rivalizar com as agências matrimoniais que abriram escritórios com nomes chiques. Apesar disso, não tinha ânimo para se empenhar. E era por causa da sua filha, Kang Hana. Já se passara mais de uma semana desde que a única filha de Aechun adoecera e fora hospitalizada em uma unidade de neuropsiquiatria. Também sofria de afasia, que deixava Aechun ainda mais louca. As palavras do médico de que o tratamento só daria resultado caso a paciente falasse sobre o que estava sentindo só faziam Aechun suspirar ainda mais.

Aechun estava prestes a excluir o número do homem tímido de seu telefone quando o telefone tocou. O nome de Lim Seri apareceu na tela. Aechun ficou em parte feliz e em parte com raiva. Pensar no tempo que passara com ela a deixava feliz, mas quando lembrava do nó apertado que Seri dera no seu coração, Aechun não apenas ficava irritada, mas até com raiva. Mas mesmo quando Aechun exibia sinais claros de antipatia, Seri não desgrudava dela, algo que Aechun não achava tão ruim assim. O que só piorava o problema.

— Ué!
— *Unnie*, ligou, não ligou?
Como assim, Aechun ligara para ela? Mas que pergunta sem sentido. Aechun fechou a cara.
— Ligação uma ova! Que nada.
— De verdade? Não ligou mesmo? Que estranho. Eu passei seu número e falei para ele ligar.

Só então a pergunta fez sentido. Lembrou-se do homem tímido com quem conversara ao telefone logo antes de Seri ligar. *Que maluca!* Tinha que perguntar se ela não tinha recebido nenhuma ligação. Como assim, só vinha com essa de "ligou"? Provavelmente tirava nota baixa em gramática nos tempos da escola.

— Sim, recebi a ligação.

— Ai, *unnie*! E por que acabou de dizer que ele não ligou?!

Como sempre, pegando no pé dela à toa. Se Aechun começasse a se justificar, só ia se cansar. Era melhor nem falar nada. Aechun sabia que, sempre que tinha oportunidade, a mágoa entrelaçada no coração de Seri mostrava as garras. Embora fosse ambíguo chamar aquilo de ciúme.

— Parou! Já chega. Você não sabe o que está me afligindo agora?

Seri botou o rabo entre as pernas na hora. Ela não costumava ceder na primeira tentativa, mas, quando o assunto era Hana, cedia imediatamente.

— *Unnie*, desculpa! Hana continua igual, certo?

— Nem me fale. Sou pura preocupação. A propósito, o homem que ligou tinha voz de gente chata.

— Eu sabia! Sua intuição é certeira mesmo, *unnie*.

— Você cuida disso. Não quero perder meu tempo com um chato desses.

— Mas que saco! Fico chateada quando você é tão direta. Eu fiz a indicação para te ajudar. As contas do hospital não devem ser nada baratas. Nossa empresa podia cuidar do caso dele. Mas eu separei esse cliente sem que ninguém visse pensando em você, *unnie*. Tudo o que precisa fazer é apresentar uma mulher da sua lista que se enquadre nos critérios do cliente, e a gente racha meio a meio.

Era uma oferta atraente. Quando estava difícil achar alguém que combinasse, Seri pedia ajuda a Aechun. A comissão que Seri pagava era bem generosa, mas nunca havia proposto rachar meio a meio como agora. Tal como Seri dissera, ela precisava de mais dinheiro. Estava custando uma fortuna cuidar de Hana, e a menina nem tinha previsão de receber alta.

Houve um tempo em que o negócio de Aechun ia bem, na época em que todos a chamavam de Cinturão Park. Só de mexer os olhos e levantar um dedo, um casal era formado na hora. As mães ricas de Gangnam visitavam Aechun com sacos de dinheiro. Muitos do mesmo ramo também forneciam listas de estudantes proeminentes para Aechun, exigindo comissões. Foi nessa época próspera que Aechun conheceu Kang Woosik. Woosik também era um cliente que a procurara. Parando para pensar, foi como se ele a tivesse procurado para algum tipo de conselho sobre namoro. Woosik, que superara a dor do desgosto, queria conhecer seu par ideal.

Assim que Aechun botou os olhos em Woosik, uma corrente elétrica fluiu por todo o seu corpo, como se ela tivesse sido atingida no peito. A razão pela qual se apaixonou por um homem que parecia ser seu sobrinho era simples. Woosik era idêntico ao seu falecido irmão. Seu irmão também era um palito, parecia alguém que não conseguiria comer nem uma tigela de mingau. Aechun suspirou novamente. Graças a seu relacionamento com Woosik, ela engravidara de Hana, e os dois viraram um casal, mas estava longe de ser um casamento feliz.

Além disso, Seri também espreitava Woosik, o que deixava Aechun muito preocupada. Apesar de não haver nenhuma chance de Woosik se apaixonar por Seri.

— Esse chato deve ser de uma família endinheirada — disse Aechun.

— É só bater o olho para saber. Estava com muito artigos de luxo.

— Você está que está, hein? Agora consegue deduzir só de olhar para alguém?

— Claro! Quem você acha que eu sou? Sou uma gerente de casais reconhecida.

Foi só dar um empurrãozinho que já está achando que o céu é o limite. Aechun resolveu deixar por isso mesmo e incentivar Seri.

— Riqueza geracional?

— Não é para tanto.

— O que mais?

— Os pais parecem obcecados com o casamento dele, porque é filho único. Comparado com as famílias ricas, não muita coisa. Mas parece que tem dinheiro suficiente para se achar rico. Se encontrarmos alguém que atenda aos critérios dele, acho que pagarão uma taxa de adesão generosa. O filho também está obcecado pelo casamento, é claro.

— É do tipo exigente?

— Tudo depende das condições.

— Ele trabalha com o quê?

Aechun pegou o caderno e a caneta. Seri disse que era um funcionário público. Logo à primeira vista, qualquer um poderia dizer que não era de classe A. Apesar de ser um funcionário público não concursado, era exigente em relação às mulheres, e isso o fazia parecer ainda mais chato. Quem era veterano nesse ramo sabia que a regra de ouro no mercado de casamentos era negociar por condições, e não se deixar levar pelo amor. Embora tenha aprendido isso mais rápido do que ninguém, Aechun cometera a tolice de escolher o amor. Alguns dos casamenteiros que começaram com Aechun pouco mais de dez anos antes já eram donos de agências matrimoniais de sucesso. Aechun também devia ter entrado nessa onda, mas perdeu a oportunidade porque estava apaixonada por Woosik. Na vida, não é sempre que as oportunidades aparecem. Não dizem por aí que todo mundo tem três chances? Talvez a vida de Aechun tenha sido privada de oportunidades desde o início.

Aechun era filha de um fazendeiro pobre. Seu pai, que havia adoecido por complicações da diabetes, faleceu no mesmo ano que Aechun completou sete anos. Quando o agente funerário verificou o corpo, seu irmão mais velho, um estudante do ensino médio com dez anos a mais que Aechun, cobriu os olhos dela com a palma das mãos. Foi um gesto de consideração da parte dele. Mas como ela ainda podia ter vislumbres através do espaço entre os dedos, imaginou por muito tempo as partes do corpo do pai. A imagem se transformou em um monstro que a assombrou por muito tempo. Um dia, em um pesadelo, as partes do pai se incharam e estouraram, formando uma imagem horrível. Aechun acordou suando frio no meio da noite e tomou uma decisão: não importava o que viesse a presenciar no futuro, observaria tudo de olhos bem abertos.

Aos catorze anos, Aechun teve que observar outro cadáver. A mãe desmaiou ao ver o corpo do irmão de Aechun, retirado do rio. Seu irmão, então um estudante universitário, havia bebido durante uma excursão e, embriagado, se afogara no rio. Enquanto segurava a mãe, que havia desmoronado como um saco de batatas, Aechun arregalou os olhos, pois não queria ter outro pesadelo como o que teve quando ficou de olhos semicerrados. Afinal, ela já havia vivenciado como uma imagem distorcida, criada pelo medo, acaba virando um monstro.

Seu irmão, inchado pela água do rio, parecia tofu amassado. Se não fosse pelas roupas, ela não teria conseguido acreditar que era ele. Algumas partes machucadas do corpo apresentavam sinais de mordidas de peixes. Aechun gravou na retina a imagem de seu irmão, como uma cena de um filme de terror.

— Que vadia cruel! A piranha nem piscou olhando o corpo do irmão! Por causa desse seu jeito cruel é que meu filho, que era como uma luz na minha vida, morreu. Você é tão ruim que acabou com o seu irmão, e vai acabar comigo também.

A mãe lançou maldições horripilantes sobre Aechun. Embora soubesse que, desde o falecimento do pai, seu irmão mais velho era tudo na vida de sua mãe, Aechun continuou a perder forças. Pensou que o melhor para ela seria se tornar mesmo uma pessoa cruel, tal como sua mãe a amaldiçoou.

Certo ano, numa madrugada de primavera, quando as flores de magnólia estavam murchando, Aechun fez as malas e deixou sua cidade natal. A vida de Aechun não poderia ser hipotecada para sempre pela morte de seu irmão. Os passos que uma adolescente que trocou sua cidade natal por Seul tinha que seguir eram óbvios. Mas Aechun cerrou os dentes para evitar viver a trama de uma novela. Quanto mais cruel for a realidade, mais ela deve ser enfrentada de frente. Essa foi a lição de vida que Aechun aprendeu ao deparar com os cadáveres de seu pai e de seu irmão.

Enquanto trabalhava nas fábricas, fez o exame de qualificação e obteve o diploma do ensino médio. Talvez por colocar ênfase demais na dura realidade que estava enfrentando, o que Aechun enfrentou de fato não foi tão duro. Em outras palavras, ela teve sorte. Diferente da mãe, que lhe proferira palavras duras, o mundo foi mais generoso com Aechun. Ela conseguiu um bom cargo com o diploma do ensino médio, e essa pode ter sido sua primeira grande oportunidade. Uma empresária que fizera fortuna como agiota e casamenteira confiou em Aechun. Embora não tenha aprendido como subir na vida com ela, Aechun adquiriu o conhecimento para unir homens e mulheres. A empresária parou de trabalhar como casamenteira, e Aechun assumiu o seu lugar. Depois disso, ela formou centenas de casais, mas nunca teve um relacionamento de verdade até os quarenta anos. É como dizem: um monge não consegue raspar a própria cabeça.

— O que ele deseja numa mulher?

— Ele não tem nenhuma condição, contanto que seja professora do ensino fundamental I.

Por que uma condição tão simples? Quer dizer que a aparência e a idade da mulher não importavam? Seri nem teria por que ter passado aquele caso para ela. Mas Aechun também sabia que os homens achavam as professoras do ensino fundamental I as melhores noivas em potencial. Diante dessa tendência, o noivo funcionário público poderia até estar em desvantagem. Ok, sem problemas. No entanto, ela realmente não gostara da atitude do rapaz de ligar para ela e só ficar enrolando.

— Ele parecia muito tímido. Além disso, seu orgulho era tão grande que parecia desconfortável em tratar com uma casamenteira — acrescentou Seri, perguntando se ela não teria uma lista de clientes professoras.

— Sessenta-quarenta?

— Ai, *unnie*. Já falei que é cinquenta-cinquenta! Meio a meio.

— Nada feito. Não quero.

— Tá bom, eu concordo. Sessenta-quarenta!

— Quer me enviar a foto de perfil por e-mail?

— Não. Vou passar aí depois do trabalho e aproveitar para ver a sua cara e matar a saudade.

Uma vez engatado, o trabalho progrediu bem. Pelo menos, no que dizia respeito ao trabalho, Seri era proativa e rápida. Aechun não teria nada a reclamar dela, se não ficasse olhando para Woosik.

Foi Aechun quem treinou Seri, que ouviu alguns rumores sobre Aechun e veio à procura dela. Era tão determinada quanto alguém que desejava ser discípulo de um mestre de artes marciais. Tanto que estaria disposta a se ajoelhar, se precisasse.

Todo mundo tem um motivo para ganhar dinheiro. Seri também desejava ganhar mais dinheiro do que os outros. Desde o jeito de falar até o conhecimento de como combinar casais, Seri aprendeu constantemente com Aechun. A presença de Seri também facilitou muito o trabalho de Aechun. Mas, um dia, Aechun percebeu que a outra estava de olho em Woosik, e por isso queria se livrar dela, que ficava rodeando Woosik.

Na segunda metade dos vinte anos, dentre os diversos modos de roubar, Seri aprendera apenas uma forma. Aechun procurou o dono da agência matrimonial "Marido e Mulher", que conhecia havia muito tempo, e sugeriu que ele contratasse Seri, que não sabia de nada. Foi na época em que um *boom* de empreendimentos varrera a Estrada Infinita do Amor. A região, cuja fronteira era a estrada de oito pistas, ganhou duas caras. O lado da estrada principal se desenvolveu rápido e surgiram sucessivos arranha-céus de apartamentos, enquanto o outro lado teve o desenvolvimento interrompido por questões administrativas. As casas que seriam reformadas se amontoavam em torno de antigos edifícios comerciais e mercados tradicionais.

E é claro que a operação de Aechun ficava num prédio residencial da área subdesenvolvida. A razão pela qual as mães endinheiradas de Gangnam iam e vinham do prédio de Aechun, com casacos de vison e bolsas de pele de crocodilo, era o casamento dos seus filhos. Acreditavam que encontrar um parceiro ou parceira para eles que correspondesse às condições da família era como conquistar a nota mais alta de sua vida. Graças a isso, Aechun também ganhou uma quantia considerável. Chegou a comprar um luxuoso prédio baixo com cinco apartamentos, muito melhores do que moradias comuns. Ela morava no último andar e recebia aluguel das outras quatro unidades, levando uma vida boa. Mas aí Woosik foi à falência três vezes dirigindo casas noturnas e Aechun, além de ter que vender os outros quatro apartamentos, precisou fazer um financiamento para salvar, por pouco, a unidade cento e cinco, onde ainda moravam. Nessa época, foram surgindo muitos escritórios de agências matrimoniais na selva de edifícios, e também foi implementado o novo sistema de endereçamento das ruas. A primeira pessoa que se exaltou foi, claro, Seri.

— *Unnie*, você ouviu o nome da nossa rua?

— Por que ficam mudando todos os endereços assim? Eu não gostei nem um pouco. Soa esquisito. Qual é mesmo o novo endereço?

— Isso não vem ao caso. Se ajudar nosso negócio, está ótimo. *Unnie*, como você acha que faço para ser lembrada como gerente de casais, depois que saí do seu comando?

Aechun olhou para Seri impassível. Fez cara de quem quer dizer: "Não sei, pode me contar".

— É o meu nome — disse Seri.

— O que tem seu nome?

— Ele causa confusão. Como eu me chamo?

Você está de brincadeira, né? Ela está fazendo gato e sapato de mim, pensou Aechun, que ficou só observando antes de responder:

— Seri!

— Quando as pessoas o ouvem pela primeira vez, nem sempre conseguem dizer se é Sae-ri ou Se-ri.

— Pode ser.

— Eu sempre me apresento assim para os clientes: eu sou Lim Seri, a gerente de casais. Não é S-A-E-ri, mas S-E-ri. S, E, ri. Por favor, me chame só pelo nome, sem sobrenome.

— E está dizendo que isso funciona?
— Positivo. Embora fiquem intrigados quando ouvem isso pela primeira vez, os clientes examinam meu cartão de visita com atenção.
— E aonde quer chegar com isso? Estávamos conversando sobre o endereço. — Aechun soou irritada ao pedir que Seri prosseguisse.
— Indo direto ao ponto, qual é o endereço da nossa rua?
Aechun tentou se lembrar do novo logradouro. O endereço antigo lhe viria à mente mesmo se estivesse dormindo, mas ainda não havia se acostumado com o novo.
— Ai, que saco! *Unnie*, é a Estrada Infinita do Amor, não é?
— Ah, sim. Mas o que tem isso?
— Como assim, o que tem isso? *Unnie*, você não está nada afiada, hein?
Es-tra-da In-fi-ni-ta do A-mor. Aechun repetiu em voz alta. Pensou que era um endereço interessante, bem como Seri dissera. Mas também se perguntou o que o amor tinha a ver com o trabalho delas. E infinito, ainda por cima.
A campainha tocou e Aechun foi arrancada de seus devaneios. Seri devia ter chegado. Já que só precisava atravessar a estrada de oito faixas para chegar na zona residencial, dez minutos para o trajeto eram suficientes mesmo se andasse devagar. A mesma escola recebia crianças que moravam dos dois lados da rua. Às vezes, se ouvia dizer que a diferença era grande.
— Chegou?
— Onde está o *oppa*?
Seri foi logo procurando por Woosik.
— O sr. Woosik não está.

— *Unnie*, não sei por que você insiste em chamá-lo de sr. Woosik. — Seri fez beicinho.

— Eu chamo meu marido do jeito que eu quiser. Por que se intromete?

— Por que precisa falar desse jeito, *unnie*? Se seu marido não está em casa nesse horário, deve ter ido trabalhar na casa noturna.

— Não, não é isso. Pare de ficar deduzindo coisas.

— Então, aonde ele foi? Vai me dizer que ele saiu de casa outra vez?

— Você acha mesmo que Woosik sairia de casa com Hana no hospital? Houve um acidente e ele foi vê-la no hospital.

— Como assim, acidente? O que houve?

— Dói a cabeça só de falar sobre isso.

— Por quê, *unnie*? Conta para mim.

Hana e Seri viviam grudadas como se fossem amigas íntimas. Não como amigas que se davam bem, mas amigas que, infelizmente, viviam se provocando.

— Dizem que Hana deu uma cabeçada na terapeuta.

— Ai, meu Deus! E agora? Numa médica? — Seri estalou a língua de reprovação.

— Parece que não era uma médica. Vamos parar de falar dessas coisas que me preocupam e vamos ver a foto do funcionário público.

Seri tirou de sua bolsa um perfil com a foto do homem. Embora não tivesse se formado numa faculdade tão ruim, seu rosto era extremamente comum. Era um rosto que se encontraria inúmeras vezes andando na rua e facilmente esquecível.

— Quanto tem de altura?

— Disse que mede um metro e setenta e cinco, mas acho que aumentou dois ou três centímetros.

— Os homens são assim mesmo.

— Ah, sim. *Unnie*, enquanto vinha para cá, vi que abriu uma farmácia nova.

Então Seri também vira. Aechun achou que os outros iriam notar mesmo. Ela mesma estava incomodada com aquilo. Havia tantas farmácias e hospitais do outro lado da rua principal. Por que alguém se daria ao trabalho de vir até aqui comprar remédios? Mesmo considerando que as farmácias hoje em dia costumam ganhar dinheiro por meio de receitas e prescrições médicas, abrir uma farmácia por ali não era uma boa ideia. A intenção do proprietário, que reformou um edifício antigo numa zona residencial remota em vez de ocupar um espaço vago no meio de hospitais, era um verdadeiro mistério. O nome da farmácia também não era do seu agrado. Estava de saco cheio desse negócio de amor!

— Farmácia do Amor? É ridículo! Mesmo para as pessoas como nós, é difícil fazer negócios tendo o amor como objetivo. E agora até uma farmácia tenta ganhar com esse lance. Isso me irritou. Ou será que estou sensível demais? Pode ser que tenham colocado esse nome sem nenhuma razão específica.

Por alguma razão, naquele dia Seri estava falando somente o que agradava os ouvidos de Aechun.

— *Unnie*, você não conhece tudo por aqui? Quem é o dono da farmácia? Deve ter algum motivo para ter aberto uma farmácia justamente aqui, não?

— O motivo? Eu sei lá. Por mais que faça bastante tempo

que moro nesta região, como é que vou saber da vida de todo mundo daqui? Os vizinhos nem devem saber que vivo neste prédio, trabalhando como gerente de casais. Alguns até devem ter reparado, no meu auge, já que as ricaças viviam por aqui, mas agora quase ninguém sabe. Também já houve muitas mudanças.

"Você quer um amor? Nós tornamos isso realidade." A frase gravada na porta da farmácia era um tanto sugestiva. Que tipo de bobagem era aquela? Aquilo desagradava ainda mais a Aechun. O interior, visto através do vidro, era de uma farmácia, mas parecia bagunçado. Certa vez, uma mulher incrivelmente bonita de jaleco branco estava faxinando o lugar. Parecia que ela era farmacêutica. Aechun também pretendia passar lá sob o pretexto de comprar analgésicos ou adesivos anti-inflamatórios.

— *Unnie*! Será que essa farmácia não trabalha no mesmo ramo que a gente?

O ramo sobre o qual Seri se referia provavelmente era o de gerentes de casais, casamenteiros, corretores de casamento, agências matrimoniais etc. Uma empresa casamenteira que usa uma farmácia de fachada? Cheirava a trapaça de feira de interior. Aechun não teve escolha a não ser se resignar a ser expulsa do mercado de casamentos pelas agências matrimoniais do outro lado da estrada de oito pistas. Afinal, não tinha poder econômico para concorrer. Mas sua reputação dos tempos antigos como Cinturão Park cairia por terra se fosse esmagada por um vendedor de remédios que fala de amor.

— Pare de falar bobagem!

Embora Aechun tenha se mostrado dura com Seri, a beleza da farmacêutica e o slogan sobre desejo de amor a deixaram incomodada. Além disso, como assim, eles iriam completar o amor dos clientes? Não era isso o que os casamenteiros faziam?

— Tudo bem, *unnie*. Não vamos nos preocupar à toa. Pega a lista das professoras de ensino fundamental I e vamos nos concentrar apenas em nosso trabalho. — Seri também deixou de dar muita importância àquilo.

Poção do amor

Han Sooae foi direto até a cama onde Hyoseon estava deitada na sala de emergência. Uma enfermeira verificava o soro.

— Ela está bem?

— A primeira coisa que fizemos foi limpar o corte. Depois que a paciente descansar um pouco, receberá tratamento ambulatorial e poderá voltar para casa.

Hyoseon estava de olhos fechados e fingiu não notar Sooae.

Sooae estava na farmácia quando o diretor do hospital ligara. Embora já tivessem se passado alguns dias desde a inauguração do negócio, o interior da farmácia estava bagunçado. Seu marido, Choi Yeongkwang, não mostrava nem sequer a ponta do nariz, enfurnado em seu laboratório, e também não ajudava com a divulgação da farmácia. Sooae não teria com o que se preocupar se a Farmácia do Amor fosse como outra qualquer. Obviamente, os produtos vendidos ali eram produtos farmacêuticos e alimentos funcionais certificados pelo Ministério de Alimentos e Medicamentos. Mesmo assim, como não eram medicamentos prescritos, precisavam ser devidamente divulgados.

Quando Sooae subiu na cadeira para pendurar a

certificação do ministério no lugar mais visível, o telefone tocou. Do alto da cadeira, ela vasculhou as prateleiras com os olhos. Pensou que seu celular devia estar em algum lugar no meio daquela bagunça.

Naquele momento, a mão que segurava o certificado se abriu e ela se desequilibrou. Tudo porque estava com a cabeça em outro lugar. Num instante, o certificado caiu no chão e o vidro da moldura quebrou. O telefone continuou tocando. Sooae ficou irritada. Viu o celular entre as caixas de produtos empilhadas, desceu da cadeira e rapidamente o pegou, mas a tela estava apagada. Só então percebeu que o toque não era do celular. *Droga!* Sooae olhou para o telefone sobre a mesa. Estava chamando.

— Alô.

Ela estava muito irritada, mas atendeu ao telefone. Passou-lhe pela cabeça que, se fosse uma ligação trivial, xingaria à beça.

— Escuta, é da casa da srta. Choi? Ou melhor, da casa de Choi Hyoseon?

Mas que papo era aquele? Se alguém tinha alguma coisa para falar com Hyoseon, era só ligar para o celular dela. O olhar de Sooae vagou pelo interior bagunçado da farmácia, depois foi parar na moldura com o vidro quebrado, e ela sentiu que estava ficando sem forças. Por que estava fazendo aquilo? Estava até encorajando o tolo do marido. As imagens de quando seu marido era professor de biologia do ensino médio e de quando, havia pouco mais de dez anos, recebera o telefonema da delegacia se sobrepuseram. Ele havia sido convocado a depor sob a alegação de que conduzira um experimento clínico. Aquela foi a primeira vez que Sooae chegou a pensar que o que tinha acontecido com ela no ensino médio também poderia ter sido um crime. À primeira vista, era claramente um crime, mas, quando os fatos foram considerados, chegou-se a um consenso.

Mas aquilo não era tudo. Sooae balançou a cabeça. O truque era o que mais a abalara. Quando Sooae o questionou sobre o ocorrido, o marido, que fora liberado após o interrogatório, desconversou declarando que não continuaria as pesquisas. Mas, sem as pesquisas, o marido dela parecia uma marionete com um dos parafusos faltando. Como um pêndulo, ele só ia e voltava do cursinho para casa. Também parou de prestar atenção em Sooae. Antigamente, costumava ser um marido controlador, como um enfermo que sofria de ciúme patológico.

Sooae assumira as responsabilidades de trabalhar como farmacêutica desde muito jovem. Foi só quando o marido parou de prestar atenção nela que finalmente conseguiu respirar em paz. Percebeu que, mesmo saindo só de jeans e camiseta, as pessoas reparavam nela. E se Hyoseon não a tivesse impedido? Não se sabe até onde ela teria chegado.

Assim que recobrou o juízo, Sooae desceu até o porão. Depois de arregaçar as mangas, pegou uma vassoura e um esfregão, e começou a limpar o porão, que estava coberto de poeira e teias de aranha. Na época, seu marido já era idoso, e sua posição como professor estava ameaçada.

— Tente voltar a fazer o que você gosta. Mesmo que a minha vida tenha acabado assim por causa de um truque, não consigo mais ver você andando por aí todo cabisbaixo.

Seu marido ficou olhando sem reação para o porão limpo.

— Vamos tentar ganhar dinheiro com a sua pesquisa.

— Como assim, ganhar dinheiro?

O rosto do marido tímido empalideceu.

— Vamos abrir uma farmácia, fazer propaganda e vender os produtos. Deixando à mostra meu diploma de farmacêutica. Já conseguimos a aprovação do Ministério de Alimentos e Medicamentos uma vez. Vamos tentar de novo.

Seu marido ainda tinha uma expressão assustada. Ela já esperava por essa reação dele. O incidente sobre o qual Sooae o indagara, junto com as idas e vindas à delegacia por causa dos testes clínicos, o fazia estremecer. Como é que ela podia ter se sentido atraída por uma pessoa tão estúpida como ele? Se tudo isso era o poder do amor, definitivamente, o truque era um jogo com chance de vitória.

— Seja como for, a pesquisa acadêmica está fora de questão. Então, vamos pelo menos ganhar algum dinheiro. Você já não disse que está velho demais para ser professor de cursinho? Para mim também é difícil arranjar um emprego como farmacêutica. Também temos que pensar na Hyoseon. Como ela vai se virar? Não é bonita, seu diploma também não é grande coisa. Musicoterapia? É um diploma que não vale nada. Mesmo arranjando um contrato temporário aqui e ali, a renda dela não vai ser muito diferente do que se tivesse um trabalho de meio período. Se construirmos algo, tudo ficará para Hyoseon. Esqueça o caso da delegacia. Foi um perseguidor maluco que armou contra você. Até na delegacia disseram que você não fez nada de errado. Vamos tentar mais uma vez, antes que sejamos velhos demais. Viagra cerebral, amor espiritual. É um produto inovador!

Sooae perdeu o fôlego tentando persuadir o marido. Depois de ter passado alguns dias refletindo, ele declarou sua decisão com uma expressão suave. Pediu de dois a três anos. Justificou que demoraria tudo isso porque ficara muito tempo parado. Talvez porque as coisas já eram para ser assim, sugeriram que ele pedisse demissão do cursinho onde dava aulas. O motivo era que os pais e os alunos estavam incomodados com a idade dele. Não era nada que ele não estivesse esperando.

Durante quase dois anos, ele ficou no porão e se dedicou à pesquisa. Depois desse tempo, o marido chamou Sooae.

— Existe uma substância chamada vasopressina.

Não era kisspeptina? Sooae inclinou a cabeça. A pesquisa do marido sempre lhe causava esse efeito. Era isso que ela chamava de truque.

— Talvez devesse ser chamada de hormônio da dedicação total.

Ele explicou que a vasopressina era um hormônio que fazia com que alguém dedicasse seu afeto unicamente à pessoa por quem se apaixonou. Também era chamado de Viagra cerebral, estimulando o coração. Seria aquele o resultado dos últimos dois anos? *Tão rápido assim?* Sooae ficou intrigada. Encontrar o hormônio não era difícil. Extraí-lo e desenvolver fórmulas líquidas e sólidas com ele, porém, não era tarefa fácil. Sooae, que se formara em farmácia, sabia bem disso. Ela perguntou todos os detalhes ao marido. O rosto dele ficou vermelho e seus pequenos olhos se desfocaram. Será que a substância do truque não era a kisspeptina, e sim a vasopressina? Ocorreu a Sooae que seu marido já poderia ter se submetido a um teste de viabilidade dessa substância. Quem sabe ela mesma já a experimentara.

Sooae decidiu deixar aquilo para lá. Mais uma discussão não mudaria nada àquela altura. Analisar o passado era apenas perda de tempo. Sooae e seu marido não eram jovens e não tinham muitas oportunidades. De modo geral, para transformar o hormônio em um produto comercialmente viável, restavam três tarefas.

Primeiro, a substância desenvolvida precisava ser aprovada pelo Ministério de Alimentos e Medicamentos. No passado, a kisspeptina recebera a certificação GMP do órgão. A vasopressina também tinha grandes chances de ser aprovada. Embora seu marido fosse inexperiente em assuntos mundanos, Sooae sabia melhor do que ninguém que ele era um gênio sem igual em sua área de pesquisa.

A segunda tarefa era transformar as substâncias em medicamentos eficazes para serem vendidos. Era uma tarefa que ela poderia assumir. Sooae, que tinha contato com uma empresa farmacêutica, conseguiria comercializar as substâncias na forma de drágeas ou geleias, com a ajuda de um especialista. Se incluíssem aditivos com sabor de frutas, de acordo com o nome ou as características do produto, conseguiriam estimular o olfato e a percepção visual dos clientes.

A terceira tarefa era fornecer consultas e divulgar o produto. Os produtos hormonais à venda na Farmácia do Amor não ficariam em prateleiras do lado de fora do balcão. Se tivesse que nomeá-los, diria que são hormônios funcionais. Ou seja, "poções do amor". Era preciso ler a mente dos consumidores que comprariam esse Viagra cerebral e informá-los sobre seu funcionamento. Sooae e o marido esperavam que a filha deles, Hyoseon, assumisse a terceira tarefa.

O casal chegou a um consenso pela primeira vez em muito tempo. Ele estalou os dedos usando o polegar e o dedo médio. Sooae também se sentia melhor. Eles aproveitaram o embalo e foram direto para a cama tratar dos problemas conjugais que queriam resolver havia anos. Enquanto fazia amor com Sooae, seu marido voltou a estalar os dedos, fazendo barulho debaixo do cobertor.

A farmácia começara assim, mas sua inauguração não foi nenhum mar de rosas. O marido, que era um gênio no desenvolvimento de moléculas hormonais, deixou toda a organização da abertura da farmácia para Sooae e fingiu que não tinha nada a ver com aquilo. Hyoseon também não se convenceu facilmente.

— A srta. Choi teve uma fratura orbital e pode precisar de cirurgia, mas, para isso, precisamos do consentimento de um responsável. Estou avisando a senhora antes de tudo, mas estou indo vê-la agora mesmo.

De acordo com o diretor do hospital onde Hyoseon trabalhava meio período, aquilo ocorrera durante um atendimento. O trabalho de Hyoseon era conversar um pouco com pacientes deprimidos e tocar uma música apropriada para eles. Seu cargo de musicoterapeuta era só um nome. Ela era apenas uma auxiliar de neuropsiquiatria do hospital público. *Mas como assim, uma cirurgia?*, Sooae ficou mais perplexa do que surpresa.

Pensou em contar ao marido, mas desistiu. De nada adiantaria. Sooae subiu para a casa e se maquiou. Para ela, passar maquiagem era como se fantasiar. Se Hyoseon tinha sofrido uma agressão, era possível que Sooae precisasse conhecer quem machucara a filha. Sooae acreditava que, em vez do interior, era a aparência que determinava o valor e o nível de uma pessoa. Se parecesse mal-arrumada, provavelmente seria desprezada pelo agressor de Hyoseon.

Sem saber o que realmente se passara na cabeça de sua mãe, ficou de cara amarrada assim que a viu. É claro que Sooae não estaria com a cara tão boa se tivesse saído correndo da farmácia, deixando toda aquela bagunça para trás. Por isso, era bem compreensível que Hyoseon estivesse insatisfeita com Sooae. No entanto, da perspectiva de Sooae, também havia muito o que poderia ser dito. Para Sooae, que tivera as asas quebradas sem nem sequer pudesse batê-las direito em direção ao céu ao menos uma vez, Hyoseon era um fardo pesado. Ainda assim, Sooae fez o melhor que pôde. Tanto como esposa quanto como mãe.

Sooae queria que Hyoseon tivesse feito faculdade na área de ciências biológicas. Assim como seu marido, ela não demonstrava isso externamente, mas, no fundo, queria que Hyoseon seguisse seus passos e tivesse ido para a faculdade de farmácia. Mas, estranhamente, ela escolheu a de música. Sooae sentia pena de gastar o dinheiro para pagar pela faculdade, na qual Hyoseon demorara três anos para conseguir entrar. A filha não conseguiu emprego depois de se formar, e disse que seria musicoterapeuta. Com a intenção de deixá-la fazer tudo o que quisesse, a mãe lhe entregara o cartão de crédito. E agora estavam naquela situação.

A pessoa que tinha deixado Hyoseon assim era uma

paciente neuropsiquiátrica de apenas dezessete anos. Por conta da natureza do trabalho de uma terapeuta, e para proteger os pacientes psiquiátricos, era difícil solicitar que pagassem as despesas de tratamento ou uma indenização. Naquela situação era impossível argumentar. Aquilo deixou Sooae bastante frustrada.

— Você precisa mesmo trabalhar nesse lugar, sendo espancada pelos pacientes?

— Você veio até aqui para dizer isso? Eles disseram que nem farão cirurgia. Pode ir embora!

Hyoseon também estava bastante irritada. Sooae tentou pensar em algo que pudesse usar para repreender Hyoseon, mas desistiu.

— Preciso ao menos ver o médico. Depois disso, vou embora, mesmo que você não queira.

O nome de Hyoseon foi chamado no ambulatório. Sooae a seguiu até o consultório. O médico virou o monitor e mostrou a tela; havia uma imagem de tomografia computadorizada. Os vasos sanguíneos entrelaçados como fios entre ossos brancos estavam pretos. Parecia uma foto da Terra vista de um satélite. Um mapa reduzido em escala de um sobre centenas de milhares.

— Consideramos a cirurgia, mas decidimos que o tratamento conservador será melhor.

— O que quer dizer com tratamento conservador?

— Para simplificar, significa deixar calcificar como está. Embora o corte tenha sido esteticamente resolvido com sutura, não tocamos no osso quebrado. Os ossos dessa parte do corpo são tão frágeis que é difícil restaurá-los com cirurgia.

É melhor esperarmos que calcifiquem de forma natural e que se colem aos poucos. Isso vai levar algum tempo.

Sooae sabia que as fraturas orbitais são uma lesão comum entre atletas que levavam o corpo ao limite. Ela não conseguia acreditar que sua filha tivesse sofrido uma fratura daquelas por conta de uma criança de apenas dezessete anos. Nem fizera valer seu tamanho. Com certeza, Hyoseon receberia uma punição em sua avaliação de desempenho por esse incidente, e aquilo também impactaria sua próxima candidatura para um cargo temporário.

Depois que o médico terminou a explicação, Sooae sentiu os olhos dele recaírem sobre ela. Todos os homens eram iguais. Pareciam os olhos apaixonados de Seungkyu. Aquele maluco. Aliás, ela estava mais brava com Hyoseon do que com ele. A verdade é que ele não combinava com Hyoseon. Mas o que ela poderia fazer se a filha dizia que gostava dele? *Hyoseon diz que gosta dele, mas nem consegue fisgá-lo para si. É patética.*

Não dava para entender por que os homens estavam sempre obcecados por ela. Aquela era a razão de todos os seus problemas: quando jovem, seu marido era obcecado por ela. Ela chegara a sair com homens com a intenção de zombar das suspeitas do marido, e até quase chegou a namorar um certo vagabundo. Isso também contribuiu para que Hyoseon saísse da linha durante a adolescência.

— Tem mais algum cuidado que precisamos adotar?

Sooae já sabia bastante, mas perguntou ao médico só para confirmar.

— Choques são proibidos. O tempo é o remédio. Por ora, deve ter cuidado ao tossir ou espirrar. O que vocês são uma da outra? Por acaso você é a irmã mais velha da paciente? Um cuidador também precisa ajudar a paciente a lavar o rosto e a cabeça. Os olhos do médico se voltaram outra vez para Sooae. Ela respondeu com um sorriso quase imperceptível. Era um hábito que se desenvolvera naturalmente depois de tanto tempo trabalhando como farmacêutica em uma grande farmácia. Onde quer que se esteja, é preciso ser gentil para poder fazer negócios. Para os farmacêuticos isso não era exceção.

"Em qualquer situação, o sorriso que uma mulher oferece a um homem é sinal de que ela tem simpatia por ele. E você é um espécime que sabe disso instintivamente", era a frase abusiva proferida pelo marido quando a repreendia, dita com uma expressão fria no rosto. O marido, que parecia ser uma boa pessoa, era tão ríspido que dava arrepios quando vomitava palavras duras e humilhantes sobre ela. *Mas e quanto a você? E você que ficou louco por mim por causa do meu sorriso?*, eram as palavras que Sooae engolia.

— Minha irmã?! Não, ela não é minha irmã. — Hyoseon ergueu a voz e refutou o que o médico dissera.

— Ah, tudo bem. Ok. Bem, a paciente e a acompanhante não se parecem em nada. Mas...

— Ela é minha mãe. Minha mãe biológica.

Com uma expressão fria, Hyoseon disse algo que não precisava ter falado. Na linguagem dos jovens de hoje em dia, seria ultrajante. Hyoseon geralmente odiava revelar que ela e Sooae eram mãe e filha. Ela deve ter ficado furiosa porque o médico não parava de olhar para em Sooae, e ele ainda dissera que elas não eram parecidas. Seria o comentário uma gorda e feia. Seungkyu às vezes sentia um ciúme quase assassino do marido velho e feio dela.

— Como sei que isso não vai me fazer mal? Tenho cara de rato de laboratório? — Nada de bom poderia sair da boca de Seungkyu.

— É inofensivo para o corpo humano, então não precisa se preocupar. Que tipo de futuro genro é esse? Deveria confiar mais no seu futuro sogro. Além do mais, está certificado pelo Ministério de Alimentos e Medicamentos.

— É claro que eu confio nele. Vou confiar. Tanto no sogro quanto na sogra.

Seungkyu ficou só olhando para os lábios da mulher enquanto ela explicava os efeitos do uso contínuo da chamada "poção do amor".

— Você também é quase da nossa família. Eu lhe trouxe isto porque queria ouvir como vai se sentir ao experimentar.

Seungkyu voltou a fitar a coisa em sua mão. Era cor de abóbora e brilhava. Com a textura macia já familiar, parecia que ia derreter na língua. Seungkyu colocou-a na boca sem pensar mais a respeito. A boca inteira sentiu aquilo, que flutuava pela língua e passava pelo céu da boca. Na pressa, mordeu uma parte da forma oval com os dentes da frente. O sabor da geleia estimulou suas glândulas salivares. O final foi levemente doce e amargo. Devia ser o gosto dos ingredientes da poção do amor. Quando mexeu a língua para sentir melhor o sabor, a cápsula desceu pela garganta em um instante.

— O que achou? — ela perguntou, olhando atentamente para ele.

— O gosto é muito bom.

Sua boca ficou querendo mais, por ter engolido algo delicioso sem saboreá-lo direito.

— Ah, não isso! Não perguntei do sabor, mas da sensação.

— A sensação? Bem, não tenho certeza. Elas são todas assim?

— Existem outros formatos também. Preste mais atenção. A palpitação de quando está amando... consegue sentir algo parecido com isso?

Será isso um sinal de tentação? Um balão começou a inflar no peito de Seungkyu.

— O que quer dizer com isso?

— Isso que o senhor tomou agora faz brotar o sentimento do amor. O que estou dizendo é que não importa que mulher esteja na sua frente, você deve sentir como se seu coração estivesse explodindo.

Não importa que mulher esteja na minha frente? Para Seungkyu, ela era a única. Agora que pensava naquilo, parecia que aquela reação estava chegando na velocidade da luz. *Será que essa tal poção do amor funciona mesmo?*

Farmácia com música

Farmácia do Amor. Leehwan verificou o nome postado no banner do site. Os comentários eram diversos, desde uma avaliação de uma estrela questionando se não era apenas ação de marketing ou venda de produtos adultos, até outra de cinco estrelas alegando que um casal entediado à beira do divórcio teve um filho tardio. Foi o suficiente para lhe despertar a curiosidade. O patrão estava certo quando lhe disse para pesquisar na internet. Ou melhor, quando ela disse, e ele ouviu através da boca do patrão, que era tudo verdade. Ele nunca duvidara da mulher. Leehwan balançou a cabeça. Mesmo que ela contasse uma mentira fazendo-a passar por verdade, Leehwan acreditaria. Acreditaria em quaisquer que fossem as palavras que saíssem de sua boca.

Parecia o trecho de uma história que Leehwan lera quando era jovem. Não sabia se era um conto de fadas ou uma lenda. Havia uma mulher de cuja boca saíam cobras, sapos e ratos a cada vez que falava, e outra mulher de cuja boca saíam ouro, tesouros de prata e flores. Ele não se lembrava direito de como a história se desenrolava, e apenas essas duas imagens estavam gravadas em sua mente. Era uma história do bem contra o mal, em que pessoas más eram punidas com pragas sujas ou atividades repugnantes, e pessoas boas eram recompensadas com tesouros caros e flores perfumadas.[5]

Certa vez, Leehwan lhe contara essa história quando ela foi fazer uma revisão no carro. O motivo pelo qual falou sobre um conto de fadas que não combinava em nada com um centro automotivo? Vai saber. Provavelmente foi por conta de seu hábito de falar sobre qualquer coisa com qualquer um. Foi no dia que ela e Leehwan se conheceram. O chefe estava fora e, embora o carro dela já estivesse pronto, ela estava enrolando, tomando sua terceira xícara de café da máquina. Na época, Leehwan não sabia que ela tinha sentimentos pelo patrão.

— É mesmo! Acho que também li esse quando era jovem.

Vê-la concordar com ele foi revigorante. A garota era diferente da maioria dos clientes, que muitas vezes ficavam irritados pelo jeito que Leehwan falava.

— Uau! Quer dizer que você também leu? A intenção é ensinar às crianças a importância das palavras, certo? — Leehwan ficou orgulhoso, pensando que tinha feito um comentário bastante razoável.

— Bem... Quando li, pensei que tanto as punições como as recompensas eram irritantes e inconvenientes... Pense bem: como você pode viver a vida se coisas como pragas ou ouro e prata estão saindo da sua boca?

---

5 Referência ao conto "As fadas", de Charles Perrault, publicado em 1697. (N. T.)

Sua expressão, com a cabeça inclinada em um ângulo de quarenta e cinco graus, parecia-lhe refinada. Na verdade, Leehwan pensara a mesma coisa, porque não gostava do tipo de mensagem instrutiva que só seria usada durante o dever de casa e nunca mais.

— É isso mesmo! Na verdade, eu também pensei isso. Como poderia ser diferente do rei Midas, que transformava em ouro tudo o que tocava?

— Pois é! O rei Midas deve ter morrido de fome no final, com certeza! — Ela também bateu palmas e riu enquanto tentava acompanhar o ritmo de Leehwan.

Os dois riram alto sem motivo. Para outras pessoas, foi uma conversa insignificante, mas, naquele momento, os dois se conectaram. Claro, poderia ter sido apenas o que Leehwan sentia. Mas, naquele dia, eles se conheceram. Ela o deixou animado ao comentar:

— Você é uma pessoa muito interessante.

Depois daquele dia, Leehwan torcia para que o carro dela tivesse problemas. A partir de certo momento, até as pragas e os animais nojentos que saíam de sua boca pareciam joias brilhantes e lindas flores. Esse era o poder do amor. Por isso, ele acreditava.

Quando o patrão contou a notícia, Leehwan pensou: *Ah, vá, quem é que vai comprar essas bobagens?* Riu na mesma hora da notícia, mas, no momento que o patrão a mencionou, Leehwan confiou cegamente nela, independentemente da veracidade. Se ela dissesse que o daltonismo vermelho--verde, que não distingue entre vermelho e verde, é uma representação fiel do mundo, ele iria insistir nisso também.

Era assim que Leehwan se sentia em relação a ela. O problema era que a garota o tratava como a uma pedra na rua. Há um ditado que diz que é preciso tratar o ouro como pedra, mas Leehwan não era de ouro nem ela era como o general Choi Yeong no final da dinastia Goryeo.[6] O problema não era ser ouro nem pedra. O maior obstáculo era que havia outra pessoa gravada nos olhos dela.

Leehwan não acharia de todo mal comprar o produto se estivesse facilmente disponível na internet. Clicou no banner, mas não foi parar num site de vendas. O que apareceu foi apenas uma propaganda:

> Está vivendo uma crise no relacionamento?
> Deseja encontrar alguém para amar?
> Sua vida de casado é morna?
> Transforme seus hormônios com esta poção inovadora.
> Com ela, seu cérebro entrará em ação e o amor vai se espalhar pelo seu coração.

As frases sugestivas também eram bastante dramáticas. A motivação das pessoas que davam resenhas de uma estrela era bem compreensível. Mas, de repente, o rosto dela lhe veio à mente. *Talvez ela também...? Será por isso que ficou tão obcecada pelo patrão?* Um aviso recomendando a compra após se consultar com um especialista chamou a atenção de Leehwan.

---

6 Comandante militar do final do período Goryeo (918-1392), considerado um homem íntegro por seguir o lema de "tratar o ouro como se fosse uma pedra sem valor". (N. T.)

Esse era o motivo pelo qual apenas era possível comprar na loja física. Rolou a tela para baixo e verificou o local.

Estrada Infinita do Amor, rua 3, 16-2, Yeonmo-gu, Seul.

Ficava um pouco longe da casa de Leehwan. Levaria cerca de uma hora para chegar. Clicou no botão de agendamento no canto superior direito da página e inseriu a data e a hora da consulta.

No dia marcado, saiu de casa achando que aquilo era perda de tempo. A Estrada Infinita do Amor estava localizada na porção leste de Seul, a dez minutos da saída cinco da estação Estrada Infinita. Leehwan abriu o aplicativo de mapas em seu telefone. Era uma área residencial. Quando entrou na rua 3, os arranha-céus e os prédios do outro lado pareciam olhar a área residencial do alto.

Quando Leehwan entrou no beco da rua 3 com passos relutantes, deparou com um mercado tradicional. A julgar pelas cruzes vermelhas desenhadas nas janelas e nas portas das lojas, parecia que a demolição do lugar era iminente. Em frente a uma loja com toldo velho e uma placa com o nome da empresa escrito torto, era possível ver uma bacia de plástico barato que continha alimentos não identificados sob uma fina camada de gelo. No lado de dentro da porta de vidro, presa de qualquer jeito com fita adesiva, mesas e encostos de cadeiras de plástico estavam espalhados ao acaso, exibindo-se como os intestinos de um animal. Do lado de fora da loja, fios elétricos emaranhados, uma geladeira com estampa feia de flores e utensílios de cozinha cobertos de poeira foram deixados espalhados. Dentro da loja, havia algumas pessoas. Amontoadas sobre cobertores elétricos e tilintando copos de *makgeolli*,[7] os olhos delas brilhavam como os de animais selvagens. Não pareciam comerciantes. Um arrepio percorreu a espinha de Leehwan ao ver um mundo diferente do que havia lá fora. Um cheiro de mofo vinha de algum lugar. Quando pesquisou na internet, descobriu que toda a região passaria por um processo de reabilitação e vários prédios seriam demolidos em breve. Leehwan teve a impressão de ter caído num filme *noir* dos anos 1970. Era incrível que um lugar como aquele ainda existisse no meio de Seul. A neve caía do céu de nuvens baixas e cinzentas.

Ao passar pelo mercado, deparou com uma área residencial degradada. O aplicativo do celular ainda apontava para lá. *Por que justo em um lugar como este?*, Leehwan sentiu como se estivesse possuído por algo. Era seu único dia de folga na semana e, àquela hora, normalmente estaria deitado na cama e pediria comida para entregar. O arrependimento por ter desistido da imensa preguiça do dia de folga e ido até ali para fazer algo tolo foi tomando conta dele, como o álcool fluindo em suas veias.

Sim, se parasse para pensar, era tudo culpa do álcool. As palavras que levava bem escondidas saíram livremente. Era até aceitável ele ter dito ao patrão que queria conhecer uma mulher e ter um relacionamento. O problema foi depois disso. O patrão parecia estar de bom humor. O relacionamento às

---

7 Vinho de arroz tradicional coreano, de consistência leitosa. (N. T.)

escondidas com uma mulher que ele conhecera podia ter recebido a aprovação de Leehwan, mas era algo horrível com ela.
— Eu realmente invejo você, patrão. Mas como pode fazer isso? Na minha opinião, é muito errado.

Sob o efeito do álcool, ele começara a discutir com o patrão.

— Ora essa! Por quê? — A expressão nos olhos do patrão era incomum.

Leehwan lhe dissera para não fazer aquilo com ela e que seria punido por tal comportamento. Ele soltou o verbo. Leehwan jurava que tinha sido sem querer. O patrão despejou um copo cheio de *soju* na boca sem nenhuma resposta, como se estivesse muito chateado. Ou como se também estivesse sofrendo. Não dava para saber ao certo. O patrão era sempre assim. Ainda mais com ela. Talvez ela ficasse confusa com a atitude do patrão. Talvez por isso mesmo se apegasse ainda mais a ele. O amor era sempre assim. Leehwan também estava sempre sedento. Alguns chamariam isso de carência.

Leehwan, que perdera a mãe cedo, fora criado por seu pai solo. Embora o pai tenha feito o melhor que pôde por Leehwan, em um canto de seu jovem coração fazia um inverno frio. Mesmo no meio do verão, o frio chegava de algum lugar, e a casa de Leehwan se tornava desoladora. O arroz que seu pai deixava pronto na panela elétrica antes de sair para o trabalho nunca estava bom. Os acompanhamentos guardados em recipientes herméticos tinham cheiro de tempero contendo glutamato monossódico e também um cheiro típico de geladeira. O restaurante que vendia acompanhamentos e que o pai frequentava sempre usava temperos da mesma marca. Quando ia à casa de amigos, às vezes, o ar da casa deles lhe parecia diferente. Um calor preenchia cada canto. Era a magia das mulheres que cuidavam do lugar. A maioria das mães dos seus amigos era de meia-idade, acumulava gordura na barriga e tinha uma aparência calorosa.

Seu pai saía com mulheres fora de casa, mas nunca voltou a se casar, e foi envelhecendo enquanto criava Leehwan. Os parentes de Leehwan enfatizavam o sacrifício de seu pai e forçavam-no a ser grato. Eles nem se importaram com a falta que Leehwan sentia. Como será que eram as mulheres com que seu pai saía? Leehwan pensou que teria sido melhor se o pai lhe tivesse arranjado uma madrasta. Talvez fosse por isso que o rapaz tinha mais fantasias com mulheres mais velhas do que com garotas de sua idade. O cheiro da comida das mães de seus amigos, que estavam ocupadas indo até o tanque com as roupas de casa, lhe despertava um sentimento de carinho maior do que qualquer perfume do mundo. Isso não era a beleza estereotipada, e sim o calor da vida cotidiana. Leehwan pôde sentir isso nela. No mundo onde ela existia, não haveria nenhum rei Midas que morresse de fome por causa do ouro. No inverno, haveria batata-doce, que ele comeria ruidosamente, e no verão ele conseguiria ouvir o som das cigarras à sombra de uma árvore grande.

— Patrão, escuta! Eu gosto de uma mulher.

Leehwan ficara surpreso com as próprias palavras, que saíram do nada. O patrão largou o copo e fez cara de quem não achou grande coisa. "Mas que merda!", foram as palavras que por pouco não saíram de sua boca.

— Estou falando que gosto de uma mulher! — Leehwan gritou alto. Tão alto que, se alguém ouvisse, diria: "E daí?"

O patrão despejou álcool no copo vazio e, com a outra mão, bateu algumas vezes no ombro de Leehwan. O patrão era do tipo que falava pouco, comparado com Leehwan, que falava muito. O rapaz gostava disso no começo. Ficava irritado consigo mesmo por fingir ser alegre e engraçado, porque não queria mostrar sua tristeza aos outros. Na frente do patrão, não precisava fazer isso e ficava mais à vontade. Mas, à medida que a presença dela crescia na mente de Leehwan, o jovem começou a achar o patrão detestável. Leehwan também sabia que era o ciúme, que sempre andava de mãos dadas com o amor.

— Boa sorte com seu empreendimento juvenil!

Que tipo de palavras de encorajamento eram aquelas? Leehwan estava ficando irritado de verdade. Ao ouvir as palavras do patrão, ficou cheio de ciúme.

— O problema é que o sentimento não é recíproco.

— Jovem, tente demonstrar coragem. Ou então, deixe quieto.

O patrão estava falando mais do que de costume naquele dia. Rindo muito também. Um tipo de sorriso que nunca mostrara para a namorada. Depois que descobrira que os olhos do patrão pertenciam a outra mulher, não a ela, Leehwan passou a provocá-lo. Com uma combinação de embriaguez e falta de discernimento, começou a falar besteiras, dizendo que não tinha coragem e que tinha medo de ser rejeitado.

— Ouvi dizer que existe uma poção do amor... Experimentei, e parece ser eficaz...

À primeira vista, as palavras do patrão pareciam absurdas. Uma farmácia que vendia amor? Então disse a Leehwan para pesquisar, quer acreditasse ou não.

— Para com isso, patrão! Essas coisas são todas fraudes. Provavelmente, é um site ilegal de afrodisíacos.

Este seria um item atraente para um patrão cabeça-dura que já tinha passado dos quarenta fazia tempo. Ela também estava louca, agarrando-se a alguém que se interessava por pílulas energéticas ou coisas assim. Mas, num instante, as palavras que saíram da boca do patrão deixaram Leehwan sóbrio. Ele disse que era o novo trabalho dela. Leehwan tinha ouvido dizer que ela era musicoterapeuta, e não conseguia acreditar que tivesse entrado no ramo da venda de pílulas energéticas. Segundo o patrão, ela dava aconselhamento aos clientes e, como o produto em si era inovador, até que era popular. Ele disse que muita gente ia lá por indicação e que o lugar era bastante conhecido nas redes sociais. Se fosse dito por ela, mesmo que fosse um palavrão, para Leehwan era incondicionalmente uma palavra que valia ouro.

— É mesmo? E como é?

— Dizem que é como uma espécie de Viagra mental. Em vez de induzir uma reação física, estimula a mente para fazer a pessoa se apaixonar, ou algo parecido.

Leehwan imaginou a flecha do Cupido, que faz aqueles que são atingidos por ela se apaixonarem pela primeira pessoa que veem. Se aquilo fosse verdade, era claramente uma magia que ficava em algum lugar na fronteira entre a realidade e a fantasia.

Leehwan caminhou na direção indicada pelo aplicativo de

mapa de seu celular. Era uma área residencial cheia de casas baixas. Era mais limpa do que o mercado que estava prestes a ser demolido, mas estava igualmente degradada. Por algum motivo, Leehwan se sentia estranho e ficava dando passos em falso. Estava repleto de dúvidas, indagando se o patrão lhe havia pregado uma peça, e lamentou ter vindo à toa. Leehwan também tinha uma vaga impressão de que o patrão o desprezava. Provavelmente, desde que ficara sabendo que Leehwan odiava se sujar de óleo. Por isso, o patrão lhe dizia repetidamente para aprender o passo a passo com ele e se tornar um técnico de primeira. Mesmo essas palavras faziam-no parecer arrogante. O patrão era um solteiro que já passava dos quarenta anos e ainda a ignorava. Talvez por isso Leehwan tenha feito questão de afirmar que odiava se sujar de óleo. Isso poderia contribuir com uma dose de revolta adicional. O tipo de revolta que daria vontade de dizer: "Eu fui lá ver, mas esse lugar não existe. Por que o senhor inventou isso, patrão? Você não tem mais idade para esse tipo de coisa".

Naquele momento, a placa da farmácia chamou a atenção de Leehwan!

FARMÁCIA DO AMOR.

Ela existia mesmo. Apesar de ter ido até ali porque o nome atiçara sua curiosidade, ele ainda estava descrente, e por isso arregalou os olhos. A farmácia sob a placa, que funcionava em um armazém reformado, tinha fachada de vidro.

Visto através do vidro, o interior da farmácia não era muito diferente do de qualquer outra. Talvez porque a decoração fosse nova, parecia bastante sofisticada. Leehwan não teve coragem de abrir a porta na hora e começou a bisbilhotar. No lado esquerdo da farmácia bastante espaçosa, havia uma placa vermelha que dizia DISPENSÁRIO. No restante do espaço, estava montado um estande em L com diversas caixas de remédio expostas. *Será que essa é a poção do amor que mexe com os corações?*, Leehwan pensou de novo no que o patrão havia dito. As frases do banner publicitário da loja virtual também lhe vieram à mente, uma por uma. Leehwan respirou fundo e pegou no puxador da porta de vidro. A porta não se mexeu. Será que o dono não estava? Leehwan olhou de novo para a porta. Não havia nenhum bilhete avisando para contatar determinado número porque estavam fechados no momento. Assim que pensou que não havia ninguém na loja, Leehwan se sentiu calmo. Pegou no puxador mais uma vez e a empurrou suavemente. Então, a porta de vidro deslizou e se abriu. Como se uma passagem para um mundo mágico se abrisse. Ele tinha achado que a porta era de puxar quando, na verdade, era de deslizar.

    No momento que botou os pés na loja, Leehwan sentiu como se partículas finas envolvessem seu corpo com delicadeza. Afirmaria que a atmosfera relaxante e calorosa de quando ia à casa dos amigos quando criança preenchia a loja.

    O interior era aconchegante o suficiente para evaporar instantaneamente a atmosfera do mercado tradicional antiquado e da área residencial solitária. No centro, havia uma área bem-arrumada com um sofá com boas almofadas e uma mesa. Era um novo conceito em decoração de farmácias.

    O que é isso? Quando Leehwan se deu conta, notou a melodia anasalada de uma canção fluindo pelo ambiente tranquilo. Parecia uma música estrangeira que ele conhecia, mas cujo nome não sabia. Uma farmácia com música? Era estranho, mas combinava com o interior todo branco. Podia-se dizer que o clichê "médicos para o tratamento e farmacêuticos para os medicamentos" estava perdendo o sentido. Se fosse nessa atmosfera da Farmácia do Amor, pensou que não haveria problema em adicionar uma frase de efeito: "musicoterapeutas para as consultas, farmacêuticos para os medicamentos".

Parecendo possuído por algo, Leehwan caminhou em direção ao local de onde vinha a música. O epicentro era o dispensário escondido por uma divisória do lado esquerdo do balcão. Uma poltrona e um armário eram visíveis atrás da divisória. A mulher sentada na poltrona, com os ouvidos tapados por fones de ouvido e de olhos fechados, era ninguém menos do que a mulher que deixava Leehwan angustiado de ciúme, que o fazia cerrar os olhos e olhar feio para o patrão. Na verdade, Leehwan tinha tanta vontade de vê-la quanto o contrário. Ela parecia profundamente imersa na música que tocava nos fones, sem perceber que alguém havia entrado na farmácia. Leehwan apenas a observou, atordoado. Era como se o mundo tivesse parado; como se o tempo tivesse congelado.

Contrato de compra do produto

Woosik agarrou o puxador da porta de vidro. A porta de correr se abriu sem fazer barulho. Um homem idoso de aparência desengonçada tomava conta da loja: com óculos pretos de armação de tartaruga, parecia uma figura de um quadro de Fernando Botero. Dizia-se que Botero era um pintor de volúpia. Havia uma pintura que Seri lhe dera de presente, dizendo-lhe para ganhar peso também. Conhecera o artista por meio de Seri, cujo sonho era se formar na faculdade de belas-artes e se tornar pintora. Aechun gostou mais da pintura do que Woosik, então ela a pendurou na parede da sala. A razão foi que as pessoas na imagem se pareciam com ela. Quando Woosik olhava para a pintura, também se sentia relaxado. Digamos que lhe provocava uma sensação de saciedade mesmo sem comer.

O Botero, de olhos esbugalhados, tinha uma expressão complexa e, ao mesmo tempo, sutil. Como a que alguém faria ao encontrar um esquimó na praia.

— Como soube deste lugar...? — Botero falou quase sem mover os lábios, como se fosse um ventríloquo. Era difícil encarar aquilo como a atitude de um comerciante recebendo clientes. Não seria certo recebê-lo dando boas-vindas? Bem, não tinha por que discutir sobre aquilo, pois Woosik também não tinha ido ali para comprar remédios.

— Eu gostaria de pedir informações. Vim à procura de uma musicoterapeuta. O nome dela é Choi Hyoseon.

— Ah, é com a Hyoseon. Do que se trata?

Pelo jeito, ele estava no lugar certo. Botero levantou-se meio torto e apontou para o sofá ao lado da mesa. Era um gesto indicando que Woosik ficasse à vontade. Woosik sentou-se no sofá e vasculhou o interior da farmácia com os olhos. Tratava-se de uma farmácia construída após a reforma de uma antiga casa unifamiliar. Era o que estimava Woosik, que vivia naquela região havia quase vinte anos. Já tinha sido popular reformar casas antigas e abrir restaurantes, salas de estudo e pequenos cafés. Será que ocorrera a mesma coisa no caso daquela farmácia? Tinha a *vibe* de um café local. Era completamente diferente do insosso mundo exterior.

Woosik e Aechun ficaram um pouco surpresos quando receberam o endereço no hospital. A ponto de não lhes entrar nos ouvidos que a musicoterapeuta havia se desligado do emprego. Pelo jeito, Hana era o motivo pelo qual a terapeuta saíra de lá. A mulher levara uma cabeçada de uma criança e tivera uma fratura orbital, por isso deve ter ficado de saco cheio. Woosik e Aechun também ficaram muito chocados quando receberam a notícia. Embora fosse meio mal-educada, Hana não era uma criança violenta. Era uma garota muito inteligente e de bom coração. Parecia que tudo era culpa dos pais, e isso lhes partiu o coração. Woosik tinha desistido de sua vida como homem gay quase por completo. Era o mínimo que ele podia fazer como pai.

— ♥ —

Woosik era gay, mas não foi fácil admitir isso. Pensava apenas que tinha alguma forma de disfunção sexual. Sentia-se excitado e seu rosto ficava vermelho quando via outros homens. Quando era adolescente, odiava-se por isso. No ensino fundamental II, Woosik se apaixonou pela primeira vez. Era um delinquente da escola, que exalava muito odor masculino devido ao crescimento acima da média. Os pelos sob o nariz e no queixo eram escuros, e os músculos da parte superior do corpo eram tão fortes que parecia que a blusa do uniforme de verão dele ia explodir. Woosik, um introvertido, ficou sofrendo sozinho de paixão até que acabou confessando seu amor. Disse para o delinquente que o amava. Que sentia que iria morrer se não pudesse vê-lo. Woosik apanhou do seu amor o suficiente apenas para não morrer. O delinquente foi expulso da escola, e Woosik, suspenso. O boato de que um menino gostava de outro menino se espalhou rapidamente pela escola, e Woosik não teve escolha a não ser abandonar o lugar. Era tratado como estranho mesmo em casa. O pai de Woosik batia nele, chamando-o de bicha suja. Dois anos depois, quando passou nos exames de qualificação do ensino médio, Woosik saiu de casa. Havia aguentado pensando que, se tivesse esse diploma, seria minimamente aceito na sociedade. Mas não havia emprego para um menor de idade sem formação profissional. Depois de namorar alguns homens que falavam mais ao seu corpo do que ao seu coração, ficou trabalhando meio período em casas noturnas e bares gays.

Quando viu um panfleto afixado em um bar gay que prometia marcar o encontro com sua alma gêmea, Woosik foi até o local sem pensar duas vezes. Isso foi logo depois de ter seu coração partido pelo cara com quem estava namorando. Conheceu Aechun num escritório de um prédio surrado de três andares. Aechun ouviu as preocupações incomuns de Woosik em silêncio e disse que encontraria alguém para ele. Os dois naturalmente ficaram próximos.

Woosik tratava Aechun como uma irmã mais velha, e Aechun o tratava da mesma maneira. Foi aí que Woosik baixou a guarda. Achava que o olhar adocicado, pingando mel, que Aechun dava sempre que o via era efeito do relaxamento do álcool. Os dois ficaram próximos o suficiente para irem beber juntos todos os dias. No bar, cada um desabafava sobre a própria vida.

— Já estou perto de completar quarenta anos. Estou presa neste lugar, fazendo o papel de casamenteira. Quem é que vai me enxergar como mulher? Não sou velha nem jovem e nunca pude namorar ou ter filhos. Que vida desgraçada a minha.

Aechun mastigou os tentáculos de lula e despejou um copo de *soju* na boca.

— Mas que saco! Você acha que só sua vida que é ruim? Vai por mim! Minha vida também é uma merda! Hoje, uma vadia enfiou a mão na minha cueca. As pessoas deviam só curtir uma casa noturna. Mas sempre tem gente com a mão boba. É um porre! Aquela vadia vai ter azar pelos próximos quinhentos anos. Os caras de quem gosto me tratam como um psicopata, e as garotas, que não me interessam, acham que sou o brinquedo delas.

Woosik choramingava como uma virgem que foi maltratada por um homem. Certo dia, quando ficaram acordados se embebedando a noite toda, Woosik passou os braços pelas costas de Aechun, e ela, por sua vez, encostou-se gentilmente no peito dele. Um suave sentimento de compaixão fez cócegas na sola dos pés dos dois, e seu coração inflou como balões. No fim, a virilha de ambos pegou fogo.

Depois desse dia, Woosik cortou contato com Aechun. Quando ela apareceu na casa noturna onde Woosik trabalhava durante meio período, ele correu para a porta dos fundos. Aechun de alguma forma conseguiu descobrir onde Woosik morava e se jogou em cima dele, agarrando-o pelo colarinho. A partir daí, todos os tipos de sons saíram do estúdio de Woosik e da casa de Aechun. Era uma mistura de prazer com lágrimas e suspiros, mas que, estranhamente, combinava também com os risos, formando uma harmonia.

Independentemente da orientação sexual de Woosik, o sentimento das mulheres em relação a ele era um só. O aspecto franzino de Woosik estimulava seu instinto materno ou algo do tipo. Fora assim com Aechun, e Seri também ficava ansiosa sempre que via Woosik, com vontade de cuidar dele.

Alguns meses se passaram assim. Era um fato inegável que a barriga de Aechun, que se projetava como uma tigela de boca para baixo, não era apenas banha por ela estar ficando velha. Mesmo a contragosto, Woosik oficializou o casamento. Não tinha como deixar a criança que estava no ventre de Aechun levar uma vida sem pai. Foi assim que veio o bebê, de olhos castanhos e bem arredondados. Eles a chamaram de Kang Hana, que significava "tão preciosa que é a única no mundo". Woosik criou a filha com medo de que ela pudesse sair voando caso alguém soprasse, ou se quebrasse caso alguém encostasse nela. Em contraste com a diversão de criar uma filha, porém, o coração de Woosik estava vazio. Aechun, que não suportava vê-lo viver sem propósito, abriu uma casa noturna gay para ele. Mas amar homens não significava que ele fosse bom em negócios do ramo. Administrar uma casa noturna não era questão de orientação sexual, mas de visão empreendedora. Woosik chegou a fechar o estabelecimento três vezes, e o prédio de Aechun se tornou uma lata vazia. Ainda foi sorte terem conseguido salvar um apartamento, o de número cento e cinco, onde a família vivia.

Parecida com Woosik, embora de constituição fraca, sua filha cresceu e se tornou uma criança alegre. Felizmente, ela não se importava que Woosik e Aechun fossem diferentes dos outros pais. Pelo menos por fora. Mas a menina, que parecia ter demorado a chegar à puberdade, chegou ao cúmulo de cortar o pulso com uma faca, como se não bastassem a depressão e a afasia. No final, não a deixaram voltar para a escola e a internaram no hospital. E agora, como se não bastasse, tinha chegado ao ponto de agir com violência contra alguém.

— Será que é uma boa ideia ir lá visitar? Vão xingar um monte.

Conforme o tempo passava, Aechun foi ficando receosa. Questionou se era mesmo necessário que os pais de uma paciente neuropsiquiátrica se apresentassem e pedissem desculpas por um ato acidental cometido pela paciente. O argumento era válido. No entanto, Woosik não queria visitar a terapeuta apenas para se desculpar. Sua principal motivação era a história de que Hana abrira a boca.

— Disseram que nossa Hana falou algo àquela terapeuta. Só saberemos o que nossa filha falou se a ouvirmos. Você não está curiosa para saber o que foi que Hana disse?

— É claro que também estou curiosa.

No hospital, Woosik soube que Choi Hyoseon havia se desligado e descobriu a existência da Farmácia do Amor. Pelas redes sociais, recolheu algumas informações sobre o lugar. O que mais poderia ser vendido nessa farmácia? "Deve ser algo como Viagra, aquele comprimido azul", Aechun respondeu, sem hesitação. Depois de ouvir a explicação de Woosik, ela o criticou dizendo que o lugar era suspeito.

Botero ouviu atentamente a história de Woosik e então disse que Hyoseon era sua filha. Mesmo depois de ouvir que fora a filha de Woosik quem machucara o olho de Hyoseon, Botero não falou nada de mais. Só lhe disse para voltar outra hora ou esperar, porque sua filha havia saído e, portanto, demoraria algum tempo até voltar. Woosik respondeu que entendia e olhou ao redor da farmácia. As caixas dos diversos medicamentos expostas nas prateleiras não davam nenhum indício de para que serviam.

Woosik pegou a carteira. Como não sabia muito sobre poções do amor, sentiu que deveria comprar ao menos algumas vitaminas normais. Também ficou com vergonha por ter ido de mãos abanando, mesmo tendo vindo para se desculpar. Vitaminas podiam fazer bem para Hana. Botero estava sentado em uma cadeira, com os óculos de armação de tartaruga no nariz, prestes a ler um livro.

— Senhor, por favor, me dê uma bebida e uma caixa de vitaminas. As mais caras que tiver.

Botero ergueu os óculos com o dedo médio da mão direita e olhou para Woosik.

— Nossa farmácia não vende vitaminas.

Woosik não conseguia acreditar no que estava ouvindo. De fato, não havia anúncios de empresas farmacêuticas, enxaguantes bucais ou bebidas, itens comumente expostos em farmácias regulares. Isso significava que só vendiam poções do amor e que não havia medicamentos vendidos em farmácias normais?

— Então que tipo de medicamento se vende aqui? O que são todos esses frascos nas prateleiras? Nesta farmácia só se vendem medicamentos com prescrição? — Woosik decidiu fingir que não sabia das informações que obtivera nas redes sociais antes de vir.

— Nós lidamos apenas com medicamentos relacionados ao amor. Se estiver interessado, gostaria de ouvir minha explicação?

Woosik assentiu com a cabeça. Botero tirou uma pequena caixa de remédios da prateleira e estendeu-a na frente de Woosik.

— Esta é uma poção do amor chamada kisspeptina.

— Uma poção do amor chamada kisspeptina? — Woosik repetiu as palavras de Botero.

— Isso mesmo. Se você a consumir descuidadamente e sem saber, pode ser que acabe sofrendo por uma paixão à toa.

Botero começou a contar a Woosik uma história estranha que parecia ter saído da série *Além da imaginação*. Começou com uma longa explicação sobre a kisspeptina e terminou com o Viagra mental. Eram informações com as quais ele havia deparado na internet, mas que no fim acabara não entendendo direito.

— De qualquer forma, está dizendo que isso não está à venda?

Botero balançou a cabeça.

— Está. Vendemos, sim. Foi para isso que abrimos uma farmácia. Mas...

Botero acrescentou que, para adquirir o produto, era preciso preencher o "Contrato de Compra do Produto". Que tipo de droga era aquela que tornava tudo tão complicado?

— Também é necessária uma consulta antes de assinar o contrato de compra do produto, sobre o porquê de querer comprar a poção do amor.

Botero falou como quem recita algo importante. Era trabalho demais para gastar o próprio dinheiro. "Já que é assim, podiam ir me vender à porta de casa. Amor é uma ova! É só você se casar com alguém que atenda aos requisitos e toda a sua vida será um caminho florido", seriam as duras palavras que Aechun, sem dúvida, proferiria se estivesse ali.

— Com quem posso obter esse aconselhamento? É o senhor que vai fazê-lo? — Woosik juntou as mãos e perguntou de maneira muito educada.

— Se é o que prefere, eu posso fazer. Mas, se quiser que minha filha faça, também não tem problema.

— Ah, é com a sua filha Choi Hyoseon?

Woosik sentiu uma estranha sensação de familiaridade em relação a Choi Hyoseon, que ele não conhecia. Era um sentimento derivado de uma confiança profunda. Se ela tinha conseguido fazer Hana falar, suas habilidades como musicoterapeuta estavam mais do que comprovadas. Naquele momento, um barulho soou às costas de Woosik.

— Hyoseon, você tem um cliente.

Botero, que estava sentado diante de Woosik, cumprimentou a filha. Woosik se virou. Outro Botero estava parado diante da porta de vidro. Era uma figura feminina que acabara de sair de uma pintura, com bochechas rechonchudas, um grande queixo dividido em dois por uma risca e, diferentemente do pai, olhos grandes e marcantes. Seus olhos lembravam os de um personagem sapo de um certo desenho animado. Woosik começou examinando-os. Ela não usava tapa-olho e parecia bem.

— Olá, como vai, srta. Choi Hyoseon? Eu sou o pai da Hana. — Woosik se curvou e se apresentou.

— Quem é Hana?

— Kang Hana. Ela lhe deu uma cabeçada no olho...

— Ah! Mas a que devo a sua visita...?

Hyoseon sentou-se na cadeira com uma postura hesitante.

— Tudo bem com os seus olhos?

— Ah, sim. Estou bem agora.

— Em primeiro lugar, não sei como posso me desculpar. Nossa Hana não é uma criança tão violenta, mas como está mental e fisicamente instável, prestou um grande desserviço a você. Então, por favor, nos perdoe.

— O senhor não precisava ter vindo pedir desculpas assim. Só lamento não ter conseguido ajudar Hana até o fim.

— Hyoseon, ele parecia interessado em nosso produto — Botero, que ouvia a conversa dos dois, interveio repentinamente.

— Deixando isso de lado, o que Hana disse para a senhora?

Ouvi dizer que ela lhe falou algo. Como deve saber, ela não abre a boca de jeito nenhum. Eu e a mãe dela ficamos surpresos com isso e tínhamos esperança de poder ajudar Hana a melhorar. É por isso que vim até aqui.

Nossa, Woosik, você fala com tamanha eloquência!, a excitação de Aechun ressoou nos ouvidos dele.

— Sim, eu fiquei sabendo. O médico responsável a diagnosticou com afasia porque ela mantém a boca fechada. Mas não sou mais terapeuta no hospital.

— Mas, então, chegamos a pensar que você poderia ter perdido o cargo por causa de Hana, e nos sentimos mal.

— Imagina. Como pode ver, desisti do meu trabalho como conselheira psicológica porque minha família ia abrir esta farmácia. Não precisa se preocupar com isso. Como está Hana? Ela melhorou um pouco?

— Nem um pouco. Continua sem falar. Nos surpreende que ela tenha dito algo para você.

— Não lembro direito, mas acho que ela disse um nome. Era Jae alguma coisa... Ah, isso mesmo. Ela disse "Jaewan". Conheço uma pessoa com o mesmo nome e, quando ouvi, entendi no mesmo instante.

— Jaewan?

— O senhor também conhece alguém que se chama assim?

— Não. É a primeira vez que ouço esse nome. Vou perguntar à mãe dela.

— Na minha opinião, além de perguntar à mãe dela, seria bom procurar em um caderno ou um diário de Hana. Ou então verificar o álbum escolar ou a lista de telefone dos amigos dela. Se é um nome que Hana, que está psicologicamente instável, soltou assim que abriu a boca, pode ser alguém que signifique algo para ela.

— Se você tivesse continuado a tratá-la, a recuperação de Hana teria sido mais rápida. Nós achamos uma pena. Mas por que será que minha filha a atacou?

— Pelo jeito, cutucou o calcanhar de aquiles da garota.

Tsc, tsc! — Botero disse essas palavras com indiferença.

— Agora que você falou, parece que foi isso mesmo, pai. Fiquei pensando sobre isso depois do ocorrido. Achei que Hana estivesse com a mente aberta para mim, mas acabei tocando numa ferida dela.

Woosik olhou para Botero. O verdadeiro perito encontrava-se ali. De repente, ficou muito curioso sobre a verdadeira natureza daquela loja. A terapeuta disse que estava falando sobre uma cantora francesa de *chanson*; comentou que, até então, Hana estivera com uma expressão interessada. Woosik lhe contou que Hana tinha talento para cantar. A terapeuta assentiu com a cabeça. "Nossa Hana sabe cantar *trot* como ninguém, é claro!", teria concordado Aechun, sorrindo, se tivesse ido ali.

— Eu estava contando a história da vida da cantora e ela se transformou. Isso mesmo. Foi exatamente assim.

— A vida da cantora? Como era a vida dessa cantora?

A terapeuta então contou sobre a infância da cantora. Woosik entendeu perfeitamente os sentimentos de Hana. Era muito provável que tivesse sido mesmo o calcanhar de aquiles dela, tal como Botero mencionara. A sensação de ter seus sentimentos mais íntimos revelados pela boca alheia era horrível. Se alguém que não soubesse nada sobre a vida de Woosik lhe falasse sobre homossexualidade ou gays, ele poderia querer bater nessa pessoa também.

Não havia mais nada para ouvir da terapeuta. Ele já tinha ideia da origem do sofrimento de Hana. Pelo fato de seu pai ser diferente dos outros, e por causa do relacionamento entre seu pai e sua mãe, Hana crescera em um ambiente que não poderia ser considerado normal. Para compensar, Woosik e Aechun se esforçaram à maneira deles e fingiram ser um casal comum. Talvez graças a esse esforço, Hana tenha crescido saudável. No entanto, isso era só por fora; por dentro não era a mesma coisa. Era possível que Hana tivesse se tornado sensível a essas coisas durante a puberdade.

— Poderia me mostrar o contrato de compra do produto que mencionou antes?

— Você quer comprar nosso produto? — Os olhos da musicoterapeuta se arregalaram.

— Acho que já podemos chamar esta minha conversa com você de consulta. Tudo bem? Seu pai me contou sobre o procedimento.

Botero tirou um pedaço de papel da gaveta da escrivaninha.

CONTRATO DE COMPRA DO PRODUTO
1. Fui informado e compreendi todos as informações relacionadas à "poção do amor".
2. Situações inesperadas (independentes da vontade) podem surgir em virtude da ingestão da "poção do amor", e estou ciente de que isso pode acontecer.
3. Como estou ciente dos itens acima, faço uso do meu próprio julgamento ao consumir a "poção do amor".

Quaisquer questões jurídicas futuras que possam vir a ocorrer são da minha própria responsabilidade.

As frases eram bastante solenes. Woosik assinou seu nome no papel. Ele se sentiu como o responsável de um paciente prestes a ser operado.

— A poção do amor é feita da matéria-prima chamada kissep... Qual era mesmo o nome?

— Este produto é um pouco diferente. Não sei o que o meu pai disse, mas este aqui tem efeito relaxante. Seria bom que Hana o tomasse. Pode ser que ela se sinta à vontade e fale o que está pensando. Sabe quando o álcool entra no nosso corpo, relaxa todos os vasos sanguíneos e passamos a falar mais abertamente? Digamos que é o mesmo efeito.

— Pelo jeito, este é um produto que vai fazer muito bem para nossa Hana. Mas havia mesmo a necessidade de fazer um contrato de compra do produto?

— Aconteceu algo um pouco problemático com meu pai há muito tempo. Não foi grande coisa, mas ele ficou muito chocado com o ocorrido. Para nós, é uma medida de segurança mínima.

Woosik saiu da loja com a poção do amor. Sentia-se como se tivesse viajado brevemente para um mundo mágico.

Por que se sente injustiçada?

Era o quinto encontro. Ela estava mudando. Chegou atrasada e, durante o encontro, manteve-se calada e bocejou muitas vezes, como se estivesse entediada. Será que ele tinha feito algo de errado? Jinhyuk se culpou e fez tudo o que pôde para agradá-la. Reservara uma mesa no mesmo restaurante que a fizera bater palmas de alegria na primeira vez que tinham ido, pesquisara roteiros de encontros e avaliações de restaurantes na internet. Os esforços de dar pena de Jinhyuk eram frequentemente recompensados com uma resposta fria. Ela permanecia com uma cara de quem dava a pontuação mais baixa na pesquisa de satisfação e considerava o encontro terminado, retirando-se em silêncio depois de alegar que estava cansada.

Mas que saco! Jinhyuk estava prestes a dizer poucas e boas. Precisava ficar com ela a todo custo. Quanto mais ela o tratava mal, mais ansioso ele ficava, como se casar-se com ela fosse seu objetivo de vida.

Jinhyuk ficara tão intrigado com a oferta da gerente de casais, a qual lhe oferecera um desconto de vinte por cento na taxa de adesão, que ligou ele mesmo para a casamenteira. Exagerar os recursos financeiros dos seus pais para a gerente de casais também fora algo calculado, pensado para que pudesse encontrar uma boa parceira. A gerente de casais disse, de modo condescendente, que ele era compatível com o nível A da lista que obteve de uma casamenteira por um bom preço. Se a parceira que lhe encontrassem fosse de nível A e a taxa de adesão, baixa, Jinhyuk não teria por que recusar.

Fora cativado por ela desde o primeiro encontro. Passou a amá-la. Não havia como se desgastar assim se não fosse por amor. Como mais explicar suas tentativas de agradá-la só para vê-la com um sorriso no rosto, em vez de continuar com aquela cara meio indiferente? Possuído pelo amor, Jinhyuk estava preocupado apenas em fazê-la feliz, mesmo quando não estava em sua companhia.

Se ele a tivesse como esposa, sua vida causaria inveja nos outros. Graças ao trabalho árduo dos pais, Jinhyuk podia dizer que vinha de uma família considerada de classe média alta. Seu pai era um executivo trabalhador que ascendeu continuamente na carreira em uma grande empresa até chegar ao posto de diretor, cargo no qual se aposentara. Era um assalariado-modelo. A mãe de Jinhyuk era uma dona de casa que se dedicava à educação do filho, pensando no vestibular e seguindo a onda da era da mãe-guru.[8] Jinhyuk nunca causara muitos problemas: passou ileso pela escola, formou-se

---

8 Um tipo de mãe que se dedica totalmente à educação do próprio filho, seja contratando professores particulares, criando o ambiente ideal de estudos em casa, matriculando-o num cursinho e fazendo tudo o que for necessário para que o filho obtenha êxito acadêmico. (N. T.)

na Universidade Nacional de Seul e conseguiu virar funcionário público, seguindo o *boom* dos concursos. Até então, tudo fora tranquilo, e ele tinha certeza de que levava uma vida relativamente bem-sucedida. Como os pais já haviam se preparado para aproveitar o restante da vida deles durante os anos de aposentadoria, encaravam o casamento de Jinhyuk como o último desafio de suas vidas. Jinhyuk compartilhava dessa opinião. Não pensava ser um grande desafio escolher como companheira de vida uma mulher que não lhe parecesse nem muita nem pouca areia.

— Jinhyuk, uma professora seria perfeita para você. O que pode ser melhor do que um casal de funcionários públicos?

Esse era o desejo de seus pais e o sonho de Jinhyuk. Tinha ouvido dizer que as professoras dos ensinos fundamental II e médio faziam muitas horas extras. Era preciso lidar com alunos cabeçudos e, se dessem aulas complementares e aconselhamento profissional na preparação para o vestibular, sairiam bem tarde do trabalho. Por conta disso, as professoras do ensino fundamental I eram as mais populares. Era a escolha perfeita para Jinhyuk. Ela teria aposentadoria garantida, direito a férias remuneradas e, acima de tudo, não seria professora do ensino fundamental II ou médio. Jinhyuk provavelmente saberia por cima o conteúdo curricular do ensino fundamental I, mas não saberia se virar com os assuntos do ensino fundamental II ou médio. Uma professora desses anos poderia até lecionar matérias que passavam longe dos domínios de Jinhyuk, que sentia a estranha vontade de não querer se sentir inferior a uma mulher, quem sabe influenciado pelas coisas que o pai dizia:

— Você precisa ter controle da sua mulher. Por mais que os tempos tenham mudado e agora vivamos num mundo onde as mulheres fazem faculdade, mulher ainda é mulher. É insuportável ver mulheres que se acham.

Mas Jinhyuk devia ter sofrido lavagem cerebral da sua mãe também, que passara a vida inteira cuidando do marido e do filho. No entanto, a ideia de ter uma mulher que se ocupasse da casa e contasse apenas com o salário do marido era rejeitada não apenas pelo rapaz, mas também por seus pais. Uma mãe de família recatada e do lar era alguém que apenas viveria às custas dele, disseram os pais.

— Como é que você, sozinho, vai conseguir ganhar dinheiro suficiente para comprar uma casa grande, criar os filhos e planejar a aposentadoria? Os dois precisam ganhar dinheiro.

Mesmo se não fosse pelo desejo dos pais, Jinhyuk também não gostava de mulheres como a própria mãe. Nunca gostara de vê-la trabalhar sem conseguir nem endireitar as costas, sendo chamada para todos os eventos da família do pai só para cuidar dos afazeres da casa. Muitas vezes, invejou os amigos cujas mães usavam roupas de trabalho. Sendo franco, Jinhyuk desprezava as mulheres que só faziam tarefas domésticas.

Jinhyuk enfatizou à gerente de casais que procurava uma mulher que fosse professora do ensino fundamental I. Ela respondeu que já não havia mais professoras do ensino fundamental I na lista da empresa e deu uma piscadinha, se oferecendo para apresentá-lo a uma casamenteira com vasta experiência no mercado.

Jinhyuk percebeu que, se desejasse algo com sinceridade, o universo inteiro iria ajudá-lo. A mulher tinha uma beleza acima da média, e sua família tinha uma condição parecida com a do rapaz. Ela também demonstrara interesse logo que se conheceram. No terceiro encontro, estavam próximos o suficiente para ir ao cinema e sair para beber, e um leve contato físico tampouco não lhes pareceu estranho. Como ambos estavam em idade de casar, tendiam a ter conversas pragmáticas, falando desde assuntos de família até a quantia que tinham na poupança e o salário de cada um.

Em determinado momento, porém, a atitude dela tornou-se morna, como se estivesse atrás de uma linha imaginária, sem querer se aproximar demais de Jinhyuk. Quanto mais ela se afastava, mais ansioso ele ficava. Seus pais estavam igualmente impacientes, cobrando quando o filho iria apresentá-la para eles. Jinhyuk se irritou com os pais, questionando o porquê de tanta pressa, já que fazia pouco tempo que tinham se conhecido.

Frustrado, chegou a pesquisar em sites como ganhar pontos com as mulheres, do que as mulheres na casa dos vinte anos gostavam nos homens e coisas do tipo. Um dos termos de pesquisa relacionados a namoro e amor chamou a atenção de Jinhyuk: "Você quer um amor? Nós tornamos isso realidade". O que seria aquilo? Estava oferecendo produtos para encontros amorosos? Talvez fosse um produto que mexeria com as emoções humanas numa sociedade capitalista. Curioso, ele clicou no mesmo instante. Foi como um reflexo.

O link dizia que o produto abria os olhos e a mente, além de trazer paz de espírito e física. Seria algum tipo de tônico?

A propaganda, que dizia ser um produto inovador no tratamento da falta de libido e da infertilidade, o incomodou. Será que era um afrodisíaco? Jinhyuk logo se lembrou do "Viagra", o que não lhe serviria, pois vontade daquilo não lhe faltava.

Fechou a janela do navegador e abriu o KakaoTalk. Como sempre, Jinhyuk tentou primeiro enviar uma mensagem amigável. Ele odiava quando a mulher franzia os lábios e mantinha os olhos baixos durante os encontros, mas, estranhamente, quanto mais ela fazia isso, mais o provocava. Estava quase na hora do fim das aulas. O expediente de Jinhyuk também estava terminando.

"As aulas de hoje acabaram?" Ele enviou a mensagem e imediatamente o número "1" desapareceu, mas não houve resposta. Ela devia ainda estar dando aula. "Que tal jantarmos depois?" Não houve resposta. Junto com a mensagem "Descobri um restaurante de massas em Itaewon. O lugar não parece legal?", anexou a foto de um restaurante. Ela tinha um apreço especial por massas. Escolher um restaurante que servia massas deliciosas não era difícil. As mulheres sempre gostavam do lugar se o preço fosse um pouco elevado. "Sim", foi a única resposta que recebeu. Ela só aceitou porque gostou da foto panorâmica do restaurante. Jinhyuk revoltou-se com a resposta curta. *Mas que saco! Está achando que é uma rainha medieval ou algo assim, lidando com um reles cavaleiro?* Sempre que isso acontecia, sentia uma vontade repentina de acabar com tudo.

Jinhyuk já estava esperando no restaurante havia uns dez minutos quando ela apareceu. Ele empurrou o cardápio para ela, que estava com uma expressão estranha, e tentou agradá-la de todos os jeitos.

Pediu um bife de filé mignon coreano e uma salada de macarrão que veio num prato tão grande que a fazia a porção parecer minúscula. Pediu também o vinho da casa para harmonizar com os pratos. A quantia equivalente a três dias de salário entraria na fatura do cartão de crédito do próximo mês. Foi na hora do café e do pudim de sobremesa que aconteceu:

— Escuta...

Ela o fitava com uma expressão apática. Jinhyuk não gostava daquele jeito que ela usava para o chamar. *Pois não?*, disse Jinhyuk para si mesmo e forçou um sorriso.

— Eu me sinto um pouco injustiçada. Não acho que você seja certo para mim.

Se alguém ali era injustiçado, era ele. Por que ela estaria sendo injustiçada? Jinhyuk apenas ficou murmurando coisas do tipo consigo mesmo. As palavras que saíram da boca dela em seguida eram absurdas. Ao falar suas razões sem hesitação, a jovem tinha uma expressão de quem não aguentava mais tamanha injustiça. O rapaz precisava se controlar para não se deixar levar pela raiva e esmagar o que sobrara do pudim na cara dela.

— Então? O que você quer que a gente faça agora? — Jinhyuk, que também era gente, retrucou em tom de questionamento e parecendo exaltado.

— Não, não estou dizendo para fazermos algo a respeito. Só estou atestando a realidade. Penso do mesmo jeito a respeito dos meus colegas professores. Minha mãe diz que as pessoas comentam a mesma coisa. A verdade é que não faz muito tempo que você se tornou funcionário público, por isso seu salário deve ser mais ou menos, e todo mundo sabe quanto ganha um funcionário público.

"E quanto à sua renda? O salário dos professores do ensino fundamental I está na casa das centenas de milhões?", ele queria responder, mas se conteve.

— Entendo perfeitamente o que você quer dizer. Vamos encerrar por hoje — Jinhyuk a interrompeu, levantando-se de sua cadeira.

Num dia normal, ele a teria acompanhado até em casa, tratando-a como rainha. Mas, naquele dia, simplesmente não estava com vontade. Disse que tinha negócios urgentes para tratar, chamou um táxi, a despachou e saiu andando a passos lentos pela rua. Seu humor só piorava. À sua maneira, Jinhyuk tinha se esforçado para viver bem e estava confiante de que estava acima da média. O plano de vida elaborado por seus pais era o manual de vida de Jinhyuk, um plano que ele achava muito satisfatório. A mulher, que aparecera na hora planejada, estava causando um revés nos planos dele.

Ele queria ao menos desabafar com alguém. No entanto, a vontade de não querer parecer patético falou mais alto. Era óbvio que, se contasse isso aos seus amigos, encontraria expressões de inveja e sarcasmo. Eles fingiriam ouvir com atenção, mas, por dentro, com certeza iriam se comparar com Jinhyuk, que tinha tido uma vida tranquila e sem grandes dificuldades.

Também acabara influenciado pela filosofia de vida de seu pai, que acreditava que não se podia confiar em ninguém e que era preciso não demonstrar fraqueza. Com seu pai, aprendera que a arte de viver residia em não revelar, em momento algum, suas verdadeiras intenções aos outros. Talvez desabafar um pouco com um estranho fosse melhor do que fazer isso com um amigo próximo. Nesse momento, veio à cabeça de Jinhyuk: "Você quer um amor? Nós tornamos isso realidade". Veio-lhe à mente a mensagem promocional da venda de produtos sob medida após consultar o cliente. Decidiu fingir que estava sendo enganado e tentar. Não tinha nada a perder.

No dia seguinte, Jinhyuk foi para o local sem demora. Ele nunca fora uma pessoa muito espontânea, e aquela era a prova de que ela estava mesmo dificultando a vida dele.

— Tinha que ser numa região que nem essa...? — disse Jinhyuk para si mesmo.

Estava irritado desde que chegou no bairro onde ficava a farmácia. Pensou em dar meia-volta, mas continuou, repetindo as palavras que pensara a princípio: *Vou fingir que estou sendo enganado* e *Não tenho nada a perder*. Era um alívio que o interior da farmácia era completamente diferente da atmosfera do bairro. Quando deslizou a porta de vidro, *As quatro estações*, de Vivaldi, estava fluindo como água no interior.

— Este bairro é meio ruim, não é? Vai passar por uma grande reforma em breve. Assim que o edifício comercial estiver pronto, pretendemos adquiri-lo e abrir uma nova farmácia...

A mulher deve ter lido a expressão de Jinhyuk e foi logo se desculpando. Ela se apresentou como musicoterapeuta, e o cartão de visita que lhe entregou dizia a mesma coisa. Não dava para precisar quantos anos devia ter. Por sua aparência robusta, ela parecia ser três ou quatro anos mais velha que Jinhyuk, mas, a julgar pela maneira de se portar e falar, parecia mais jovem que ele. Mas o que importava a sua idade? Jinhyuk recostou-se na poltrona marrom. Parecia uma cadeira exclusiva para as sessões de aconselhamento. A terapeuta lhe fez algumas perguntas e ele começou a falar sobre a mulher. Contou que conhecera a primeira mulher que amou aos trinta anos e disse que queria conquistá-la e se casar com ela.

— Qual foi a última vez que saiu com sua namorada? — perguntou a terapeuta como se falasse com um amigo.

— Nós nos encontramos ontem.

— Você deve tê-la acompanhado até em casa depois do encontro. Não?

— Ah, bem... Ah, é claro que sim.

— O que comeram?

— Massa.

— Sua namorada gosta de massa?

— Se ela gosta de massa?

— Sim.

— Bem, eu acho que sim.

— Acha que ela também está apaixonada?

— Isso é o que não sei direito. Essa é a minha preocupação. Então, o que acha de eu comprar a poção do amor e dar de presente para ela?

— Não é você que vai tomá-la?

— Por que eu faria isso? Já falei que quero me casar com minha namorada.

— Você quer se casar, pelo visto, mas não necessariamente ama sua namorada.

— Como pode dizer isso com tanta certeza?

A terapeuta estava apontando fatos que Jinhyuk se negava a admitir. O rapaz sentiu como se estivesse caindo no jogo da terapeuta, que o pegara de surpresa. Quando o Vivaldi acabou, em seguida começou uma valsa de Chopin. A farmácia não era um lugar tão estranho quanto ele pensava. Ou melhor, era ainda mais estranha do que o esperado.

— Sinto que você não está sendo honesto com a sua namorada ou consigo mesmo. Evidentemente, não está se abrindo comigo também.

— E por que eu precisaria lhe contar tudo?

— Porque você me pediu aconselhamento. Aconselhamento amoroso.

— Já falei que a amo. Quero que ela seja minha esposa. Meus pais sempre sonharam em ter uma nora professora, e minha namorada é exatamente isso, uma professora do ensino fundamental I. Como é que eu poderia deixá-la escapar? Mas...

— Pelo jeito, algo o incomodou no encontro com sua namorada.

— Se eu fiquei incomodado com o encontro? Não. Nada disso. Fiquei satisfeito. O que é que falta em mim, afinal? Posso não ser um marido nota dez, mas seguramente sou nove. Meus pais também pensam assim.

— Imagino que não deve ter conseguido contar aos seus pais.

— O quê?

— Que seu namoro não está indo bem. Já que seus pais devem querer que você se case logo.

— Ah! Hum, hã... Como assim, meu namoro não está indo bem? É claro que está. Nós dois nos damos muito bem... — Jinhyuk se viu mentindo.

— Vamos voltar para o encontro de ontem. Você gostou do encontro?

— Sim, foi divertido. Porque vamos nos casar em breve.

— A que horas vocês se despediram ontem?

Em resposta a essa pergunta repentina, Jinhyuk começou a listar mentalmente o que tinham feito na véspera. Lembrou que se despediram por volta das sete e meia da noite, já que jantaram cedo e estavam chateados. Mas ele não queria que a terapeuta descobrisse como ele era patético.

— Deve ter sido depois das oito e meia.

— Onde fica a casa dela? Você realmente a acompanhou até lá? Se fosse o caso, teriam se despedido às dez, se fossem rápidos, ou então muito mais tarde. Está me dizendo que duas pessoas que vão se casar em breve se despediram tão apressadamente?

A terapeuta não falava rápido, mas, mesmo assim, ele ficou atordoado, como se tivesse sido atingido por uma saraivada de balas de um rifle. Ela olhava atentamente para Jinhyuk. Mesmo ele tentando desviar, os olhos persistentes da terapeuta não o deixavam em paz.

— Você poderia olhar nos meus olhos, por favor? — disse a terapeuta em um tom meio ameaçador.

Jinhyuk ficou com medo de encará-la nos olhos, como uma presa enlaçada. O insulto que sofrera da mulher no dia anterior lhe veio à mente. Ela se pusera a falar, sem nunca mudar de expressão. Disse que alguém do nível dela poderia conhecer homens melhores. "E qual é o seu nível?", Jinhyuk queria retrucar. Ele não estava à altura de ficar com uma professora do ensino fundamental I? Ele acreditava que o amor era o valor de troca de "nível" e "condição". Ou melhor, queria acreditar nisso.

Os estudiosos afirmam que, por maior que seja a paixão entre um homem e uma mulher, o amor tem validade de três anos. Não passava de um efeito hormonal que poderia ser descartado sem dó depois desse período, como se fosse um alimento vencido. Depois disso, o que sobraria? Apenas um estado de responsabilidade mútua mantido pelas amarras do "nível" e "condição" e somado ao estado civil, temperado apenas pelo morno afeto familiar.

O olhar da terapeuta se suavizou, e sua voz assumiu o mesmo tom.

— Que tal vocês dois voltarem juntos?

— Está dizendo que só posso comprar a poção se vier com a minha namorada?

— Na verdade, não. Se você assinar o contrato de compra do produto hoje, poderá comprar, sim. A escolha é sua.

Havia muitas condições e complicações. Estranhava que tantos impedimentos apenas faziam com que a confiança aumentasse. Sentiu que começava a entender por que aquela farmácia era tão famosa nas redes sociais. Achou que a estratégia de vendas, calcada na delicada psicologia das pessoas, era a chave do sucesso. Mesmo sabendo que era uma estratégia de marketing, Jinhyuk queria comprar o produto logo. Por alguma razão, ficou com vontade de experimentá--lo. Assinou o termo de consentimento e comprou uma caixa da poção do amor.

— Antes de oferecer nosso produto para a sua namorada, pedimos que o experimente primeiro e, depois, traga sua namorada com você.

— Bem, não sei desse vou conseguir trazer a minha namorada comigo.

— Você e sua namorada discutiram ontem? Desculpe se isso soar rude, mas acho que houve um sinal de que o casamento não é tão certo.

A terapeuta parecia ter conseguido perceber as verdadeiras intenções de Jinhyuk.

— Hum, hã... Não, não. Essa mulher definitivamente vai se casar comigo. Vou garantir que isso aconteça — ressaltou Jinhyuk.

Ao ter seu trabalho e seu salário menosprezados por ela, a determinação dele ganhara ainda mais força. Ele jurou que se casaria com ela, independentemente dos meios ou dos métodos. Esperava de verdade que a poção do amor funcionasse como a flecha do Cupido. A terapeuta a recomendara para ele, mas Jinhyuk planejava fazer a namorada tomar a poção do amor. Após três anos de casamento, os dois se tornariam um modelo de família de classe média aos olhos dos outros. Mesmo que fosse só nas aparências. Jinhyuk só queria seguir os passos de seus pais e se tornar o protagonista de um plano de vida perfeito.

Técnicas psicológicas para detectar mentiras

Choi Yeongkwang abriu a porta de trás da farmácia, a que dava para o pátio. Ia mostrar à filha a amostra de um novo medicamento. Quando passou pelo dispensário, viu que um jovem que acabara de se consultar com Hyoseon estava saindo da farmácia. O jovem parecia acabado, como se estivesse atormentado. Yeongkwang balançou a cabeça, sentindo como se tivesse visto a si mesmo quando era jovem, muito tempo antes. O número de clientes que chegavam à farmácia pelo boca a boca era cada vez maior. Sua filha vinha atraindo jovens clientes por meio de anúncios nas redes sociais e no YouTube.

O que foi que eu disse? Que bom que Hyoseon está trabalhando conosco. A esposa estava mudando. A começar pela maneira como chamava a filha.

Seria graças à poção do amor? A mulher fazia a família tomar uma dose diária pela manhã. Dissera que precisavam ver os efeitos em primeira mão antes de recomendarem o produto aos clientes. Ela não deixava de ter razão. A filha também estava mudando aos poucos. Em muitas ocasiões, as duas mulheres, que não se davam bem, fizeram Yeongkwang se sentir desconfortável. Mas, naquela época, conseguiria esticar as pernas e dormir confortavelmente de tão em paz.

— Quem foi que saiu? Era um cliente?

— Sim, quem mais seria? Este é o produto que você acabou de desenvolver?

A filha recebeu o produto das mãos de Yeongkwang e o cheirou. O plano também era vender aquele produto tanto em forma de geleia quanto em cápsula. A forma gelatinosa era popular entre as mulheres e os idosos, enquanto os homens preferiam comprimidos.

— Nossa! Tem mesmo cheiro de maçã com manga. Vai combinar bem com a embalagem. A seleção de aromas frutados da querida sra. Han Sooae é muito boa.

— Mas que coisa! De novo a chamando pelo nome completo.

Embora Yeongkwang olhasse feio para a filha, ele sabia que ela estava diferente. Isso porque o epíteto "querida sra. Han Sooae" parecia conter mais nuances de afeição do que o enfadonho título "sra. Han". Fora a filha que tratara com a empresa de embalagens. Antes, aquela era uma tarefa da esposa, mas agora a filha também ficara especialista.

— Qual é o conceito desta vez?

— Como posso explicar? Bem, digamos que, quando deparam com determinada situação, as pessoas tendem a ponderar sobre o que fazer a seguir dependendo do cenário. Mas as pessoas apaixonadas se comportam de modo diferente. Dizem que, quando se está apaixonado, o mundo fica mais bonito, e o coração delas se torna puro como o de uma criança. Se a pessoa quer analisar os prós e os contras do amor, significa que não está apaixonada de verdade. Digamos que este produto pode ajudar a perceber isso.

— Entendi. Ah, mas que pena. Se esse é mesmo o efeito, chegou um pouco atrasado, pai — lamentou a filha, com uma expressão triste.

Yeongkwang perguntou o que ela queria dizer com isso.

— Sabe o cliente que saiu agora há pouco? Este era o produto certo para ele...

— Então não deveria ter comprado nossos produtos.

— Na verdade, eu não queria vender, mas ele disse que queria comprar. Então, vendi.

— Por quê? Ele assinou o contrato de compra do produto?

— Assinou.

— Então, por que não queria vender?

— Eu não queria vender nossos produtos para ele porque... Como posso dizer? Parecia um pouco perigoso. Por isso, sugeri que ele experimentasse o produto uma vez e voltasse a visitar a loja.

— Mas como assim?

— Ele parecia ser alguém que não sabe dizer a verdade. Diria que parecia alguém que quer algo em troca de seu amor. Alguém que pensa que o amor é uma conquista obrigatória na vida.

Yeongkwang queria ouvir a história da filha com mais detalhes, então cruzou os braços e apoiou o traseiro na cadeira. Sentada no sofá, a filha juntou a palma das mãos e apoiou os cotovelos nos joelhos. Parecia que iria começar a contar uma longa história.

— Há uma técnica da psicologia para detectar quando alguém está mentindo.

É claro que as palavras introdutórias da filha chamaram a atenção de Yeongkwang. Segundo ela, ao contar uma mentira, as pessoas têm grande probabilidade de sofrer uma sobrecarga cognitiva. Há um limite para a quantidade de informações que os seres humanos podem processar. Se a quantidade de informações ultrapassar esse limite, ocorre a chamada "sobrecarga cognitiva". Uma pessoa não precisa pensar muito para dizer a verdade, então há pouca necessidade de processamento cognitivo. Em contrapartida, uma pessoa que mente tem que usar a cabeça, por isso, fica sobrecarregada. Para evitar ser pego mentindo, é preciso controlar as palavras que escolhe, ações, expressões faciais, movimento dos olhos. O processo de mentir sem deixar nada escapar requer muita massa cinzenta. Quem mente costuma dar detalhes vagos e fazer várias pausas, que preenchem com uma série de interjeições, como "hum" ou "hã". Também se recostam para ganhar tempo.

— Está dizendo que o cliente era assim?

Hyoseon assentiu, afirmando com a cabeça. Ao mesmo tempo que sentiu orgulho da filha, Yeongkwang também ficou com raiva dela. Como alguém tão boa em penetrar na mente das pessoas não tinha a menor noção do que se passava na cabeça do próprio namorado? A cegueira do amor tornava as pessoas tão infinitamente generosas assim com o objeto de sua afeição?

— Tentei uma abordagem mais próxima com o cliente.

— Como?

Ela disse que havia usado um método para fazer as pessoas se lembrarem da última coisa que aconteceu.

— Você o fez repassar a noite de trás para a frente? Bem, nós também fazemos as crianças memorizarem a tabuada assim — comentou Yeongkwang, lembrando-se do método que usava para educar os alunos no cursinho. Embora fizessem isso de forma desajeitada, era o melhor método para que as crianças ganhassem agilidade nos cálculos.

— Isso mesmo. Pessoas que mentem tendem a se preparar em ordem sequencial ou cronológica. Inconsciente ou conscientemente, devem ter ensaiado deste jeito. No entanto, se questionadas sobre os acontecimentos na ordem inversa, a maioria dos mentirosos ficará confusa. Quando fiz uma pergunta inesperada no meio da conversa, o cliente ficou constrangido e apresentou indícios.

— Quais indícios?

— Os que já comentei. Murmurando coisas como "hum" ou "hã", e os detalhes da história dele ficavam mudando. Ele também se recostou na poltrona para se afastar de mim. Por último, tentei fazer contato visual.

— Fazer contato visual? Para que isso?

Yeongkwang conseguiu entender um pouco por que ultimamente as pessoas eram tão apaixonadas pela psicologia. Embora talvez não fosse possível compreender por completo a psique de cada indivíduo, era certamente interessante converter o comportamento inconsciente das pessoas em dados como aqueles.

— Quando as crianças tentam mentir, os adultos não as seguram pelo braço e tentam encará-las de frente?

— E dizemos para falarem olhando bem nos olhos...
— Sim, isso mesmo. Por que chamamos os olhos de "as janelas da alma"? Ao mentir, as pessoas costumam evitar contato visual.
— Está dizendo que esse cliente fez isso? Que mentira ele contou?
— Disse que vai se casar com a namorada, mas parecia que estava mentindo para si mesmo ao falar que a ama, quando isso não é verdade.
— Mas por que faria isso?
— Em vez de gostar da namorada como pessoa, achei que o cliente está obcecado em garantir que ela corresponda aos desejos dele.
— E você? Teve progressos com Seungkyu? — Yeongkwang também resolveu pegar sua filha desprevenida.
— Pai! O que é isso? Por que está falando dele assim, do nada?
— Você consegue penetrar tão bem na mente de seus clientes, mas quanto sabe do que se passa na cabeça da pessoa por quem está apaixonada? Ele gosta mesmo de você?
— Ele provavelmente vive indo até nossa casa porque gosta de mim.
— Ele já se declarou?
— Vai fazer isso quando chegar a hora.
— E quando é que vai ser?
A conversa terminou com Yeongkwang estalando a língua de reprovação, pois não queria dizer alguma coisa que pudesse magoar a filha. Ela também devia suspeitar de Seungkyu, mas devia estar escondendo seus sentimentos

mais íntimos, negando-se a acreditar. Mas Yeongkwang não tinha o direito de falar nada. E quanto a ele mesmo, que vivia uma mentira havia décadas?

A oportunidade de retomar as pesquisas que haviam sido abandonadas depois de seu casamento foi o lançamento do Viagra pelo laboratório farmacêutico estadunidense Pfizer. O Viagra abriu um novo mundo para homens com disfunção erétil. Isso fez que Yeongkwang acelerasse sua pesquisa sobre o amor, mas, por uma questão de *timing*, já era um estudo tardio. O Viagra já tinha ganhado imensa popularidade, com vendas superiores a dois trilhões de wons. Yeongkwang se lamentou esperneando. Sabia muito bem que, se a sua pesquisa tivesse sido um pouco mais rápida, teria provocado uma revolução ainda maior do que a da pílula azul, mas se recompôs e decidiu viver a máxima "Antes tarde do que nunca". Após anos de pesquisa, chegou a algum lugar. Com grande dificuldade, apresentou um pequeno artigo em uma conferência acadêmica, e laboratórios e institutos de pesquisa biológica interessados em sua pesquisa solicitaram entrevistas. Uma organização chegou a lhe oferecer financiamento.

No entanto, uma luz de alerta se acendeu durante a fase do ensaio clínico. Um participante acabou importunando uma mulher que não correspondia ao seu afeto, e ela o denunciou à polícia como perseguidor. Yeongkwang recebeu um telefonema pedindo que comparecesse à delegacia para depor. A poção do amor que ele tinha desenvolvido já havia recebido a certificação do Ministério de Alimentos e Medicamentos e não houve mais consequências, mas, quando Yeongkwang se lembrou do que acontecera com sua esposa, começou a suar frio. Quando voltou da delegacia, a esposa lhe perguntou como fora. Em vez de responder à pergunta dela, Yeongkwang declarou que desistiria de sua pesquisa. Sua esposa, que reagira com uma expressão zombeteira, começou a mudar aos poucos. Até então, ela não conseguia dar um único passo para se afastar das garras de Yeongkwang, mas logo passou a chegar tarde em casa e a se arrumar como bem queria. Yeongkwang não conseguiu impedi-la. Aos poucos, eles foram se tornando um casal de fachada e, nesse ínterim, a filha deles se rebelou.

— Hyoseon, você gostaria de tentar isso comigo também?
— Isso o quê?
— A técnica psicológica que permite detectar mentiras.
— Você gostaria de aprender, pai?

A reação da filha foi inesperada, mas Yeongkwang consentiu, em grande parte motivado pelo fato de que havia enxergado a si mesmo no jovem cliente sobre o qual a filha contara.

Cerca de trinta anos antes, Yeongkwang era professor de biologia do ensino médio e fazia doutorado em bioquímica. Até conhecer Han Sooae, Yeongkwang era um estudioso de ciências que vivia em desacordo com o mundo, armado com a teoria de que o amor nada mais é que um efeito hormonal do cérebro. Quando percebeu que os seres humanos, e Sooae, mais especificamente, eram criaturas fascinantes que ia além do que apenas organismos compostos de inúmeras células, minerais, proteínas e diversos fluidos, foi uma reação explosiva. Por coincidência, tudo aconteceu na mesma época que Yeongkwang Choi extraiu a poção do amor. Era inaceitável que um professor se apaixonasse por uma jovem estudante menor de idade. Só havia uma coisa a fazer. Sooae tinha que se apaixonar por Yeongkwang, e o que faria aquilo acontecer era a substância bioquímica extraída por ele. Sooae não só era bonita, como também inteligente. Quando chegou o momento de decidir se iria estudar artes liberais ou ciências, ela procurou Yeongkwang. Sooae tinha muitos talentos: contava com excelentes notas em matemática e ciências e sonhava em se tornar cantora. Diante daquela pergunta da aluna que estava pensando seriamente em seu futuro, o coração de Yeongkwang bateu forte e ele achou que ia enlouquecer. Yeongkwang sabia que aquele amor podia ser o resultado de uma experiência, pois, na fase final de sua pesquisa, ingerira a kisspeptina.

Yeongkwang pediu à professora de Sooae que a designasse para limpar a sala de ciências depois da aula, duas vezes por semana. Sooae era a candidata certa para o ensaio clínico de uma substância chamada vasopressina, que ele havia acabado de começar a desenvolver. Era um hormônio que só permitia amar uma única pessoa, e Yeongkwang queria que Sooae só tivesse olhos para ele. Um dia, depois da limpeza, Yeongkwang ofereceu um copo de suco a Sooae. Ela, que não sabia de nada, aceitou. Ele ficou observando quais mudanças os hormônios diluídos no suco causavam no estado de espírito da garota. Não sabia se havia algum garoto por quem Sooae estava apaixonada, e por isso teve medo. A vasopressina poderia surtir efeito no lugar errado. Mas, felizmente, parecia não haver nenhum garoto em particular de quem Sooae gostasse. E ainda que a pesquisa estivesse apenas nos estágios iniciais, pequenas mudanças começaram a surgir nela. Dava para sentir Sooae começando a reparar mais Yeongkwang, graças à vasopressina, da mesma maneira como a flecha de amor fizera aquilo com Yeongkwang. A princípio, Sooae vinha limpar a sala de ciências com a cara fechada. No entanto, com o passar do tempo, ela começou a cantarolar enquanto limpava e até cumprimentava Yeongkwang com um sorriso revigorante. A maneira como o olhava também mudou. Rindo, ela lançava perguntas maliciosas, como: "Professor, você não tem namorada? Qual é o seu tipo?"

Uma tarde, depois da limpeza, Sooae virou um copo de suco de laranja que Yeongkwang lhe havia oferecido. Yeongkwang ficou observando, pensando nas moléculas da poção do amor imersas no suco entrarem na boca rosada de Sooae.

— Professor!

— O que foi?

— Posso fazer uma pergunta?

— Pode. É algo relacionado à biologia?

— Aff! Professor, você só me vê como uma nerd, né?

Sooae estreitou os olhos com uma expressão carrancuda. No mesmo instante, Yeongkwang morria de vontade de puxar a menina para seus braços. Um crepúsculo cor de tangerina banhava a sala de ciências pela janela, e as partículas de amor pareciam se espalhar secretamente, dispersas no ar. Yeongkwang pagaria qualquer preço para ter Sooae.

— Ora essa! Você está desistindo da música e vai mudar a

faculdade para ciências ou engenharia, não vai? Então deve estudar muito!

— Não vou para a faculdade. Ou melhor, não posso.

— Do que está falando? Não faz muito tempo que você me procurou para pedir conselhos sobre a faculdade.

— Ah, eu estava pensando nisso na época. Queria mesmo ir para a faculdade. Mas a minha realidade não é essa. Para falar a verdade, moro só com minha irmã. Ela fez colégio técnico e conseguiu um emprego depois disso. Ela diz que eu posso ir para a faculdade, mas não deve estar falando sério. Ela vai se casar em breve. Que cunhado pagaria os estudos da irmã da esposa?

— E seus pais?

— Você não sabe, professor? Meus pais faleceram há muito tempo.

Mesmo falando de sua infeliz situação familiar, o rosto de Sooae reluzia. Como se fosse uma planta singular que exalava néctar mesmo em águas lamacentas.

— Como...? — quis saber Yeongkwang, mostrando uma sincera expressão de lamento.

— Minha mãe faleceu quando eu era bebê. Por isso, nem sei como era o rosto dela.

— E quanto ao seu pai?

— Meu pai? Ele cozinhava, lavava roupa e trabalhava. Fazia tudo para substituir minha mãe. Mas faleceu quando minha irmã estava no ensino médio e eu, no fundamental.

— Ah, meu Deus! O que aconteceu? — Yeongkwang lamentava enquanto olhava como se estivesse em transe para o rosto de Sooae, avermelhado pelo sol poente.

— Bem, foi um acidente. Por que será que todas as histórias infelizes se parecem? Numa história dessas, é certo que eu não iria para a faculdade, não é? Como poderia? Eu queria ir estudar música na Julliard ou algo assim e me tornar cantora. Sonhava também em me formar na faculdade e fazer pós-graduação, como você, para continuar meus estudos e ganhar o Prêmio Nobel. Por isso eu o procurei, professor. Sabia que você é muito legal?

— Eu? O que eu tenho de legal? — Yeongkwang sorriu encabulado, sem perceber que suas orelhas estavam vermelhas. O amor tinha elementos infantis. Um pequeno elogio da pessoa amada é capaz de nos fazer sentir como se estivéssemos nas nuvens.

— Mas é claro que é! Você está fazendo um doutorado!

Yeongkwang abriu um enorme sorriso sem perceber.

— Você não disse que ia me fazer uma pergunta? Prometo que vou responder.

Se pudesse, queria presenteá-la com as estrelas do céu e a Lua.

— Professor?

— Sim?!

— Você gosta de "mim"?

Sooae sorria. Os olhos de Yeongkwang só conseguiam enxergar os lábios dela, uma parte de Sooae que ele desejava devorar. Uma parte que devia ter um aroma doce de cereja. A pergunta dela o deixou sem reação. Tinha perguntando se ele gostava dela? Havia dúvidas quanto a isso? O que ela queria fazendo uma pergunta dessas? Yeongkwang tinha a sensação de que estava flutuando no ar quando ouviu o som da pilha de copos plásticos caindo. Mas, na verdade, o som vinha da risada estrondosa de Sooae, que, com a mão na barriga, disse:

— Professor, seu rosto está muito vermelho. Gim! De gim! Eu perguntei se você gosta de gim.

— Ora essa! Você está zombando de mim!

Yeongkwang enxugou o rosto em chamas com a palma da mão e pigarreou.

Daquele dia em diante, Sooae não desgrudou mais de Yeongkwang. A piada sem graça acabou virando um sinal.

— Eu gosto de rapazes que se parecem com o meu pai.

Pode-se dizer que essa foi a primeira confissão de Sooae para Yeongkwang, num sofá barato de couro sintético que ocupava um canto da sala de ciências, levado para lá pouco antes de ser descartado da recepção da diretoria. Foi nele que fizeram amor pela primeira vez. Esse era o contexto do que Sooae passou a chamar de truque posteriormente.

A barriga de Sooae cresceu e rumores começaram a se espalhar pela escola. Yeongkwang recebeu uma advertência e acabou abandonando a escola. Sooae também teve que abandonar os estudos. O começo do primeiro ensaio clínico da substância estudada por Yeongkwang poderia ser qualificado como agressão sexual a uma menor. Segundo as leis em vigência, passaria anos na prisão por este crime. A própria Sooae se perguntava por que oferecera tão facilmente seu coração e seu corpo para o professor de biologia. No entanto, no inquérito realizado pela própria escola, Sooae afirmou que não fora molestada pelo professor de biologia. Em retrospecto, não foi uma declaração infundada. A declaração de Sooae foi um atenuante para Yeongkwang e, portanto, nenhuma ação legal foi tomada contra ele. Tal como Sooae costumava falar, não passou de um truque.

Embora estivessem livres das penas da lei, o ocorrido teve enorme impacto na vida de ambos. Prestes a se casar, a irmã mais velha de Sooae disse ao futuro marido e aos familiares que tinha vergonha da irmã mais nova, e deu-lhe as costas. Yeongkwang assumiu a gravidez de Sooae. Será que aquilo tudo realmente comprovava a eficácia da poção do amor? Nem Yeongkwang sabia afirmar com certeza.

— Pai, para que você vai usar a técnica psicológica que permite detectar mentiras? — sua filha repetiu a pergunta. Yeongkwang, perdido nas lembranças do passado, voltou a si.

— Hum, hã... Onde pretendo usar essa técnica psicológica? — Yeongkwang respondeu, gaguejante, sem conseguir encontrar os olhos expressivos da filha, que o encarava.

O que aperfeiçoa a alma humana

Choi Yonghee recebera uma ligação do assistente de departamento, informando-lhe que ela ministraria a disciplina "Literatura e Amor" no próximo semestre. Era uma disciplina eletiva de artes liberais para estudantes de ciências humanas. Aquele era o primeiro curso atribuído a ela depois que sua tese de doutorado fora aprovada. Yonghee ligou para seu orientador e agradeceu a oportunidade. Fora designada mais tarde do que outros alunos de pós-graduação, e por isso não havia necessidade de agradecer, mas era uma demonstração de cortesia.

Yonghee acessou o site da faculdade e digitou o código do departamento. Ficou sabendo que era uma disciplina que atraía muitas pessoas, talvez mais por mérito da doce palavra "amor" do que da palavra "literatura", um pouco enfadonha. Originalmente, havia quarenta vagas disponíveis, mas, à medida que o número de inscrições crescia, uma segunda turma foi criada, aumentando a quantidade de vagas para oitenta. Embora fosse ganhar o dobro ao ministrar uma disciplina com duas turmas, não estava animada para gerenciar o dobro de alunos e notas para dar.

Aquela era a primeira ementa de disciplina que criava. Para tudo havia uma primeira vez. Primeiro curso. Primeira vez subindo ao tablado como professora, e não como estudante. Primeiro contato com os olhares e as expressões dos alunos. O fardo de ter que transmitir para outras pessoas, pela primeira vez, o conhecimento sobre literatura que vinha adquirindo havia quase dez anos.

Fechou o plano de estudos semestral, que devia cobrir o trabalho a ser desenvolvido ao longo de quinze semanas, incluindo os objetivos de aprendizagem e a bibliografia. O conteúdo que precisava ser preenchido parecia infinito. Era uma disciplina que combinava com a formação de Yonghee, mas, ainda assim, aquilo lhe parecia muito estranho. Se pudesse escolher, Yonghee gostaria de lecionar teoria literária, mas não teria essa chance.

Embora já tivesse passado dos trinta e estivesse rumo aos quarenta anos de idade, não havia realizado nada de concreto em sua vida. As palavras de um veterano, de que é fácil chegar aos quarenta anos sem fazer nada, nunca lhe pareceram tão reais.

Entrou na pós-graduação depois de se formar na faculdade e trabalhar em alguns lugares. Era uma época em que suas colegas de faculdade estavam, uma a uma, priorizando "conseguir um casamento", em vez de tentarem encontrar um emprego. E, enquanto até mesmo suas colegas da época de faculdade com bons empregos iam se casando, Yonghee fazia seu doutorado e tentava agradar seus professores. Quando pensava sobre isso, achava que podia ser por causa da honestidade enraizada nela.

Na época dos ensinos fundamental e médio, Yonghee era uma aluna esforçada. Talvez porque não tivesse nenhuma qualidade evidente, tinha um forte desejo de, pelo menos, se sair bem nos estudos. Embora não fosse muito inteligente, estava confiante na sua honestidade e conseguia notas condizentes. Nunca fora excelente o suficiente para se destacar, mas sempre estava entre os primeiros da turma. Quando se sentia ambiciosa e tentava se superar, suas capacidades se mostravam insuficientes, porém sentia raiva de si mesma quando se conformava com o lugar onde estava. Para preencher a lacuna, recorrera aos livros. No mundo dos livros não havia competição, por isso tornou-se um lugar de descanso para Yonghee.

Ao se apaixonar pela leitura, Yonghee conseguiu encontrar um norte. Era uma vaga ideia de que gostaria de se dedicar à leitura e à escrita, uma que ela tinha vergonha de chamar abertamente de sonho ou pretensão na frente dos outros.

Yonghee relutava até mesmo em se encontrar com outras pessoas. Seu temperamento era parecido com o dos pais, que davam passos silenciosos até mesmo dentro da própria casa. Apesar de invejar as pessoas confiantes a respeito das próprias opiniões e que falavam alto, quando ela se via na presença de pessoas assim, seus ouvidos começavam a zumbir, o ar de seus pulmões desaparecia e seu coração disparava.

Certo dia, quando estava no colégio, uma amiga a convidou para irem juntas a um estúdio de criação de nomes,[9] dizendo que não gostava do próprio nome.

---

9 O serviço de consultorias de nome é uma prática comum na Coreia do Sul, pensado para ajudar pais a escolherem nomes auspiciosos para os filhos, com base em diversos fatores, como data de nascimento e signo do zodíaco etc. (N. E.)

— Yonghee, experimenta você também. É só dizer sua data de nascimento e seu nome.

Como sempre, Yonghee apenas sorriu. O criador de nomes deu uma interpretação plausível de acordo com o nome e o signo da amiga. A explicação ambígua sobre a vida dela, ao mesmo tempo exata e equivocada, foi bastante interessante. Então o criador de nomes olhou com interesse para Yonghee. Foi um sinal de que era a vez dela de falar. A amiga se apressou em dizer a data de nascimento e o nome de Yonghee.

— A que horas você nasceu? A hora é muito importante nos quatro pilares do destino de uma pessoa.[10]

Yonghee informou a hora de seu nascimento, numa voz quase inaudível.

— Hum, o seu nome é muito bom.

— Nossa, é mesmo? Então, ela vai passar no vestibular? Ou ficar rica? Que bom, amiga! — A amiga de Yonghee ficou toda animada.

— Não nesse sentido. Significa que o nome se encaixa muito bem nos quatro pilares. Se o nome for mais forte que os pilares, eles acabam ofuscados; se o nome for mais fraco que os pilares, estes não terão força. Você tem uma combinação harmoniosa. Nem barulhenta nem arrogante...

Havia muitos aspectos da personalidade de Yonghee que correspondiam à sua realidade nas palavras do criador de nomes.

---

10 Sistema astrológico chinês conhecido como Ba-Zi, que significa "oito caracteres", em que o destino de uma pessoa pode ser adivinhado pelo ano, mês, dia e hora do nascimento, correspondentes aos doze animais do horóscopo chinês, que representam os dons, os talentos, as lições e os desafios a serem enfrentados na vida. (N. T.)

— É, é isso mesmo. O nome dela é Choi Yonghee, que é igual à palavra "silêncio" em coreano! Ela está sempre tão quieta que é como se nem estivesse presente. — A amiga bateu no ombro de Yonghee e caiu na gargalhada, como o antigo sábio que gritou "Eureca".

Nada daquilo era muito crível, pois era apenas um café de criação de nomes onde os estudantes se aglomeravam para passar o tempo. Ainda assim, a mensagem do criador de nomes, que também tirava cartas, ficou gravada na mente de Yonghee, assim como a empolgação de sua amiga. Desde então, Yonghee andava com os olhos e a cabeça ainda mais baixos e passou a viver "em silêncio".

Yonghee entrou com facilidade em uma boa universidade. Como ela gostava de ler, e considerando que suas notas mais altas eram em gramática e história, escolheu se especializar em literatura coreana. Seus pais achavam que, embora fosse uma área que não oferecia muitas vagas de emprego, era uma formação adequada para uma mulher que pararia de trabalhar ao se casar.

De fato, não foi fácil conseguir um emprego quando estava no último ano, mas também pesou o fato de não ter desenvolvido qualquer qualificação profissional durante os quatro anos anteriores, nem ter se candidatado a estágio algum.

Enquanto seus colegas se viravam, Yonghee se concentrou em sua especialidade: a leitura.

Depois de se formar, passou uns anos trabalhando como revisora em uma pequena editora e dando aula de coreano em cursinhos. Como não conseguia se adaptar à vida profissional e continuava se sentindo deslocada, Yonghee percebeu que sentia falta da biblioteca da faculdade, repleta de livros. Fez as contas e concluiu que, com o dinheiro que juntara ao longo dos anos, poderia pagar seus estudos sem ajuda dos pais. Yonghee fez a prova de admissão no programa de pós--graduação da mesma universidade em que se formara e tornou-se uma pós-graduanda, como se estivesse seguindo passos já predeterminados. Pode ser que tivesse medo de sair para o mundo e por isso tenha se escondido nos estudos.

Talvez por não ter um objetivo claro, sua vida foi transcorrendo como um curso d'água, sem nenhuma dificuldade em especial. Seu dia a dia era como o sabor adocicado que se sente depois de mastigar por muito tempo um grão de arroz sem graça. Seus pais, que eram cuidadosos e amáveis, também tendiam a zelar por Yonghee.

— Se estiver namorando alguém, apresente o rapaz para nós — seus pais comentavam de vez em quando, mas Yonghee sabia que eles estavam muito preocupados.

— Ainda... não estou com ninguém.

Murmurar a resposta era o melhor que podia para se expressar. Quando Yonghee anunciou que ingressaria no programa de doutorado depois de terminar o mestrado, os pais também murmuraram seus verdadeiros sentimentos, dizendo que não viam sentido em tais estudos e que uma mulher deveria se casar.

Conseguira aquela vaga depois que defendeu a tese de doutorado porque havia feito mestrado e doutorado na mesma faculdade. Não era algo que acontecia com frequência, então mesmo apenas duas turmas de uma disciplina eletiva de dois créditos podia ser um grande desafio para ela.

— Então, você é professora? — Seus pais, que não tinham estudado muito, ficaram contentes.

Yonghee negou, fazendo o esforço de gesticular com a mão.

— Não, não. Instrutores de meio período são...

Os instrutores de meio período eram meros funcionários, não podiam ser chamados de professores, e também eram uma categoria sem direito à previdência social. Com isso em mente, Yonghee não teve coragem de contar aos pais sobre sua posição insignificante como instrutora de meio período.

— Ainda assim, os alunos vão te chamar de professora, não?

O rosto da mãe dela estava cheio de orgulho.

— Eu acho que sim. Mas todos os alunos sabem a diferença entre um docente com dedicação exclusiva e um instrutor de meio período...

— Que diferença isso faz? Nossa Yonghee vai subir no tablado da universidade.

Depois de terem brindado pela primeira vez em muito tempo, seu pai lhe ofereceu um envelope. Havia mais dinheiro ali do que o salário que Yonghee receberia.

— Compre um conjunto de roupas para você. Uma professora não pode parecer de qualquer jeito na frente dos alunos, não é mesmo?

— Compre uma roupa bem-comportada — acrescentou a mãe, ao seu lado.

Yonghee dissera para os pai que seu trabalho não era grande coisa, mas a verdade era que estava animada. Só de pensar na vista de cima do tablado, em vez de vê-lo de baixo, como sempre tinha feito... Só de pensar em quarenta alunos a encarando com brilho nos olhos... Algumas amigas perguntaram o que ela iria ensinar. "Não pode ser gramática nem literatura clássica", comentaram, pois Yonghee se formara em literatura moderna.

— Para que você vai continuar com os estudos, se não vão te levar a lugar algum? Faça como eu e cadastre-se em uma agência de matrimônios. Arrume um casamento que lhe convém — uma colega de faculdade disse quando Yonghee falou que iria fazer pós-graduação.

Yonghee não tinha nada para competir com a colega, como a profissão dos pais e o dinheiro da família. Com certeza, Yonghee entraria numa lista muito pior da agência de matrimônios. Portanto, considerava o que a amiga dizia um péssimo conselho. Aquela colega se considerava "melhor amiga" de Yonghee e, muitas vezes, valendo-se do título, cutucava suas feridas. Yonghee, por sua vez, não a considerava uma amiga próxima e nunca disse nada que fosse falta de educação. A colega conhecera o marido bem-sucedido em uma agência de encontros, e agora se ocupava da educação do filho, que estava no ensino fundamental I. Então, por que sua colega olhava torto para Yonghee, que não tinha nada? Quando a colega soube por alguém que Yonghee daria aulas na faculdade, ligou para ela:

— Vai, Yonghee, me conta. Você ainda é, não é?

— Ainda sou o quê?

— Ah, é que ainda é solteira e nunca namorou...

Qual seria a intenção da colega, que tanto ria dela? Àquela altura, ocorreu-lhe que, disfarçando-se de melhor amiga, a outra estava quase praticando bullying. De repente, Yonghee ficou sem palavras.

— Alô? Yonghee?! — sua colega insistiu, não querendo perder a fofoca.

— Sim, pode falar.

— Ah, pensei que a ligação tivesse caído.

Yonghee não compreendia. Nunca se comparou ou rivalizou com a colega, que, no entanto, vivia enfatizando que fizera escolhas melhores do que Yonghee. E deixava claro que estava à frente de Yonghee. Nessas situações, sua colega caía na gargalhada, soltando uma risada única, como se sentisse algum tipo de prazer.

Quando Yonghee, que demorava a reagir, pensou com calma, achou que isso podia começar com o fato de que suas notas na faculdade eram melhores do que as da colega. Os elogios dos professores às apresentações de Yonghee, que se atinham mais ao conteúdo que as de sua colega, que gostava de chamar a atenção, poderiam tocar num ponto fraco dela. Pensando bem, havia uma coisa mais certeira: sua colega, que se casara cedo, estava entediada com a grande estabilidade de sua vida. Quando Yonghee mencionou que iria fazer pós-graduação, a colega sugeriu que estudassem juntas e chegou a fazer a prova de admissão, mas não passou. Se tivesse tentado outra vez no ano seguinte, com certeza teria passado. *Mas só por causa disso?*, Yonghee balançou a cabeça.

A colega não parava de perguntar qual matéria ela iria ensinar. Yonghee respondeu em voz baixa: "Literatura e Amor".

— *Amor?* Nossa, isso é tão engraçado!

Parecia que a colega estava prestes a soltar mais uma

daquelas gargalhadas. Yonghee ficou muito nervosa e se preparou. Mas não houve risadas. Em vez disso, a atmosfera do outro lado do telefone se tornou fria.

— Como é que você vai ensinar sobre o amor se nunca namorou na vida? Os seus alunos devem ter muito mais experiência do que você, sabe? Se é para ler o texto do livro ao pé da letra e mandar sublinhar tudo, é melhor recusar a oportunidade logo de uma vez.

Enquanto Yonghee reunia forças para refutar as palavras da colega, a outra continuou falando. Disse que estava na hora de levar o filho para o cursinho e que o menino estava chateado por não ter mais tempo de brincar, já que agora estava na turma avançada de inglês. Sua colega era uma mãe coruja.

— Bem, como você entenderia, já que nunca teve filhos?

A colega parecia uma guerreira que lutava para encontrar uma palavra decisiva que partisse o coração de Yonghee. Além da indireta sobre sua virgindade, devia haver inúmeras outras coisas que gostaria de dizer. Yonghee, se aproximando dos quarenta anos, com certeza coraria se lhe perguntassem diretamente se ela ainda era virgem. A colega queria zombar dela, comparando-a a jovens de vinte e poucos anos. Quando a colega afirmou ser um absurdo que Yonghee fosse dar aulas, a empolgação que fazia o coração de Yonghee vibrar se transformou em um profundo sentimento de autodestruição. Sem saber das coisas da vida que todos os outros sabiam, como poderia ensinar literatura, que se assemelhava à vida? Como poderia ensinar sobre o amor? Aquilo parecia ridículo até para ela.

Naquele momento, veio-lhe à mente o romance *O leitor*, de Bernhard Schlink. Contava a história de uma mulher mais velha que se envolvia com um adolescente e era um dos textos que Yonghee selecionara para o curso. "Só existe uma coisa que torna a alma humana perfeita: o amor." A frase era um trecho da narração do protagonista masculino na adaptação cinematográfica da obra. Yonghee pensou em escrevê-la na lousa na primeira aula. A história de amor entre um menino doente de quinze anos e uma mulher de trinta e seis anos que não sabia ler era apenas parte do enredo. Na verdade, por meio da personagem analfabeta, a obra tentava retratar o sentimento de culpa da geração pós-guerra na Alemanha sob o domínio nazista.

> Embaixo do chuveiro, o prazer voltava a crescer.
> Ler em voz alta, tomar uma chuveirada, amar e ficar um pouco mais juntos — este tornou-se o ritual dos nossos encontros.[11]

Aquela passagem de *O leitor* parecia significar outra coisa para Yonghee, já que sua trajetória não lhe parecia tão diferente. Porque aprendera tudo sobre o amor nos livros. Assim como o ato de amor entre o menino e a mulher era ler um livro, tomar banho, fazer sexo e então ficar deitados.

Yonghee sentiu-se sufocada pela percepção de que tudo aquilo estava se tornando muito ambíguo. Planejara analisar a adaptação cinematográfica do romance, pois, por ser uma disciplina de artes liberais, os alunos gostariam de ser aprovados sem grandes dificuldades, e a intenção de Yonghee era

---

11 SCHLINK, B. *O leitor*. Tradução de Pedro Süssekind. Rio de Janeiro: Record, 2009, p. 50. (N. T.)

retirar exemplos da mídia. Ela se orgulhava da ideia genial de incorporar o filme ao currículo, já que seria difícil abordar o texto do romance que o inspirara, com a ambição de dar aos alunos um curso emocionante sobre literatura e amor. Os temas de cada semana seriam o primeiro amor, a homossexualidade, o amor a Deus e o adultério. Também selecionou romances e filmes de acordo. A partir da primeira menção da palavra amor, havia uma grande chance de que o texto se tornasse "proibitivo". Como a colega dissera, Yonghee não tinha nenhuma experiência no assunto. No entanto, tinha certeza de que não se deixaria constranger pelo conteúdo, não só pela sua idade, mas também porque estava familiarizada com cenas sexuais, tendo se deparado com elas em inúmeras obras. Mas a colega pareceu ridicularizar a postura de Yonghee, afirmando que era mais fingimento do que confiança. Será que todos os textos selecionados por Yonghee eram apenas mentiras e estavam longe de serem autênticos?

Ela planejava discutir com os alunos a responsabilidade de uma romancista utilizando a obra *Reparação*,[12] que começava com a mentira de uma garota e terminava com um amor trágico. Planejava abordar o rito de passagem do primeiro amor por meio de "Josee, o tigre e o peixe",[13] que tra-

---

12 Romance de Ian McEwan, publicado em 2001. Uma adaptação cinematográfica foi lançada em 2007, com o título *Atonement* (em português, *Desejo e Reparação*), estrelada por James McAvoy e Keira Knightley. (N. T.)
13 Conto japonês da autora Seiko Tanabe, publicado em 1984. Uma adaptação cinematográfica foi lançada em 2003, e uma animação, em 2020. (N. T.)

tava do amor de uma pessoa com deficiência. No entanto, a flecha lançada pela colega atingira o coração de Yonghee em cheio. Ela sentiu que seria tachada de fraude acadêmica se falasse do amor sem ter experiência nenhuma no assunto. Recordava-se de ter amado alguém sem ser correspondida, mas não se lembrava dos detalhes. No entanto, agora que ministraria um curso sobre o amor, estava desesperada por uma experiência concreta. Algo que a colega também lhe apontara. O amor se fazia presente em novelas, filmes, obras literárias e até na vida real. Estava por toda parte, mas nunca esteve em posse de Yonghee. A colega tinha direito de ridicularizá-la.

A cada dia, Yonghee sentia mais medo do primeiro dia de aula e resolveu pesquisar sobre o "amor" no celular. Junto com a definição do dicionário, havia informações sobre músicas, filmes e agências de matrimônio. Era o que ela esperava. Estava rolando a tela sem pensar em nada até que seu dedo parou. "Farmácia do Amor" foi a isca que chamou a atenção de Yonghee. Estava prestes a seguir em frente quando a pergunta "Deseja sentir e vivenciar o amor?" chamou sua atenção. Era como se soubessem das preocupações de Yonghee. Depois de tocar na tela, surgiu um anúncio publicitário dizendo que utilizar aquele sensacional produto por um mês abriria os olhos para o amor. Suspeitou que pudesse ser uma farsa, mas ganhou confiança quando descobriu que a eficácia do produto fora certificada pelo Ministério de Alimentos e Medicamentos.

— Olá, senhores clientes. Nós, da Farmácia do Amor, fazemos o melhor para dar aos senhores o amor que desejam.

— Assim que Yonghee completou a ligação, uma mensagem começou a fluir, seguida de: — Farmácia do Amor, pois não? Uma mulher que parecia ser a mesma narradora da mensagem atendeu a ligação.

— A-Alô?

— Sim, pode falar.

— Eu liguei porque fiquei sabendo que vocês vendem uma poção do amor.

— Como ficou sabendo do nosso produto?

— Encontrei na internet.

— Bem, então você também leu como comprar nossos produtos?

— A única coisa que li é que não vende on-line...

— Sim, está certo. Oferecemos fórmulas personalizadas depois de uma consulta particular com nossos clientes.

Yonghee hesitou. A ideia de confiar seus verdadeiros sentimentos a uma estranha a incomodou. Fora imprudente da sua parte ligar sem ler o anúncio com cuidado.

— Alô? Senhora?! — a mulher chamou, já que Yonghee permanecera em silêncio.

— Bem, vou pensar um pouco mais e depois entrarei em contato.

Yonghee desligou o telefone, foi ao site da Farmácia do Amor e clicou em "Como chegar". O lugar ficava na rua 3 da Estrada Infinita do Amor, na zona leste de Seul. Ficava do outro lado, e Yonghee demoraria uma hora e meia de transporte público saindo de sua casa.

O sistema de classificação por estrelas chamou a sua atenção. O produto tinha uma nota de três estrelas e meia de um total de cinco possíveis. Não era uma pontuação alta. Depois de ler os comentários, entendeu por quê. A maioria das pessoas que compraram o produto davam uma nota de quatro a cinco estrelas, mas havia comentários maldosos de pessoas maliciosas que não eram clientes. Sob a avaliação de que um amor impossível se concretizara com o produto, havia comentários melosos, em que as pessoas diziam torcer pelo relacionamento e que o amor deles devia ser lindo. Abaixo da avaliação afirmando que um cônjuge infiel havia parado de trair, havia um comentário dizendo que a pessoa deveria ter descartado o cônjuge, em vez de tentar mudá-lo.

De repente, Yonghee se lembrou da ópera de Donizetti que se chamava *O elixir do amor*.[14] Dulcamara, um vigarista vendedor de remédios, vende vinho azedado para Nemorino sob o pretexto de que se trata de uma poção do amor. Nemorino é um jovem ingênuo que, ao beber, confessa seu amor a Adina, mas é rejeitado. No final, porém, Nemorino recebe uma herança, o coração de Adina se comove e o amor se concretiza. Foi uma ópera que a deixara com a sensação amarga de que o dinheiro ou as condições, e não a paixão, podem ser o que torna o amor realidade. A mesma coisa acontecera no exemplo da colega que vive bem depois de ter encontrado um cônjuge que atendesse aos critérios por meio de uma agência matrimonial.

Era possível que a poção vendida pela Farmácia do Amor fosse apenas um placebo que manipulava a psique das

---

14 *L'elisir d'amore*, ópera cômica do compositor italiano Gaetano Donizetti, que estreou em 1832. (N. T.)

pessoas, e não um produto eficaz. Poderia ser o hábito de longa data de Yonghee de sempre suspeitar de fenômenos incompreensíveis pela razão. Mesmo que fosse placebo, era verdade que ela estava curiosa. Ainda faltava cerca de um mês para o início do semestre. Se fosse inofensiva para o corpo humano, não haveria problema em tomá-la por um mês antes do início das aulas. Não desejava se vingar da colega que sarcasticamente a chamara de virgem. O que Yonghee queria era recuperar sua autoestima, em vez de continuar se sentindo insegura em relação ao amor.

Sem-vergonha e irresponsável

— Por favor, chega por hoje. Você tinha melhorado, por que está fazendo isso de novo? Nem consegue beber muito...

O sr. Shin, da barraca de comida, colocou os braços sob as axilas de Kim Sangdo, que se chamava assim, embora o sr. Shin sempre o chamasse pelo nome do filho.

— Tenho que vir aqui para ouvir o nome do meu filho, sr. Shin. Mais barriga de porco e outra garrafa de *soju*!

— Vou ligar para sua esposa.

O sr. Shin sabia como lidar com Sangdo, que via a esposa como caqui seco, muito mais assustadora que um tigre.[15] Sangdo mal conseguia levantar seu corpo trêmulo. O som dos suspiros de decepção do sr. Shin chegava a ser cativante. Durante o dia, Sangdo cerrava o maxilar e dava um jeito de aguentar. Se fosse demitido do trabalho, seria uma questão de tempo até que sua vida estivesse arruinada. Ele precisava fazer companhia para a esposa.

---

15 Referência a um conto popular coreano sobre um tigre bobalhão que tem medo de caquis secos e os julga mais assustadores do que si próprio. (N. T.)

Sangdo era gerente de uma empresa de médio porte que fornecia díodos e baterias recarregáveis para grandes corporações. Por se tratar da fornecedora de uma grande empresa, o índice de endividamento da empresa era baixo e as contas estavam em ordem, o que significava que a aposentadoria por idade era garantida. Consequentemente, Sangdo estava confiante no futuro. Pensara em aprender golfe, que se tornara tendência entre os atletas de meia-idade. Em comum acordo com a esposa, tinha apenas um filho, um rapaz que cuidaria bem dele quando fosse a hora. Sua esposa, que trabalhava meio período na loja de uma amiga, também tinha uma boa renda e sonhava em passar a velhice viajando para o exterior.

"Nossa vida não tem como melhorar!", era o que sua esposa costumava falar. Ele dizia ao filho, que era um bom aluno, para não se esforçar demais, porque o que estava fazendo já estava bom. Sangdo odiava uma vida de esforços excessivos. Vivia satisfeito sem ser ganancioso. Embora não fosse aparecer emoldurado na sala, aquele era o lema da vida de Sangdo. Sua esposa também compartilhava desse sentimento. Ao contrário do casal, o filho era do tipo ansioso. Embora os pais estivessem satisfeitos com as notas do filho, o menino era ambicioso. Até isso ele pensava ser uma bênção. Porque, do ponto de vista dos pais, era mais reconfortante ter um filho ganancioso do que ter um filho sem ambição. Sangdo pensava que a vida confortável deles continuaria a se desenrolar daquela maneira, sem muitos altos e baixos. Não imaginava que, aproveitando-se da sua desatenção, os males da vida surgiriam. Não sabia que o zelo poderia ajudar a evitar grandes desastres. Mesmo que o estresse oriundo disso levasse a doenças na vida adulta.

Ele só pensava que seu filho era uma criança fechada. Por que será que não conseguira ver que ele não era apenas uma criança quieta, que havia mais coisas que o atormentavam? A esposa se deu conta antes de Sangdo. O instinto feminino foi mais rápido que o dele.

— Um filho sério é melhor do que um desleixado. Você se preocupa demais, querida. Ele deve ter chegado à puberdade.

Sangdo explicou diligentemente à esposa como acontece o desenvolvimento sexual masculino. Que os garotos se retraíam quando começavam a ter sonhos eróticos. Era uma forma de lidar com a vergonha que sentiam.

— Querido, eu acho mesmo que ele está escondendo alguma coisa. Mas não acho que seja por vergonha. Olha só para ele. Será que aconteceu algo na escola...?

— Será que gosta de alguma garota?

Sangdo achou que não era nada de mais. Então, um dia, tarde da noite, Sangdo foi até a cozinha pegar um copo d'água para matar a sede e ouviu o som de água corrente vindo do banheiro. Com certeza, era seu filho. Sangdo abriu a porta do banheiro. As costas do filho, que já havia abandonado a infância, pareciam bastante viris. Mas algo chamava ainda mais atenção do que seus ombros largos. Eram marcas pelo corpo dele. Pedaços de pele vermelha e azul que arroxearam com o passar do tempo. Sangdo teve vertigem. O filho se virou para Sangdo. Os olhos dele estavam inchados. Mesmo sob o vapor do banheiro, Sangdo pôde perceber que ele estava chorando. Deixando o começo, o meio e o fim de lado, a história era simples. O filho, que era um aluno exemplar e uma pessoa gentil, sofrera uma agressão e chorava por causa disso. Não havia necessidade de uma história detalhada.

Em um instante, os olhos tristes do filho se transformaram em raivosos. Sua voz alta e chorosa não era a de uma criança, como de costume. Foi um grito de raiva pela descoberta de um segredo que não queria mostrar aos outros.

A esposa de Sangdo, assustada com o som, saiu correndo do quarto em pânico:

— Querido, o que está acontecendo?
— Saiam! Saiam! Por favor!

O filho desabou no piso do banheiro.

— Querido, vamos embora. Se você agir assim, só vai dar trabalho para o sr. Shin.

Antes que ele se desse conta, sua esposa estava à sua frente e lhe puxava o braço. Ele devia ter cochilado. O sr. Shin, que estava fechando a barraca de comida, pelo visto tinha ligado para sua esposa. Um dia, incapaz de superar sua miséria, Sangdo fora até a barraca de comida do sr. Shin pela primeira vez para se apoiar no poder do álcool e derramara sua tristeza sobre aquele desconhecido. Existem momentos em que não queremos mostrar nosso interior dilacerado nem mesmo para os melhores amigos. Nessas ocasiões, é mais confortável desabafar com estranhos, pois quem escuta também pode se desvencilhar com mais facilidade. Foi o que Sangdo fez. O sr. Shin ouviu em silêncio o desabafo embriagado de Sangdo, sem nem sequer limpar a barraca, com uma expressão que dizia: todas as pessoas que têm filhos sentem o mesmo.

O sr. Shin também tinha seus próprios problemas. Naquele primeiro dia, o sr. Shin encheu o copo de *soju* em silêncio, mas, alguns dias depois, deu vazão aos sentimentos profundos de um pai que tinha uma filha com deficiência intelectual. Começou dizendo que precisava cuidar do negócio sozinho, porque sua esposa precisava tomar conta da filha e não podia ajudá-lo.

Daquele dia em diante, Sangdo sentia-se reconfortado ao ir à barraca do sr. Shin. Ali, não sentia vergonha de beber e chorar. O sr. Shin usava o nome do filho para se referir a ele, como "o pai de fulano de tal", e Sangdo não achava isso ruim. Aqueles que conheciam o profundo sentimento de perda de Sangdo nem sequer mencionavam a primeira sílaba do nome do filho na sua frente. Como podiam, se citar o nome dele fazia com que Sangdo caísse em um poço mais profundo? Por isso, Sangdo também temia encontrá-los. Sem o filho, a vida de Sangdo não tinha sentido. Seus parentes e amigos não entendiam isso.

— As pessoas tratam minha filha como invisível. Como alguém que não existe. Como um incômodo. Como um ser que causa problemas aos outros. Houve momentos em que desejei que ela simplesmente desaparecesse da minha vida. Mas decidi mudar de ideia. Ou melhor, a ideia que eu tinha mudou. Acho que foi por causa disso... Antes de me casar, participei de um experimento para ganhar um dinheirinho. E ouvi dizer que o pesquisador retomara as pesquisas, e então o procurei. Acho que foi um efeito do remédio desenvolvido pelo pesquisador, mas agora só consigo achar minha filha adorável. Por mais feios que possam ser, os filhos são a coisa mais preciosa do mundo para os pais. Eu parecia ter me esquecido disso. Uma criança não é bonita e preciosa apenas quando está saudável. Como é que alguém pode ser excluído só porque sai fora do "padrão"? Hoje em dia, eu morro de amor pela minha filha.

O sr. Shin perguntou a Sangdo o nome do filho dele. Seu filho era gentil, sincero, correto, inteligente e compreensivo. Ele nunca iria esquecê-lo, nem mesmo quando partisse. Nunca o trocaria por nada, mesmo que lhe oferecessem o universo. A partir de então, o sr. Shin passou a chamar Sangdo de "pai do filho dele". Sangdo ficou tão grato ao sr. Shin que sentiu vontade de chorar. E estava bêbado demais para se interessar pelo trabalho de um pesquisador de quem o sr. Shin havia falado de passagem.

Enquanto Sangdo estava caído no chão, o sr. Shin ligou para o número marcado como da esposa no celular de Sangdo. Ela veio correndo e, a partir de então, o sr. Shin continuou a pedir socorro para ela sempre que precisava.

— Querido, eu quero viver um pouco também. Eu também estou sofrendo. Como é que vai ser? Vamos simplesmente morrer?

A mulher agarrou Sangdo e chorou. No início, ela desabara e ele mantivera-se firme. Perseverara na crença de que, se algo lhe acontecesse, tudo acabaria. Quando sua esposa finalmente recobrou o juízo, Sangdo começou a sofrer como um peixe fora d'água. Começava o dia bebendo e terminava do mesmo jeito. Sempre contribuíra muito para a empresa, e, tendo-se em conta sua dor pessoal, não foi demitido. Sangdo vivia visitando parceiros de negócios mesmo bêbado e falava coisas sem sentido. Em várias ocasiões, a empresa teve que pedir desculpas e paciência a parceiros de negócios relutantes. A maioria tinha filhos e costumava entender. Mas isso também atingiu um ponto crítico. Os superiores seguiam o repreendendo, querendo saber por quanto tempo teriam de esperar.

Sua esposa agarrou-se a Sangdo e implorou:

— Não deveríamos pelo menos viver? Eu quero viver. Quero viver e lembrar do meu filho por muito tempo. Preciso que me ajude.

Em resposta ao apelo choroso de sua esposa, Sangdo jurou que o faria, mas, na primeira gota de álcool, tudo voltava à estaca zero. A bebida levava o corpo e a mente de Sangdo ao passado. Ele voltava à época em que tudo era confortável e tranquilo, e mesmo que fosse uma alucinação proveniente do efeito do álcool, só assim Sangdo conseguia respirar em paz.

— Vê se consegue ficar sóbrio.

O sr. Shin, que terminara de arrumar a barraca de comida, ajudou Sangdo com o auxílio da esposa. O casal entrou no táxi chamado pelo sr. Shin. Quando desceram, viram que o sr. Shin havia pagado a tarifa.

— Até quando você vai ficar importunando o sr. Shin?

— Pelo menos ele ainda pode ver e conversar com a filha. Eu... Nós não podemos fazer nada.

Quanto mais embriagado, mais egoísta Sangdo ficava. A primeira coisa que lhe ocorria era que ninguém neste mundo era tão infeliz quanto ele, e isso o deixava com raiva.

— Me deixa em paz, pelo amor de Deus! Me deixe viver nas memórias do meu filho. Preciso da bebida para fazer isso. Não consigo me encontrar com meu filho se estou sóbrio.

Quando chegou em casa, já meio sóbrio, Sangdo se encolheu todo. A esposa lhe trouxe água com açúcar.

— Tenho algo para te contar. Se eu não disser hoje, talvez nunca mais queira dizer.

— O que é?

— Alguém me ligou hoje.

— Quê? Quem?

— Disse que é o pai da criança...

A criança! Era uma palavra usada apenas por Sangdo e sua esposa. Sangdo foi tomado pela raiva. A criança que ele procurava havia tanto tempo; a culpada por fazer seu filho desaparecer do mundo. Ele perdoaria tudo se seu filho estivesse vivo. Se estivesse como a filha do sr. Shin, ou mesmo que mal respirasse sem ajuda, em estado vegetativo, ele teria sido capaz de mostrar misericórdia. Contudo, nem um grão de poeira de seu filho existia mais. Foi isso o que fez Sangdo entrar em colapso.

"Pai, por favor!" Será que Sangdo deveria ter fingido não notar no dia que seu filho gritou daquele jeito? No entanto, ainda que pudesse voltar no tempo, Sangdo teria feito a mesma coisa. Ele agarrou o pulso de seu filho, que se encolheu dentro de si mesmo e se isolou do mundo. Exigiu que contasse o que estava acontecendo, levantando o punho. Sua esposa e ele visitaram a escola, conheceram o professor e os alunos da turma. Não descobriram nada. Seu filho se escondeu ainda mais e fechou a boca. A situação era incerta e ninguém conseguia dar uma resposta. Ele ignorou o fato de a mente do filho ter cicatrizes mais profundas do que o seu corpo. Não houve o menor presságio da tragédia daquele dia.

Quem foi que disse que existe um vínculo invisível entre pais e filhos, ligados pelo poder divino? Uma ova. Será que sua esposa sentira, já que chegara a ter uma relação especial, ligada pelo cordão umbilical, enquanto ele passara dez meses na barriga dela? Nunca perguntara de verdade à esposa. Como teria sido ótimo se Sangdo e seu filho estivessem ligados por um fio fino, mas forte e resistente como um fio de algodão.

Para Sangdo, foi apenas mais um dia, sem sinais ou premonições. Fora trabalhar com o peso de uma rocha no coração, devido ao problema não resolvido do seu filho. Naquele dia, estava muito atarefado. Teve que passar em três ou quatro clientes e entregar uma encomenda de díodos a uma empresa de semicondutores. Estava fazendo as inspeções finais, indo e vindo entre a sede e a fábrica. Embora Sangdo entendesse as necessidades do cliente, também estava ciente das dificuldades da fábrica, e se viu numa posição em que precisaria fazer concessões. Enquanto discutia com o gerente da fábrica, seu celular tocou. Era sua esposa. De todos os telefonemas que recebia no trabalho, os mais chatos eram os de casa. Tanto que fazia parte do repertório usual começar com "O que você quer?" e terminar com "Estou ocupado, vou desligar!" Naquele dia, Sangdo também começou com "O que você quer?" Sua esposa não falou logo o que queria. Sangdo ficou irritado e se perguntou se alguma coisa havia acontecido com seus pais idosos, que moravam no campo. Mas, de repente, ouviu um leve soluço ao telefone. Sentiu que algo estava errado.

— Qual é o problema? Fale logo! — gritou Sangdo mais uma vez.

— Querido, eu... não... sei... não sei o que dizer...

Sua esposa não conseguiu terminar de falar. O silêncio do outro lado da linha parecia um ponto de interrogação. O gerente da fábrica olhou para Sangdo com uma expressão ansiosa, como se sentisse a estranheza da situação.

— O senhor precisa vir rápido. A condição da sua esposa também não está boa. — Em vez da esposa, foi uma voz estranha que transmitiu a urgência do ocorrido. A mulher que recebeu o celular das mãos de sua esposa disse a localização do hospital para onde Sangdo deveria ir. As palavras da mulher eram tão caóticas quanto partículas de poeira flutuando no ar. Embora ele não tenha ouvido a situação exata, pôde sentir que uma grande tragédia havia ocorrido. O tempo que levou para chegar ao hospital pareceu uma eternidade, mas também o sentiu como um único instante, como se tivesse sido teletransportado.

As lembranças daquele dia iam e vinham. Disseram que seu filho tinha pulado do telhado do prédio. Seu crânio se partira, e todo o corpo fora esmagado como tofu. Havia sangue por todo o canteiro de flores, e o menino morrera na hora. A esposa dele, que foi chamada pelo segurança do prédio, desmaiou ao ver o estado do filho e foi levada de ambulância. Ele só tinha deixado um bilhete: "Mãe, pai, quero descansar agora. Não sofram muito por seu pobre filho".

Mesmo durante o funeral do filho, a mente de Sangdo estava assustadoramente clara. Passou a visitar a escola todos os dias e conheceu cada uma das crianças da turma. As crianças, que antes se fingiram de inocentes, começaram a abrir a boca uma por uma, talvez por se sentirem culpadas, ou então por estarem assustadas. Ele descobriu que o filho sempre sofrera bullying. Sangdo tinha que encontrar quem fizera aquilo com ele. A professora e as crianças, que no início foram gentis, começaram a evitar Sangdo, persistente como alguém num estado de paranoia. Os resultados foram pífios. Havia uma criança que parecia estar no topo da cadeia alimentar. A criança, cujo nome ele nem sabia, fora colega de seu filho no ensino fundamental II. Fora isso, ele não conseguiu descobrir mais nada.

— Você quer dizer aquela criança? Quem é? Fala! Fala logo! — gritou Sangdo, sacudindo os ombros da esposa.

— Por favor, não se exalte. Você acha que consegue se encontrar com eles? Disseram que viriam aqui.

— Eu tenho que ver! Vou arregalar os olhos para enxergar! Como se cria alguém que faz isso com os filhos dos outros?

— Eles disseram que também não sabiam. Disseram que a filha deles nem sabia que nosso filho tinha ficado assim. Mas, para mim, parece mentira. Depois de tudo o que aconteceu hoje, sinto até vontade de esquecer que recebi essa ligação. É por isso que estou falando com você. Querido, escute bem. Eu não vou me encontrar com eles, e que isso fique claro. Não consigo. Como é que poderia? Eu nem conseguiria olhar para aquela criança. Acho que vou enlouquecer assim que botar os olhos nela.

O rosto da esposa estava branco, e seus lábios, azuis. Eles não sabiam? Como podiam dizer uma coisa daquelas? Será que iam dizer que não tinham a menor intenção de matar alguém e que sentiam muito por isso? Será que tudo ia se dar por encerrado se a criança dissesse que não sabia, agora que não sobrara nem um grão de poeira do seu filho neste mundo? Como alguém podia dizer algo tão irresponsável? Esconderam-se tão bem durante esse tempo todo. Por que tinham resolvido aparecer agora?

Você tem olhos para quem?

A mulher perambulava do lado de fora da loja, foi embora e reapareceu. Yeongkwang marcou o tempo que ela demorou para abrir a porta deslizante de vidro e entrar. Trinta segundos, vinte e nove segundos, vinte e oito segundos... O tempo que o ponteiro levou para contar os segundos do relógio foi curto, mas a hesitação da mulher parecia eterna.

Yeongkwang ergueu os óculos e a observou do lado de fora. A mulher, vestindo uma malha de algodão creme e uma saia preta, parecia estar com frio. Um colete ou um leve casaco acolchoado por cima deixaria a roupa perfeita para um passeio de inverno. Como vestia roupas leves, devia ter deixado o agasalho no banco do passageiro depois de parar o carro no estacionamento público na entrada do mercado tradicional.

Sua filha vinha divulgando a loja em diversas redes sociais. Ao dar brindes ou pontos de fidelidade para os clientes que postaram avaliações ou comentários sobre os produtos, os clientes se transformavam em fregueses. No início, clientes jovens que não saíam das redes sociais vieram motivados tanto pela curiosidade como pela expectativa, e aquilo contribuiu para o aumento da repetição de compras e do burburinho nas redes sociais. Claro, havia alguns comentários maliciosos. Mas sua filha disse que ninguém postaria comentários maliciosos se não estivessem interessados e lhes respondia com gentileza. Algumas pessoas se fingiam de clientes para comprar brigas. Apareceu alguém que participara de um ensaio clínico havia cerca de dez anos. Era o homem que fora denunciado como perseguidor e acusara Yeongkwang. No início, Yeongkwang não o reconheceu, porque sua aparência estava muito mudada, provavelmente por causa do estresse da vida. O homem disse que tinha se casado com a mulher que o denunciara à polícia. Yeongkwang achou que a vida era mesmo irônica. O homem pediu desculpas a Yeongkwang pelo que fez no passado.

— Então, você se dá bem com sua esposa? — perguntou Yeongkwang. Aquilo era o que mais lhe interessava.

— Somos um casal como outro qualquer. Quando penso nisso agora, me pergunto por que fui tão insistente e implorei que ela ficasse comigo. Mas são águas passadas. Resolvi vir aqui hoje por causa de outro problema, e gostaria que o senhor me ajudasse, mesmo depois de tudo o que aconteceu. Por favor, me ajude.

O homem falou sobre sua filha, que nascera com deficiência intelectual e se comportava como uma criança de três anos. Ele ficara sem emprego por mais de dez anos para cuidar dela. Então, disse que a barraca de comida que abrira finalmente estava dando certo. Seria muito mais fácil se sua esposa o ajudasse, mas ela precisava tomar conta da menina. O homem também disse que continuava odiando a filha, pois vivia correndo sozinho de lá para cá.

Yeongkwang ordenou que Sooae preparasse uma mistura de hormônios do amor. Sooae reclamou, dizendo que ele tinha um coração generoso demais, mas fez o que o marido pedia. Geralmente, só vendiam produtos prontos, mas, em alguns casos, faziam fórmulas manipuladas. De qualquer forma, o homem comprou a poção do amor que Sooae preparou e foi embora. Yeongkwang não sabia qual seria o resultado, mas ficou feliz pelo homem não ter causado problemas como antes. Na farmácia, não lidavam só com questões com o sexo oposto; muitos clientes vinham com problemas familiares, como era o caso daquele homem.

Não podia ser só a poção do amor que abria as portas do coração de uma família cujos membros viviam separados por grossas muralhas. Mais correto seria afirmar que isso acontecia graças ao desejo sincero de comunicar-se com a família, mesmo que fosse por intermédio do poder do remédio. Talvez a poção do amor tivesse algo de placebo. As brasas dentro de um ser humano podem criar uma grande chama com uma mera faísca. O que derrama água fria sobre essa brasa são os mesmos relacionamentos que podem originar a faísca que acende o fogo. De certa forma, a poção do amor poderia ser considerada o catalisador dessa brasa.

Em que limiar devia se encontrar a mulher parada do lado de fora da porta? A mulher agarrou a maçaneta da porta de vidro. Parecia que tinha tomado sua decisão.

— Bem-vinda — Yeongkwang a cumprimentou com um olhar inexpressivo.

A mulher, que estava confiante até abrir a porta, hesitou ao ver Yeongkwang. Parecia mais bem-arrumada do que quando estava do lado de fora, e deu para notar que ela parecia não tolerar nenhuma bagunça. Parecia que, ao lidar com tantos clientes, Yeongkwang se tornara bastante observador. As teorias psicológicas que sua filha mencionava de vez em quando também foram de grande ajuda em seu processo de compreensão da personalidade das pessoas.

— Olá. Aqui é o lugar?

Era uma forma ambígua de falar, que não combinava com sua aparência nem com as roupas que vestia.

— Sim, você está no lugar certo.

De acordo com sua filha, o ato de devolver a pergunta, repetindo o que a outra pessoa disse, já era uma mentira. Mas, naquele caso, Yeongkwang podia ter devolvido a pergunta, ainda que sem um pingo de intenção de mentir. Se Yeongkwang vendesse produtos que não funcionavam, ele teria perguntado: "O que quer dizer com aqui é o lugar?" Mas, claro, ele entendera o que a cliente quis dizer. Perguntar se ali era o local significava que a mulher lera um anúncio sobre a loja na internet e queria saber se estava no local certo.

— Mas, e agora? Acho que a terapeuta vai atrasar um pouco. Você vai querer passar por uma consulta primeiro, certo?

Quando a farmácia tinha acabado de abrir, sempre mostravam o produto e davam longas explicações sobre a necessidade de consultas e formulários de consentimento para a compra. No entanto, os clientes que vinham atualmente eram tão versados nisso quanto o proprietário, o que indicava que a farmácia estava ficando famosa.

185

— Uma consulta? Isso é mesmo necessário? Não estou muito disposta.

— Se esse é o caso... eu a ajudarei, depois que preencher o contrato de compra do produto.

Yeongkwang pegou um formulário de consentimento na divisória ao lado da vitrine.

No início, ficavam guardados na gaveta da escrivaninha, mas agora havia uma pilha deles em um local visível. Não era incomum que os clientes já familiarizados com as regras básicas assinassem o termo de consentimento antes de tudo.

— Não. Preciso falar uma coisa para o senhor antes de assinar o termo. Posso chamá-lo de senhor?

A cliente era tão refinada quanto suas roupas.

— Pode usar o título que mais lhe convier. Alguns rapazes me chamam de vovô.

— Sou professora do ensino fundamental I — apresentou--se a mulher. — Se bem que creio não ser necessário revelar isso. — O que falava não condizia com sua recusa categórica a se consultar. Yeongkwang ofereceu uma cadeira à mulher. Ela se sentou sem hesitar. Parecia estar com frio sem estar usando nenhum casaco.

— Você parece estar com frio. Gostaria de uma xícara de chá?

— Não, tudo bem. Deixei o casaco no carro, no estacionamento do mercado. Achei que não seria longe, mas é bem longe. Ah, mudei de ideia. Gostaria de tomar uma xícara de chá, sim. Se não for incômodo, vou aceitar.

Yeongkwang despejou em uma caneca o chá de ervas que sua filha tinha preparado e entregou à mulher. O chá continha a poção do amor que ajudava a estabilizar a mente e o corpo. A mulher segurou a caneca com as mãos e bebeu devagar, um gole de cada vez.

— Como descobriu este lugar? Imagino que tenha vindo depois de ver um anúncio na internet.

— Não, não.

Percebeu que aquela mulher costumava usar a negativa com frequência. Havia uma grande probabilidade de ser do tipo que não acreditava nas palavras de outra pessoa e as interpretava à sua maneira.

— Então como foi?

— Fiquei sabendo pelo meu namorado. Ele disse que esteve aqui. O senhor se lembra? É um funcionário público...

A primeira coisa que a mulher falara ao se apresentar e ao mencionar o namorado era a ocupação. Era mais comum que as pessoas explicassem como descobriram o lugar e falassem de onde vinham. Algumas pessoas também logo explicavam a situação em que se encontravam.

— Bem, não sei. Provavelmente, foi a minha filha que o atendeu. E, mesmo que seja um cliente que eu tenha atendido, não me lembro das informações pessoais de cada um.

— É verdade, faz sentido.

— Seu namorado disse que comprou nosso produto?

— Sim, ele disse que comprou e usou um produto daqui. Mas falaram para ele voltar com a namorada, e por isso ele me pediu para vir até aqui com ele.

— Senhorita, acho que há algum mal-entendido.

— Como assim, um mal-entendido?

— Nós não obrigamos nossos clientes a nada. Não sei o que a minha filha pode ter dito ao seu namorado. Ele poderia ter assinado o contrato de compra, comprado o produto e o dado de presente para você. Mas não sei por que minha filha fez questão de que viessem juntos.

— Até aí, eu também não sei. Mas, de todo modo, ele ficou esquisito. Como posso dizer... Ele está me abordando de um jeito diferente de antes.

A mulher, que recusara aconselhamento, já estava contando a própria história. Ela e o namorado se conheceram por meio de uma agência matrimonial. Ele era funcionário público e planejava se casar com uma professora do ensino fundamental I. O plano da mulher não era muito diferente. Ela queria conhecer um homem com condições de dar inveja e conseguir um casamento estável. No entanto, ao conhecê-lo, ela sentiu que, de alguma forma, estava em desvantagem.

— Eu não sabia, mas disseram que homens bem qualificados preferem se casar com professoras do ensino fundamental I. Eu fui burra.

A mulher afirmou ser burra quando não era, a julgar pelo que dissera até então. Yeongkwang pensou em sua filha. Diante de uma cliente de vinte e poucos anos que não só era bonita e tinha um bom emprego, mas também era muito inteligente, pensou que Hyoseon, que tinha bem mais de trinta anos, era realmente burra. Sob diversos aspectos, sua filha estava muito aquém em comparação com a cliente sentada a sua frente. Além de tudo, sua filha era ruim demais para ler as situações. Ela era, contudo, incrivelmente boa em penetrar na psique de outras pessoas. Mas, então, por que não conseguia entender os pensamentos íntimos de Seungkyu? Ela não conseguia descobrir para quem Seungkyu tinha olhos de verdade ou quais pensamentos lhe passavam pela mente.

— Yeongkwang estava frustrado com isso e pediu que sua esposa tentasse dar uma poção do amor a Seungkyu, na esperança de que a atitude dele em relação à sua filha mudasse depois de tomá-la.

— Seungkyu chegou a dizer algo para você?

— O que quer dizer?

Foi triste olhar para a expressão mal-humorada de Hyoseon.

— Já tem mais de um ano desde que se conheceram. Nada de progresso? Parece que ainda não é a hora...

— E quando será? Quando machuquei o olho, ele não reparou que eu estava de tapa-olho nem que tirei os pontos e fiquei sem o tapa-olho. Hoje em dia, nem quer muito ir lá para casa. Sempre diz que está ocupado.

— Tem certeza de que Seungkyu gosta de você?

— Eu já disse que gosto dele.

— Já falei e vou repetir. O amor é uma troca entre duas partes.

— É por isso que sofro tanto.

— Sua mãe também se preocupa muito com você. — Com sutileza, Yeongkwang mencionou a esposa.

— E a sra. Sooae Han se preocupa comigo, pai? Ela vai é falar que a culpa de Seungkyu não demonstrar muito o que sente é minha, isso sim.

As sobrancelhas de Yeongkwang franziram-se automaticamente com as palavras da filha. Já fazia um tempo que ela parara de chamar a mãe desse jeito. Yeongkwang ficara chocado ao saber que a maioria dos xingamentos no diário de ensino médio dela eram dirigidos à sua esposa. O olhar triste da filha para Seungkyu, que não mostrava nenhum sinal de simpatia, podia indicar uma ausência de afeto. Será que a filha tinha sido uma vítima do seu casamento disfuncional?

Ele se lembrava do dia que Seungkyu fora apresentado como o primeiro namorado pela filha, mas seu olhar demonstrou para onde o coração de Seungkyu estava apontado. O calor, claramente distinto da forma como ele tratava Hyoseon, era direcionado à esposa de Yeongkwang. O olhar apaixonado do rapaz removera as roupas de sua esposa mais de uma dúzia de vezes. Não era muito diferente de Yeongkwang, na época em que ansiava por ela. Quando um homem deseja uma mulher, ele queima tanto quanto o fogo. Cada vez que dava aquele conselho à filha, Yeongkwang se sentia ferido, como se estivesse jogando sal nas feridas de seu passado. A maioria dos conselhos vinha das próprias experiências de vida de cada um.

Yeongkwang sabia que o que sua esposa chamava de truque não fora a única coisa que a fizera confiar seu coração e seu corpo a ele trinta anos antes. Aquela era apenas uma das muitas emoções latentes dentro dela que fora trazida à tona. O que significava que ela não achava Yeongkwang tão ruim. Talvez não gostar da outra pessoa pudesse ser outra forma de expressão do interesse. Talvez Yeongkwang fosse quem tinha sido pego pelos inúmeros sinais que sua esposa lhe lançara. Acontece que ela era jovem demais para distinguir os matizes de suas emoções. Mas pode ter ficado com medo do julgamento do mundo por brincar com fogo junto de um professor velho e feio. Por essa razão, provavelmente precisava de um álibi para se proteger e se defender, constantemente tentando se convencer de que, sem conhecer nada do mundo, foi pega em uma armadilha preparada por Yeongkwang. No entanto, talvez a maior vítima desse casamento repleto de amor e ódio extremos fosse sua filha.

— Eu fiz algo que não deveria. Isso é o que mais me incomoda agora. — A mulher suspirou com uma expressão de arrependimento.

— O que você fez?

Como sua filha reagiria em uma situação como aquela? Yeongkwang ainda era desajeitado com os clientes. A filha faria com que a mulher se sentasse na poltrona de aconselhamento e tocaria música. Como é que mantinha tantos tipos de música organizados na cabeça?

— Eu o comparei com os outros. Essa é a pior coisa a se fazer. Lembra o que eu disse antes? Sou professora do ensino fundamental I. Essa é a primeira regra do que os professores não deveriam fazer com seus alunos. Comparar as crianças.

Yeongkwang não compreendia. Os casais que se formavam por meio de agências matrimoniais já não passavam pelo processo de filtragem por comparação? Se ela achava que estava perdendo de alguma forma, era apenas uma questão de opinião. A agência devia ter promovido encontros de acordo com as probabilidades estatísticas, combinando homens e mulheres com os critérios certos.

— Tenho certeza que você não diria nada a ele sobre comparação...

Será que Yeongkwang tinha acertado em cheio? A mulher fez uma careta. Quanto mais bem passada uma camisa, mais evidentes ficam as rugas.

— Não, acabei fazendo isso na cara dele. Acho que eu estava maluca.

— Se não for rude, posso perguntar o erro que cometeu com seu namorado?

A mulher pareceu hesitar por um momento. Devia ser uma declaração bastante embaraçosa de se fazer a um desconhecido.

— Eu vou lhe dizer. Já que vim aqui para contar tudo.

Yeongkwang assentiu com a cabeça em direção à mulher.

— Eu falei que, nas minhas condições, poderia encontrar um homem numa área profissional melhor, como um médico ou um advogado. Não era o que eu pensava, mas foi o que as minhas colegas professoras disseram. Minha mãe disse a mesma coisa, sabe-se lá onde ouviu falar disso.

Yeongkwang achou que o caso não era tão grave quanto a mulher fazia parecer. Afinal de contas, se não houvesse química entre um homem e uma mulher, os dois poderiam muito conversar sobre o assunto. O único motivo de vergonha dela era ter trazido o tópico à tona daquela maneira, mostrando-se uma esnobe.

— Como o seu namorado reagiu?

— Ele simplesmente se levantou e foi embora. Acho que ficou com o orgulho muito ferido.

— E não se falaram mais?

— Nos falamos, sim. Ele me ligou depois de alguns dias, pedindo para nos encontrarmos.

— Pelo jeito, seu namorado deve ter passado aqui nesse intervalo.

— O senhor agora se lembra de quem é meu namorado?

Yeongkwang confirmou com a cabeça.

— Como imaginei, ele deve mesmo ser um cliente que minha filha atendeu, como eu havia dito. Não podemos divulgar informações dos nossos clientes. Essa é a política de privacidade da nossa farmácia. Como você se sentiria se minha família começasse a fofocar sobre algo pessoal que você me contou hoje? Mesmo que nenhum outro cliente escute.

Ao ouvir as palavras de Yeongkwang, a mulher assentiu com a cabeça, demonstrando que confiava nele.

— Depois disso, ele se transformou completamente. No começo, eu não sabia que viera aqui. Mas isso me fez pensar em muitas coisas. Quando ele era atencioso comigo, não pensava que gostava de verdade de mim pelo que sou, mas apenas pela minha condição. Ele quer uma esposa que seja professora do ensino fundamental I, e eu apenas me encaixava nesse critério. Mas, depois que ele veio aqui, sinto que ele não só me ama como esposa em potencial, mas também me respeita como pessoa, sabe? Eu perguntei se ele não se sentira mal quando comparado com homens de outras profissões e por que estava sendo mais gentil comigo. Ele respondeu que estava usando o produto daqui. O que eu achei estranho é que eu também passei a vê-lo de outra forma. Em vez de sua profissão, seu salário ou outros aspectos materiais, comecei a enxergá-lo por quem é. É por isso que resolvi vir aqui também.

A mulher soltou um longo suspiro.

— Está dizendo que também quer comprar nossos produtos?
— Se eu pudesse ficar que nem ele...
— O que quer dizer?
— Eu queria olhar para ele do mesmo jeito que ele olha para mim.
— Acho que você já está olhando para ele dessa forma.
— Ainda não tenho certeza. Estou tão envergonhada por tê-lo comparado a outras pessoas. Também tenho vergonha de mostrar para ele como me sinto de verdade. Compreendi que gosto muito dele. Dizem que o amor tem prazo de validade, não? O mesmo vale para este produto?

Yeongkwang não conseguiu responder à pergunta da mulher. Porque era uma questão para a qual nem ele tinha resposta. A mulher assinou o contrato de compra do produto e comprou o suficiente para um mês. Quando ela abriu a porta de correr e estava prestes a sair, esbarrou na filha de Yeongkwang. A expressão da filha era tão soturna que contrastava com a da mulher. Pelo jeito, ultimamente seu relacionamento com Seungkyu andava mais atribulado que o normal. Na noite passada, a luz da sala do andar em que a filha vivia ficara acesa até tarde. Pelo visto estava tão preocupada que não conseguia dormir. Como não havia movimentação na sala da cobertura de manhã, Yeongkwang presumiu que a filha dormiria até tarde e ele mesmo abriu a farmácia.

— O movimento está tranquilo. Nem precisava ter vindo trabalhar. Tire um dia de folga. Você tomou café da manhã?
— Não estou com muita fome.
— Fale para Seungkyu te levar para almoçar.

— Ele vai dizer que está ocupado de novo.
Yeongkwang então ligou para Seungkyu e lhe disse que levasse sua filha para almoçar. Como ela falara, Seungkyu respondeu que estava ocupado, pois tinha muitos carros para consertar. Sua filha fechou ainda mais o rosto. Ela estava inquieta, como um cachorrinho que quer fazer cocô.

— Pai, vou pegar um daqueles.

Estava apontando para um novo medicamento. Uma poção com aroma de abacaxi que relaxava a mente e trazia à tona os pensamentos mais íntimos. Era um produto que simulava a condição de estar embriagado e revelava os verdadeiros sentimentos.

Era óbvio que a filha queria dar a poção do amor a Seungkyu.

Mas ela não queria conquistar o coração de Seungkyu daquele jeito. Aquele era um dilema para quem vende poções do amor.

— Se eu não estiver no coração dele, não quero usar o poder de uma poção para forçá-lo a gostar de mim. Mas ainda quero ouvir o que ele pensa a meu respeito.

— Será que Seungkyu não tem outra mulher além de você?

Yeongkwang foi bem direto com sua filha. Ela não disse nada. Será que tinha percebido? Estava na hora de Hyoseon tomar conhecimento também. Mesmo que não soubesse que o coração de Seungkyu pertencia a Sooae, pelo menos saberia que ele não a amava. Sua filha pegou um pacote do novo produto. Yeongkwang conseguia imaginar o que Seungkyu diria quando a tomasse, e achou que estava na hora de sua filha parar de sofrer sem saber dos sentimentos de Seungkyu.

Fenômeno do espelhamento

O endereço da farmácia era rua 3 da Estrada Infinita do Amor. Não ficava longe da casa de Hana. Ali também morava a musicoterapeuta em quem ela dera uma cabeçada no olho. O mundo é grande e pequeno ao mesmo tempo. Se não fosse pelo pedido sincero do pai e pela condição que a mãe lhe impusera, Hana não iria mover um dedo.

A palavra REMÉDIOS escrita em letras vermelhas na cruz azul impressa no vidro não era muito diferente da de qualquer outra farmácia. Apesar dos arredores, um único beco residencial, o nome da farmácia fazia sentido. Provavelmente, recebera aquele nome por conta do lugar onde estava.

Mãe e pai trabalharam juntos para levar Hana à farmácia. Primeiro, a mãe a persuadiu; trabalhando durante décadas como casamenteira, ela definitivamente tinha experiência. Hana caiu na mesma hora nos truques de sua mãe.

— O que a médica costuma te perguntar? — perguntara a mãe, mesmo sabendo que Hana detestava a médica.

— Aquela mulher só me dá um punhado de remédios.

— Não chame a doutora de aquela mulher! É feio fazer isso! Não era ela quem levantava a voz dizendo que, quando

não estava sendo ouvida, até mesmo o presidente do país devia ser xingado? Desde quando a mãe era tão educada?
— Ah, me poupe. Você não sabe de nada, mãe.
— Como assim, eu não sei de nada? Eu estou perguntando, mesmo sabendo de tudo. Estou perguntando até quando vou ter que pagar caro para você passar com uma neuropsiquiatra que não pergunta nada e só te entope de remédios! O que ela estava querendo dizer? Só depois sua mãe mencionou a musicoterapeuta. Destacando o fato de que fora ela quem fizera Hana abrir a boca. Se a musicoterapeuta não tivesse mencionado o bullying, aquela agressão não teria ocorrido. Hana não ligava que a musicoterapeuta a fizera abrir a boca. O maior problema era que Hana tinha detonado o olho dela. A próxima tarefa foi assumida pelo pai da menina. Digamos que se sua mãe deu a Hana uma desculpa para deixar aquele hospital horrível, seu pai a ajudou a abrir o coração.
— Hana, e agora? O papai descobriu o seu segredo...
Hana tinha apenas um segredo. E, como era um segredo de família também, o pai sabia dele. De que outro segredo ele poderia estar falando? Hana suou frio. O pai esfregou as costas de Hana, demonstrando que conhecia a filha.
— Foi a musicoterapeuta que me contou o que você disse para ela. Essa era a chave. Também entendi que você estava sofrendo por causa disso. Hana, vamos devagar. Não pensa que vai ser difícil. Seu pai e sua mãe estarão ao seu lado. Na minha opinião, a primeira coisa que você deve fazer é ir pedir desculpas para a musicoterapeuta.

A condição da mãe e o pedido do pai eram simples. Em troca de sair do hospital, ela devia pedir desculpas à musicoterapeuta. De qualquer forma, Hana sabia que pedir desculpas era apenas metade do trabalho e que havia algo mais que eles queriam. O plano seria confiar Hana à musicoterapeuta para que ela pudesse completar o tratamento. No fundo, Hana queria se libertar do garoto, que agora lhe parecia como um enorme muro. Só de pensar nele, Hana ficava tão frustrada que não conseguia nem respirar direito.

Hana concordou com a condição que a mãe fizera. A médica, ou sei lá o quê, não se interessava nem um tiquinho por ela, e parecia louca para se mostrar quando estava com Hana. Depois, apenas lhe dava os remédios e dizia que estava tudo certo. Era muito irritante.

E se falasse com a musicoterapeuta? Era verdade que Hana tinha ficado intrigada com a ideia de se curar através da música. Mas pensaria nisso mais tarde. Hana assentiu com a cabeça, dizendo que pediria desculpas, para atingir o objetivo pretendido de poder sair do hospital.

A mãe assumiu a liderança e abriu a porta da farmácia, onde estava um velho com óculos de aro de tartaruga na ponta do nariz. *Fernando Botero, é ele,* pensou Hana. Parecia muito com a pessoa no quadro da sala.

A mãe deve ter pensado isso também, pois olhou para Hana e deu uma piscadinha, demonstrando que concordava com o que ouvira do pai da garota. Eles eram mesmo um casal engraçado. Embora tivessem seus problemas, a química entre eles parecia como a de qualquer outro casal. Talvez fosse por causa desse carisma que Hana tivesse tão bem.

— Sejam bem-vindas.
— A terapeuta se encontra?
— Gostaria de se consultar?

Os olhos já pequenos do velho ficaram ainda menores quando ele os estreitou. Hana e sua mãe assentiram com a cabeça ao mesmo tempo. Ele pegou o telefone e discou os números lentamente. Hana ficou olhando com curiosidade, pensando consigo mesma que ainda havia quem usasse telefone fixo.

— Temos clientes — disse só isso e desligou. Não importava quão simples fosse o assunto, fora lacônico demais.

Apenas um ou dois minutos depois de ele ter desligado o telefone, deu para ouvir a porta se abrindo atrás do dispensário, cujos fundos parecia estar conectado ao quintal da casa principal. Hana lembrou-se das palavras do seu pai, de que a farmácia parecia ser em um antigo armazém reformado no quintal de uma casa comum.

— O que eles vendem? — Hana perguntara.
— Remédios!

Às vezes, seu pai demonstrava um talento especial para fazer as pessoas rirem dizendo o óbvio de uma forma surpreendente. Hana se perguntava se aquele era um dos motivos pelo qual sua mãe tinha se apaixonado por ele, mesmo sabendo que seu pai não gostava de mulheres. Mas, se esse era o caso, como será que ele acabou ficando com ela?

— Mas como? — o garoto perguntara a mesma coisa para Hana. Sua expressão estava bastante séria, como se estivesse com vergonha de ouvir um segredo de que não deveria saber. Ela ficara com vontade de dar um tapa e cuspir na cara do garoto, mas não sabia por quê.

A musicoterapeuta espiou pela divisória do dispensário e, no momento em que viu Hana, fez cara de espanto. A mãe pousou a grossa palma da mão na cabeça de Hana e fez força, obrigando a filha a abaixar a cabeça. Com o dedo médio, o velho ergueu os óculos de aro de tartaruga da ponta do nariz e olhou para as três, uma por uma.

— Terapeuta Choi Hyoseon! Como vai? Eu sou a mãe de Hana. Devia ter me apresentado antes.

Hana encarou a musicoterapeuta nos olhos. Ela parecia estar bem. A garota se sentiu aliviada. Se a musicoterapeuta viesse com o papo de bullying outra vez, Hana não reagiria de modo tão inesperado como fizera naquela época. Na ocasião, ela estava extremamente agitada e não conseguia se controlar de jeito nenhum.

— O-lá, co-mo vai? — As palavras saíram pausadamente da boca de Hana.

— Ora essa, a terapeuta deve estar muito bem, graças a alguém que eu conheço. Peça desculpas logo!

A mãe voltou a empurrar a cabeça de Hana. Estava reclamando com Hana quando havia cumprimentado a terapeuta do mesmo jeito. Será que pensava que pegar no seu pé na frente da terapeuta era uma demonstração de sinceridade do pedido de desculpas? Talvez por ter achado a atitude de sua mãe pretensiosa, a cabeça de Hana ficou mais firme. "Você acha que pedir desculpas depois de ir para a cama com alguém resolve tudo?", era o que sua mãe sempre dizia quando brigava com o pai dela. Do ponto de vista de Hana, aquela era uma reclamação injusta. Durante as brigas de casal, era sempre o pai quem ficava encurralado pela força da mãe. Mesmo assim, era sempre o pai quem pedia desculpas. Era o cúmulo da injustiça.

— Me des-cul-pe.

— Seu nome é Hana, certo?

— Sim, doutora. O nome da minha filha é Kang Hana. — A mãe interveio prontamente.

— Mas por que... O pai dela já veio aqui outro dia. — Foi a vez do velho de falar.

A mãe se jogou no sofá no centro da farmácia, como se o pedido de desculpas terminasse naquele ponto. Embora Hana nunca tenha desgostado da própria mãe, não gostava de sua atitude às vezes indiferente, pois acreditava que aquela era uma forma de dominar o oponente. Mesmo que tenha aprendido aquilo ao lidar com pessoas de todos os tipos, desde as ricaças até as que não tinham nada a perder. Mesmo que tenha ganhado a vida graças a isso.

"Não existem machos e fêmeas que não acasalam. É um traço humano presente desde que o mundo foi criado e que não desaparecerá até que ele acabe."

Ela se orgulhava muito de seu trabalho. Se o pai de Hana não tivesse perdido dinheiro administrando as casas noturnas, ela poderia ser pelo menos proprietária de um pequeno prédio do outro lado da rua principal. Por isso, era natural que seu pai não conseguisse opinar sobre nada na frente dela.

— Queríamos que Hana se tratasse com a terapeuta. O pai dela ouviu dizer que o remédio daqui é muito bom. Todos andam falando disso. — A atitude da mãe mudou rapidamente de passiva para ativa.

A vontade de Hana era se esconder num buraco, se

pudesse. A terapeuta pareceu nem se incomodar com aquela atitude da mãe e deu-lhe um termo de consentimento para a compra do produto. Desde o momento em que a atacara, Hana soube que ela era uma pessoa verdadeiramente boa. Quando a mãe tentou assinar o termo de consentimento sem ler, a terapeuta balançou a cabeça e empurrou o termo para Hana, sorrindo para a garota.

— Quer assinar?

Assim como a terapeuta, Hana também balançou a cabeça.

— Pois bem, Hana, assine você mesma.

Por que será que Hana tinha balançado a cabeça? Ela mesma estranhou sua reação inconsciente. Por recomendação da terapeuta, que dissera que era mais eficaz realizar aconselhamento a sós, a mãe de Hana se levantou do sofá. Hana também não tinha a menor intenção de revelar seus pensamentos íntimos na frente da mãe. Antes que a menina percebesse, o velho também desapareceu no dispensário sem fazer barulho, mantendo silêncio.

A terapeuta guiou Hana para dentro da divisória do dispensário. Era um espaço com um ambiente distinto do da farmácia, com iluminação suave e poltronas macias e almofadadas. A porta lateral parecia ser a entrada da casa principal.

Ela pendurou cartazes com os dizeres "FECHADO" e "PROIBIDA A ENTRADA" na porta principal e nas portas laterais, respectivamente. Hana se sentiu estranhamente à vontade. Só de saber que ninguém iria perturbá-la naquele espaço, ficou mais tranquila.

A terapeuta fez Hana beber uma xícara de chá quase sem gosto, mas com um aroma agradável. Disse que era um chá tranquilizante. Então, apontou para o que parecia ser uma cadeira de massagem, reclinada a quarenta e cinco graus. Hana a obedeceu tranquilamente.

— Como? Assim?

Hana se sentou e se ajeitou. A poltrona macia a envolveu por completo.

— Abaixe os braços e incline a cabeça para trás. Pode ficar à vontade.

A terapeuta baixou os braços de Hana e empurrou seus ombros para trás. O corpo de Hana continuou rígido. De alguma forma, se sentiu alerta. Por que ficávamos cautelosos quando tocados por outra pessoa? Música clássica familiar fluía como água pela sala. Hana achava que devia ser uma sinfonia de um músico famoso.

— Hana, percebi agora há pouco que você não me odeia. Ou melhor, tem até uma boa impressão de mim.

O que esta mulher está dizendo? Não, esta unnie. *Ela é a rainha da adivinhação ou o quê?*

— Existe algo chamado fenômeno do espelhamento. Faz parte da psicologia humana. Quando gostamos de alguém, imitamos inconscientemente as ações da outra pessoa. Antes, balancei a cabeça de propósito para ver o que você faria. Então, você também balançou a cabeça para mim. Foi aí que eu percebi. Isso é um sinal de que você simpatiza comigo.

Hana não conseguiu refutar. Lembrou-se de ter feito algo assim também com o garoto. Quando ele se abraçou, antes que percebesse, Hana também estava com os braços cruzados formando um X.

— O que foi, está com frio? — perguntara o garoto.

— Não. E você, está?
— Não. É porque você fez assim também.
Hana e o garoto sorriram ao mesmo tempo. Só isso bastava para se entenderem. Quer dizer que isso era o fenômeno do espelhamento. Hana não sabia que o garoto também tinha uma queda por ela. Será que, se soubesse, tudo teria sido diferente?
— Bem, vamos começar? — disse a terapeuta. — Neste momento, colinas e campos turquesa estão se espalhando diante dos seus olhos, e nuvens brancas e fofas estão flutuando no céu azul. Agora, que tal tirar os sapatos e pisar na grama? Então? Não sente a maciez fazendo cócegas na sola dos seus pés?
A voz da terapeuta desapareceu na música.
— Que música é essa?
— É a *Serenata*, de Schubert. É uma declaração de amor. Pense em algo que lhe vem à mente neste momento. Qualquer situação, qualquer pessoa, qualquer objeto.
Quando Hana fechou os olhos, a primeira coisa que lhe veio à mente foi o garoto. Kim Jaewan. Tirando os pais dela, ele era a pessoa de quem Hana mais recebera carinho e atenção na vida.
"Hana, há uma sombra no seu olhar. Eu consigo enxergar."
No momento em que Jaewan lhe dissera, foi paixão à primeira vista, e ela passou a querer dar a ele toda a sua alma.
— Ele viu as sombras nos meus olhos.
— É um garoto, então. Por acaso é Jaewan?!
Hana não sentiu nenhuma resistência. Assentiu com a cabeça de forma imperceptível.

— Você gostava dele. É claro que ele também devia gostar de você. Vocês dois deviam ser muito fofos... A terapeuta fez uma pausa, como se estivesse marcando uma vírgula.

— A culpa foi minha. Desde o começo... e então passei a odiá-lo.

Hana ficou sem saber o que fazer quando o véu sombrio no fundo do seu coração foi removido por Jaewan. Ele era puro demais, e ela ficara com medo de que uma única sombra refletida na água limpa pudesse deixá-la turva. Por outro lado, também estava desesperada para enxaguar sua sombra na água límpida de Jaewan e poder ficar tão pura quanto ele. Hana se decidira pela segunda opção. Será que também tinha sido o fenômeno do espelhamento? O desejo de se tornar tão pura e limpa quanto Jaewan. A confissão de Hana de que o pai dela não amava sua mãe, mas, mesmo assim, a tiveram.

— O que tem isso? Nem todos os homens e mulheres se casam porque se amam. Meus pais também dizem que o casamento deles foi arranjado — dissera Jaewan. Ele fazia o possível para aliviar a mágoa e a dor dos outros, e por isso Hana sentia uma confiança infinita nele.

— Mas minha mãe e meu pai estão em um nível diferente. Parece que meu pai é um tipo de homem que sempre odiou dormir com as mulheres.

Jaewan sempre teve a atitude de um garoto sábio que conseguia entender tudo no mundo, mas, diante daquela afirmação, inúmeros pontos de interrogação apareceram em seu rosto. Jaewan, que era mais atencioso e tinha uma compreensão mais ampla do que seus colegas, ainda era apenas um estudante do ensino fundamental II. Sua compreensão do mundo era limitada.

— Seu bobo inocente! Você já ouviu falar em gays? Ouvi dizer que meu pai nasceu assim. Mas minha mãe acabou ficando com ele e eles me tiveram. Meu pai teve que se casar com a minha mãe para assumir a responsabilidade por mim. Minha mãe teve que trabalhar duro para nos sustentar, eu e meu pai. Você já ouviu falar em casamenteiras? Isso é o que minha mãe faz. É muito engraçado, não é? Minha mãe fisgou meu pai, que não quer nem saber de mulheres, e se gaba de conectar os homens e as mulheres do mundo. Eu realmente não gosto dessa história. Queria que meus pais fossem normais. Mas eu nunca disse nada. Na frente deles, finjo que não tem nada de errado. Mas estou sempre nervosa. Tenho medo de que alguém descubra o segredo da minha casa.

Tal como fez com Jaewan, Hana contou tudo à terapeuta como um carro correndo na via expressa. A respiração e os suspiros da terapeuta pareciam ocasionalmente vírgulas e pontos de exclamação.

— Esse seu amigo, Jaewan, mudou depois de descobrir o seu segredo? — perguntou a terapeuta em voz baixa, quando Hana parou de falar e respirou fundo. — Foi por isso que passou a odiá-lo?

Teria sido muito melhor se, tal como os outros colegas dela, Jaewan tivesse ignorado Hana, achando difícil entender as sombras projetadas no abismo dos outros.

— Não. Não foi isso.

Parecia que o peito de Hana ia explodir. Em algum lugar da sua mente, ouviu o som do clique de um interruptor, como se um fusível tivesse queimado. Sua mente estava completamente escura. Quando pensava em Jaewan, sentia como se todo o seu corpo estivesse caindo em um penhasco infinito. Hana começou a se arranhar. A terapeuta a impediu, segurando nas mãos de Hana.

Foi Hana quem fingiu não notar Jaewan. E não se limitou a isso. Hana, que era popular por ser extrovertida, ficou deprimida e estranhamente assustada. Ela esperava que, ao contar seu segredo a Jaewan, seria capaz de escapar das sombras. Mas essa esperança se transformou em uma armadilha. Hana odiava a expressão com que Jaewan a olhava pelas costas quando ela o ignorava. Nos olhos dele, além de pena, havia também remorso e saudades dela. Mas Hana era muito jovem para notar isso. Era difícil explicar a sensação de revelar um segredo vergonhoso a um garoto que também é seu primeiro amor.

Hana tirou Jaewan do seu círculo social intencionalmente, valendo-se de seu status popular. Como se tivessem combinado, os garotos começaram a praticar bullying com ele. Jaewan se transformou num alvo e, mesmo depois de ter ido para o ensino médio, continuou sofrendo com os outros garotos.

— Eu é que o ignorei. Por ele saber o segredo da minha mãe e do meu pai... eu estava com medo e o odiava sem justificativa.

— E então?

— E então... disseram que foi... por isso que ele morreu.

A terapeuta ficou sem reação.

— Disseram que ele continuou sofrendo bullying dos garotos no ensino médio. Eu não sabia. Mas, de qualquer forma, é tudo culpa minha.

— Então foi isso. Você ficou tão chocada com o que aconteceu que perdeu a fala e ficou com o coração partido.

Hana ficou sem forças. Lembrou-se do que tinha falado pela primeira vez para a terapeuta, no dia que dera uma cabeçada no olho dela. Jaewan. Era o nome do garoto. Seria por causa disso? O estranho hábito de tentar esconder a verdade por meio da violência contra aqueles que descobriam o seu segredo. Por que ela machucava as pessoas que tentavam confortar as feridas dela? Hana sentiu um aperto no coração. A terapeuta segurou a mão de Hana, que até então não percebera que suas mãos estavam tremendo.

Quando Hana enfim se acalmou, a escuridão caía sobre o beco. Hana saiu pela porta da farmácia. A luz amarelada da farmácia, que escapava pela vitrine, iluminava a rua como um poste de luz e se estendia até o fim do beco. A sombra de Hana se projetou e se expandiu na calçada, enquanto a terapeuta permaneceu parada junto à porta da farmácia, observando as costas de Hana enquanto ela se afastava.

Eu passei a gostar muito dela

O líder da equipe lhe mandou uma mensagem pedindo para ela enviar o relatório de desempenho. Naquele mês, ela havia encerrado apenas dois serviços, e, ainda por cima, tivera que recorrer a recursos externos para que um deles se concretizasse. Depois de descontar tudo do salário, que já era pouco, pagar a casa de repouso da mãe e as despesas essenciais não era nada fácil. O título de gerente de casais era bonito, mas, em muitas ocasiões, ela não conseguia superar o salário-mínimo. Para piorar, seus superiores cobravam tanto que o nível de estresse também não era brincadeira.

Estivera aguentando até então com a esperança de que poderia ser contratada, em vez de trabalhar como autônoma. Mas ela sabia muito bem que isso já eram águas passadas. Mais do que nunca, Seri agora pensava que era feliz e não sabia na época em que trabalhava com Aechun, cuja empresa estava indo muito bem. Se Woosik não tivesse acabado com tudo, Aechun teria aberto uma bem-sucedida agência matrimonial e Seri teria um emprego. No entanto, ela achava que Woosik não merecia ser cobrado por Aechun por conta disso. Pelo menos a casa deles estava bastante pacífica nos últimos tempos. Todos os três membros da família afirmavam que era graças à poção do amor. Falavam que corações escapavam dos seus olhares só de tomar aquilo. Mas seria verdade? Se era um remédio tão bom, seria um item essencial para os negócios de Seri. Lembrou-se do casal que faltava no relatório de desempenho: um funcionário público e uma professora do ensino fundamental I. Depois que a professora reclamara e Seri avisou ao servidor público para se esforçar mais, ambas as partes permaneceram caladas. Na última vez que conversaram ao telefone, ele suspirara, como se estivesse preocupado. De qualquer forma, ela já tinha recebido a taxa de apresentação e depositara a quantia prometida para Aechun.

— Estou envelhecendo antes da hora! — Enquanto Seri escrevia o relatório de desempenho e falava sozinha, o telefone tocou.

— É da agência matrimonial "Marido e Mulher"?

Só pela voz, dava para perceber que era uma mulher na casa dos trinta anos. Aquela era a faixa etária que mais ligava. A seguir vinham as mulheres idosas. Eram mães com filhos em idade de casar. Havia poucas ligações de homens na faixa dos quarenta anos, mas o número de depósitos de taxa de adesão era alto. À medida que envelheciam, os homens tendiam a ficar mais obcecados pelo casamento do que as mulheres. Em comparação com as mulheres mais jovens, que gostariam de se casar, as mais velhas tinham maior probabilidade de quererem permanecer solteiras ou serem contra o casamento. Comparativamente, uma porcentagem elevada de homens pensava que se casar era fundamental, mesmo à medida que envelheciam. A razão pela qual a maioria dos homens utilizavam uma agência matrimonial era "porque não tiveram oportunidade de conhecer mulheres", e, segundo as mulheres, era "encontrar o cônjuge perfeito". Só isso já evidenciava as diferenças entre homens e mulheres. Não havia tantas ligações por parte de rapazes e moças em idade de casar. Isso devia ocorrer porque, quanto mais jovens, maior a probabilidade de conhecerem alguém do sexo oposto naturalmente. Os jovens também costumavam ser confiantes. Seri estava prestes a fazer trinta anos sem nunca ter experimentado um relacionamento de verdade.

A mulher de trinta anos ao telefone estava claramente reticente, talvez porque quisesse verificar se valia a pena, o que deixava Seri também ansiosa para fazer um discurso vendedor para a mulher.

— Você sabe que é difícil conhecer uma pessoa boa em encontros às cegas proporcionados por pessoas da sua idade, certo? Os encontros às cegas promovidos por indivíduos comuns tendem a ser restritos. Não seria muito mais eficiente conhecer alguém que corresponda aos seus critérios? Temos excelentes candidatos do sexo masculino. Há muitas razões pelas quais os clientes se juntam à nossa...

A principal razão pela qual as pessoas hesitavam ao ligar era algum grau de autocensura por seu próprio esnobismo. Era tudo culpa do pensamento inerente instaurado pela mídia de que o casamento devia ter como premissa o amor, e que o encontro de duas pessoas devia ser predestinado. Também era verdade que os filmes coreanos estavam deturpando a visão do casamento entre rapazes e moças. No entanto, analisando friamente, o casamento era apenas um dos exemplos de uma economia de mercado que funcionava sem problemas quando a oferta e a demanda estavam alinhadas. Isso ficava evidente pelo fato de "primeiro as condições, depois o amor" ser a política adotada pelas agências matrimoniais.

Um gerente de casais competente era alguém que compreendia a impaciência de homens e mulheres que já tinham passado da idade de casar. Também era necessário saber a hora de comentar que o amor era apenas um efeito hormonal e o bordão da empresa: "o amor é momentâneo, mas as condições afetam a vida para sempre".

Então, noventa por cento dos clientes se registravam e depositavam a taxa de adesão. E se ainda falassem sobre amor? Seri se perguntou se deveria incluir de fininho a "poção do amor" que Aechun tanto gostava.

— *Unnie*, vai usar isso nos negócios também?

— Seri, vejo que você cresceu muito. Chamando o que fazemos de negócios... Agora, você está um passo à minha frente. Mas não. Só minha família vai tomar.

— *Unnie*, é você quem mudou de verdade. Por que a família toda vai tomar? Acha que é algum tipo de suplemento?

— Exatamente, Seri. Acho que o produto da farmácia é um suplemento de amor. Mas sei que também existe um produto específico que faz com que se ame apenas uma pessoa.

Seri se perguntou de que tipo de bobagem a *unnie* estava falando. Do jeito que a *unnie* falava, parecia que estava envolvida em um esquema de pirâmide.

— Resumindo, é um suplemento para evitar traições. É feito sob medida para o Woosik, sabe? — acrescentou Aechun.

Pelo jeito, já fazia muito tempo que Seri não ouvia a risada reconfortante de Aechun. Era como se a mulher tivesse voltado aos tempos em que era conhecida como Cinturão Park e estivesse se dando bem com Woosik.

Seri ouvira falar em algum lugar que os homens prefeririam mulheres carnudas em vez das magras, o que surpreenderia as mulheres obcecadas por dieta. Aechun tinha o tipo de corpo feminino voluptuoso que aparecia nas pinturas de Rembrandt da era barroca. Na opinião de Seri, Aechun estava mais próxima dos retratos de Rembrandt do que dos personagens simplificados de Fernando Botero. Se Aechun estivesse vivendo com outro homem, talvez não tivesse sofrido tanto. Olhando dessa forma, Aechun também era uma coitada. Afinal, por que tinha sido atingida por uma flecha do Cupido equivocada? Pensando assim, Seri não era muito diferente dela. Por que tinha que se apaixonar justamente por um homem casado e ainda por cima gay?!

Seri ficou curiosa a respeito do suplemento de amor vendido na farmácia. E se, no momento em que o tomasse, o coração da pessoa explodisse de amor e se apaixonasse? Existiria algo melhor? Seria uma informação útil, até mesmo para o funcionário público.

— Sr. Jinhyuk, como vai? Aqui é Seri, a gerente de casais.
— Ah, sim. Como vai? — O rapaz parecia radiante.

Será que ele tinha terminado com a professora?

Mas ele teria contatado Seri se fosse o caso, porque ainda havia um número de encontros acordados a serem realizados. Se o funcionário público ainda quisesse sair com professoras do ensino fundamental I, ela poderia ter de voltar a recorrer a pessoas de fora da empresa para o próximo encontro. Ia ser difícil encontrar alguma outra professora do ensino fundamental I. Mesmo Aechun, que conhecia todo mundo, ia acabar dizendo não...

— Seus encontros com aquela mulher estão indo bem?

— Estamos saindo, mas não sei se está indo bem. — Apesar da voz alegre, sua resposta foi ambígua.

— Eu apreciaria se você pudesse ser honesto comigo. Se terminar com ela, arranjaremos outra candidata para você. O que devo fazer? Quer que procure outra mulher?

— Não, não. Serei honesto com você. Eu gosto dela. Por isso, continuamos namorando. Mas ainda não sei o que ela sente de verdade por mim. É só um palpite, mas não parece que ela realmente desgoste de mim. Então, ainda estou tentando.

A voz de Jinhyuk carecia de confiança. "Ei, seu idiota! A mulher ainda está apenas testando as águas." Seri engoliu as palavras que estavam se formando em sua garganta. Desde o início, Jinhyuk lhe parecera chato. Seus critérios eram bastante rígidos, apesar de sua aparência e suas condições nada especiais. Ele dera muito trabalho, mas tudo bem. Dava para entender analisando da perspectiva do cliente. Todas as pessoas são assim. Costumamos esconder nossos defeitos e só aumentar o que os outros têm de ruim. Jinhyuk frisou que queria professoras do ensino fundamental I. Além disso, queria que a aparência da mulher fosse pelo menos de nível B. *Ora, seu folgado.* Seri xingou muito por dentro, mas respondeu educadamente, como uma criança bem-educada do jardim de infância.

— Bem, é que, sabe como é... — Seri sabia por que Jinhyuk dizia não conhecer os verdadeiros sentimentos da mulher.

A professora do ensino fundamental I falava de um jeito estranho. Em vez de expressar seus pensamentos diretamente, ela os insinuava, mas não era do tipo que cedia ou desistia, de forma alguma. E a mulher dissera, por meio de indiretas, que as condições de Jinhyuk não eram boas. Chegara à conclusão de que, comparado ao valor atribuído a ela no mercado matrimonial, o dele não era bom o bastante. Mesmo assim, Seri não perguntou se, ignorando as condições, ela tinha gostado do homem porque achou que a pergunta não valeria de nada.

— Por acaso você já ouviu falar da Farmácia do Amor? — A frase saiu de repente da boca de Seri.

Depois do que Aechun lhe dissera, Seri foi pesquisar na internet e teve duas surpresas. A primeira foi o fato de a farmácia ser bastante popular on-line, e a outra foi com o número de pessoas que, contra todas as expectativas, consideraram os produtos eficazes. Na verdade, podia ser um pouco como a questão do que veio primeiro, o ovo ou a galinha. Era evidente que, como muita gente obteve o efeito esperado, o lugar ficou famoso pelo boca a boca, e, como muita gente usava o produto, crescera também o número de pessoas que diziam ter conseguido um bom resultado.

Houve um momento de silêncio. O tempo suficiente para a mão direita de Seri, que segurava o celular, começar a suar um pouco.

— Senhorita gerente... — Jinhyuk quebrou o silêncio.

— Sim, pode falar.

— Você acabou de me perguntar se eu já ouvi falar da Farmácia do Amor, certo?

— Me desculpe, não havia por que falar disso. Você deseja realmente se limitar a procurar mulheres que sejam professoras do ensino fundamental I? Que tal ampliar um pouco os horizontes?

— Ah, espere um minuto. Nós estávamos falando sobre a Farmácia do Amor. — Jinhyuk cortou Seri parecendo um pouco nervoso. Seri parou de falar e manteve-se de boca fechada. — É uma farmácia na Estrada Infinita do Amor, certo? — Jinhyuk se adiantou, não suportando o silêncio de Seri.

Não havia apenas a Farmácia do Amor na Estrada Infinita do Amor. Havia também a agência matrimonial onde Seri trabalhava, em um arranha-céu, e a casa de Cinturão Park, que já fizera sucesso como casamenteira. Mesmo assim, Jinhyuk enfatizou apenas a Farmácia do Amor.

— Bem, na verdade, eu estive lá — falou Jinhyuk, hesitante.

"Uma *unnie* que conheço também me disse estar usando os produtos de lá." Se Jinhyuk não fosse um cliente, Seri teria respondido assim.

— Ah, sim... — Seri respondeu apenas, baixinho.

— Eu me senti muito estranho lá.

Qual era o problema daquele cara? Seri o tinha achado desleixado, mas agora começava a pensar que ele era idiota. O que ele queria que ela fizesse? "Senhor, eu não sou sua amiga. Sou apenas uma gerente de casais que avalia o perfil de homens como você e os compara com mulheres com status semelhante. Meu trabalho é convencer, de alguma forma, os clientes a se inscreverem e, assim, participarem do número de encontros acordados, a fim de sofrer menos com a pressão da empresa." Seri foi engolindo uma a uma as coisas que tinha vontade de dizer.

— Ah, sim...

Apesar de pensar que estava na hora de encerrar a ligação, viu-se esperando pelas próximas palavras de Jinhyuk. Afinal, estava curiosa sobre a farmácia, ou melhor, sobre as poções do amor.

— Comecei a gostar muito da mulher depois de tomar os produtos que me recomendaram.

— Ah, sim! Isso pode ser rude, mas você já gostava daquela mulher. Antes mesmo de conhecê-la, dissera que só a profissão dela importava, e nada mais.

— Estou dizendo que, independentemente da profissão ou de que família ela vem, ela mexeu mesmo com meu coração. Cheguei ao ponto de sentir que minha existência não teria sentido se ela desaparecesse da minha vida. — A voz de Jinhyuk estava séria.

Seri conseguia imaginar as próximas palavras dele. Mesmo com seus sentimentos, a mulher, em contrapartida, ainda o via como nada mais do que um rapaz que atendia aos critérios dela. Seri não queria saber sobre a história de amor de Jinhyuk. Apenas ficou surpresa ao saber que ele tinha passado a amar a mulher de verdade. Quais produtos vendidos na Farmácia do Amor teriam causado tamanha mudança em Jinhyuk?

— E que produto é esse? Esse medicamento necessita de receita? Está disponível em outras farmácias também?

— Não é um medicamento que pode ser comprado em qualquer outra farmácia. Claro, tampouco precisa de receita médica. É um produto vendido apenas naquela farmácia. Deve ser por isso que a chamam de poção do amor. Se estiver curiosa, vá visitá-los também. Sinto que estou acordando para o amor. Não consigo explicar em palavras. Você tem que experimentar por si mesma para saber...

Enquanto ouvia Jinhyuk, Seri sentiu como se tivesse avistado uma luz fraca. E se, com essa poção, Seri também abrisse os olhos para um novo amor e se apaixonasse por outra pessoa? Será que deixaria de ficar suspirando à toa por Kang Woosik? Um vago desejo de amar alguém e ser correspondida acelerou o coração de Seri.

— Você pode apresentar os produtos para a mulher. Assim, ela também se apaixonará por você.

— Não, não tenho vontade de fazer isso, mas vou dar a ela todo o amor que posso. Só espero que ela aceite o meu amor. Se ela não o quiser mesmo, não posso fazer nada. Eu acredito que respeitar a vontade da outra pessoa, mesmo que seja a de não querer me amar, também é uma forma de amor.

Normalmente, Seri teria dito sarcasticamente: "Você acabou se revelando um verdadeiro romântico". Mas Jinhyuk parecia estar sendo tão sincero, que suas palavras até a impressionaram. Não era mais o desleixado de antes, obcecado em escolher uma noiva pela profissão.

Ao terminar o relatório, Seri disse ao líder da equipe que sairia mais cedo para resolver o problema de um casal.

— Seri, você não acha que está se equivocando? Quem é você para tentar resolver os problemas de um casal? Não se esqueça de que o mais importante é só cumprir a quantidade de encontros estabelecidos, de acordo com a taxa de adesão depositada!

Seri percebeu que o sarcasmo do líder da equipe era mais um aviso para ela. Seri curvou-se repetidamente e apertou o botão do elevador enquanto pedia desculpas.

Atravessou três faixas de pedestres e entrou na área residencial, um lugar onde o amor não conhecia limites, como bem dizia o endereço da Estrada Infinita do Amor. Do outro lado da estrada de oito pistas, ficava a casa de Cinturão Park, cujo ganha-pão era combinar homens e mulheres. Ao mesmo tempo, existiam muitas agências matrimoniais que promoviam a máxima mercantil de que o casamento era um contrato por interesse. Era num lugar como aquele que surgira do nada uma farmácia que pregava o amor.

Até Cinturão Park fora completamente tomada, e o funcionário público, antes obcecado pela profissão da mulher, clamava por amor como um molusco desossado. O que havia de mais no amor? Por causa do amor, Seri também não olhava para os outros, presa a apenas uma pessoa. Só agora ela percebia como aquilo era em vão.

Parou em frente à Farmácia do Amor, em um beco residencial, de onde dava para ver bem o interior do lugar através do vidro frontal. Lá dentro, sentados cara a cara, havia uma farmacêutica bem bonita, mesmo olhando do lado de fora, e um velho cujo corpo lembrava uma bexiga. Era o personagem de uma pintura de Fernando Botero que ela já tinha visto antes. Aechun dissera que os dois eram casados. Dissera também que era um casal que realmente não combinava.

— Olha só quem fala. Acha que vocês são um casal que combina muito, *unnie*? — Seri disse sarcasticamente.

E, ao contrário de antes, não se sabe o porquê, Aechun apenas sorriu e respondeu:

— Pois é.

Qual seria a história por trás do velho e da farmacêutica que pareciam não combinar nem um pouco? O que o amor significava para essas duas pessoas? Os passos de Seri a levaram até a entrada da farmácia. Ela abriu a porta. Nesse momento, passou-lhe pela mente a visão de um pequeno pássaro batendo as asas.

A farmacêutica levantou-se primeiro. Ela era muito mais bonita do que parecia do lado de fora, e o velho, muito menos apresentável. Será que o velho conquistara a bela farmacêutica apenas com seu amor?

— Seja bem-vinda. Estamos felizes de recebê-la em nossa Farmácia do Amor.

A saudação não era muito diferente do que Seri costumava dizer para os inúmeros clientes que aconselhava: "Seja bem-vindo. Estamos felizes que tenha se juntado à nossa agência matrimonial". Um comentário seco e sem alma. Seri apenas se ocupava demais em garantir que os clientes participassem de encontros adequados.

Assim que abriu a porta da farmácia, uma música familiar, cujo nome não lembrava, derreteu o coração duro de Seri. Ao mesmo tempo, o cheiro do chá de ervas entrou por suas narinas. O aroma do chá, combinado com a música, a aliviou do cansaço do dia. Então Seri entrou na farmácia, que parecia um café aconchegante e confortável, cheia de expectativas de que uma nova página do amor pudesse se abrir para ela.

Descendente de Lilith

Sooae sabia que a filha a chamava de sra. Han. Ainda assim, considerava uma sorte, pelo menos, não ser chamada de raposa velha. Apesar de o celular da filha ter senha, uma vez, quando o aparelho estava desbloqueado, ela chegara a ver que seu número na lista de contatos constava como "raposa velha". O diário dos anos de adolescente da filha era ainda pior. Nele, o nome de Sooae aparecia acompanhado de diversos palavrões. Em que momento as duas teriam começado a brigar? Sooae pensava nisso às vezes. Quando a filha não estava, sentia-se culpada, mas, no instante em que a via, ficava com raiva da garota. Não conseguia parar de pensar que sua vida fora arruinada por causa daquela criança. Alguns dizem que existe afinidade entre pais e filhos. Será que ela e a filha nunca a tiveram? Sooae começara a pensar que a filha atrapalharia sua vida ainda quando estava grávida. Ela ainda não tinha concluído os estudos, e passou no exame de qualificação do ensino médio durante a gravidez. Tentou se preparar logo para o vestibular, mas, como a data do parto se aproximava, teve que desistir.

Suas lembranças do dia em que deu à luz também eram terríveis. Disseram que ela não tinha dilatação. Foram vinte e três horas de trabalho de parto. Sooae teria preferido a morte, mesmo assim, conseguiu aguentar firme pensando no bebê. Seria um anjo que nunca existira antes no mundo. Um rosto adorável digno de um comercial de televisão. Mas não foi o que aconteceu. No momento em que Sooae viu o bebê enrolado em panos, ficou sem palavras. Como é que um alienígena avermelhado, enrugado e guinchando podia ser seu bebê?!

Sooae fora uma bebê maravilhosa. Qualquer pessoa que tenha visto Sooae pelo menos uma vez concordava que ela seria Miss Coreia. Então, era impossível que aquele monstro tivesse saído de sua barriga. Sooae gritou para se livrarem do monstro, mas logo chorou e pediu seu bebê de volta. Como a equipe médica não conseguia dar conta da histeria de Sooae, os médicos ligaram para o pai do bebê. Quando as pessoas viram o rosto do pai, que entrou correndo na sala de parto todo atrapalhado, viraram o rosto e riram baixinho, provavelmente porque o bebê era igualzinho ao pai e não se parecia em nada com a mãe. A reação exagerada de Sooae acabou sendo considerada apenas uma ocorrência isolada, mas a verdade é que o bebê não recebeu acolhimento por parte da mãe. Mesmo em casa, depois de ter saído do hospital, Sooae continuou estranhando-o. Seu rosto lhe parecia incompreensível, sua boca, vermelha e escancarada, quando o bebê chorava alto.

— Mãe, o que está fazendo? Amamente o bebê. Está chorando porque está com fome — a doula incentivou Sooae.

Sooae era muito jovem para ser chamada de mãe de um

bebê. A doula empurrou o monstrinho para o peito de Sooae e lhe arrancou as roupas para ter acesso ao peito. Os seios, inchados como se não fossem seus, doíam tanto que ela nem conseguia tocá-los. O bebê, franzindo os lábios vermelhos, mordeu o mamilo de Sooae vigorosamente, parecendo ter canalizado toda a sua energia para a boca, e engoliu o seio de Sooae. O bebê, mordendo com persistência, parecia um demônio de um filme de terror. Num instante, Sooae soltou o bebê.

— Credo! O que está fazendo?

A doula se assustou e abraçou o bebê. Sooae tapou os ouvidos para não ouvir o choro.

— Não importa o quão imatura você seja. Até os animais acolhem seus bebês... — a doula a repreendeu enquanto consolava o bebê.

Parecia que o amor maternal lhe seria imposto. Depois daquele dia, Sooae não amamentaria o bebê, embora tivesse leite. Quando o olhava de perto, vários pensamentos atormentavam Sooae.

Mesmo sem o amor da mãe, o bebê cresceu bem. Sooae começou a estudar para o vestibular, mas estava quase enlouquecendo com o choro dia e noite. Seu marido ficava trancado no porão, alheio. Sooae pegou o bebê e saiu e, quando voltou para casa, o mundo estava quieto. Quando saiu do porão, o marido procurou pelo bebê e logo deixou uma marca vermelha no rosto de Sooae.

Quando o marido voltou para casa, o bebê abriu o berreiro de novo. O bebê de boas cordas vocais crescia e se desenvolvia bem. Nascera já pesando bem mais de quatro quilos. Aos oito meses, conseguia andar. Não se satisfazia com o leite que recebia, mesmo recebendo o dobro do recomendado, e começou a fingir que chupava com a boca. Os dentes da frente também nasceram mais rápido que o normal, criando buracos no bico da chupeta. Alguém até desejou felicidades a Sooae. Disse que sua filha tinha nascido para ser grande. Sooae balançou a cabeça e franziu a testa.

Enquanto isso, Sooae, que mesmo assim estudou muito, entrou na faculdade de farmácia. Desistira do sonho de se tornar cantora e nem sequer cogitou ciências básicas e engenharia. Porque Sooae pensava que só conseguiria ganhar a vida se tivesse um bom emprego, já que as pesquisas do seu marido avançavam a passos lentos. Mesmo assim, seu marido simplesmente ia e voltava entre o porão e o cursinho como um pêndulo. Sooae deixava seu bebê com a vizinha, uma mulher mais velha, enquanto frequentava a faculdade e, naturalmente, elas se tornaram amigas próximas.

— *Unnie*, ela não tinha nem um ano. Abri a porta e a criança levantou a perna. Por cima do berço com ripas de madeira, sabe?

— Sei, deve ser bem caro.

— É caro, sim. O professor, quer dizer, o pai do bebê comprou em um shopping, mas a criança estava com tanta energia que tinha uma das pernas dependurada nas grades do berço. Metade do corpo estava por cima da barra.

— Ah, meu Deus! Que perigo. Seu coração devia estar batendo forte. — A reação da vizinha foi de bastante surpresa.

— Que nada. Fiquei é com arrepios.

— Pois é, você deve ter ficado muito assustada! E o que aconteceu com Hyoseon?

Sooae ficou chateada com a reação da vizinha. Ela estava tentando revelar seus sentimentos mais profundos, mas continuava se sentindo fora de foco.

— Segurei o bebê. Meu corpo pulou automaticamente. Peguei o bebê e coloquei-o de volta no berço, mas tive um pensamento estranho. Eu me perguntei o que teria acontecido se eu tivesse aberto a porta um pouco mais tarde.

— Você teve sorte de ter chegado na hora certa. Deve ter sido o seu instinto materno.

A *unnie* vizinha também considerava o amor maternal um tipo de sacrifício.

— Será que foi mesmo sorte? Pois eu fico me perguntando por que não cheguei um pouco mais tarde.

Os verdadeiros sentimentos de Sooae estavam implícitos, escondidos nas palavras que ela ainda não conseguia dizer. A vizinha, que olhava para ela com olhos desconfiados, parecia confusa. Sooae percebeu, então, que a vizinha, que considerava uma irmã, não estava do seu lado. Sooae estava sendo tratada como uma criatura de outro mundo.

— Mas que coisa! Os jovens dizem coisas tão estranhas... Os filhos são como se valessem mil moedas de ouro.

A vizinha desconversou e saiu, como se quisesse ir lavar os ouvidos. Por que o sacrifício estava sempre atrelado à maternidade? Sooae achava difícil entender. Mesmo que ela se desviasse só um pouco dessa estrutura, as pessoas a olhavam torto. Sooae se sentia injustiçada. Era nojento, e odiava ser chamada de esposa e mãe de alguém, quando ela ainda nem tinha vinte anos. Parecia que estava relutantemente segurando um pano fedorento entre o polegar e o indicador.

Quando a criança atingiu uma idade em que podia ir ao banheiro e comer sozinha, Sooae se formou na faculdade. Depois de conseguir um emprego em uma grande farmácia, finalmente conseguiu deixar de ser, aos poucos, uma estudante com uma filha. Ninguém diria que era uma mulher casada se não contasse. Mesmo quando saía só de jeans e camiseta, os olhos das pessoas se demoravam em Sooae, e sua mente e seu corpo pareciam flutuar. As pessoas do mesmo sexo olhavam para ela com inveja e ciúme, enquanto das do sexo oposto ela recebia olhares de cores profundas, difíceis de explicar em palavras.

Havia um homem que, em vez de chamar Sooae de recém-casada ou mãe de Hyoseon, a chamava pelo nome de um cachorro da vizinhança, e havia outro que a chamava de *noona*[16] e fazia todo tipo de gracinhas. Com alguns deles, ela teve algo semelhante a um caso de amor que a fazia sentir frio na barriga, sem o conhecimento do marido. Quando o marido desconfiava, ele a interrogava e a repreendia, ocasionalmente usando violência.

Sua filha, que estava no ensino fundamental II, também começou a olhar torto para Sooae, que achava que a menina só tinha tamanho e que não sabia de nada por ainda ser jovem, mas não era o caso. No diário de sua filha, Sooae era considerada a pior mulher do mundo.

— Como uma farmacêutica pode ser tão vulgar? — sua filha disse com os braços cruzados, como se estivesse a

---

16 *Noona* (누나) é uma forma de os homens se referirem a mulheres mais velhas com quem têm uma relação mais próxima, equivalente a *unnie* para as mulheres. (N. T.)

ameaçando. Sooae estava aplicando esmalte vermelho nas unhas dos pés. Recentemente, um homem que a seguia ficara particularmente obcecado pelos pés dela. Desde que descobrira que o pervertido odiava esmalte nas unhas dos pés, Sooae começou a pintar as unhas de várias cores. Queria se livrar do homem.

— As farmacêuticas não podem pintar as unhas dos pés? Que jeito bonito de falar, hein? — Sooae nem deu atenção à filha e se concentrou em aplicar o esmalte.

— Que tipo de mãe é você?

— O que foi agora?

— Pare de se encontrar com homens. Eu vi tudo.

Os dedos de Sooae tremeram ligeiramente. Uma gota de esmalte vermelho brilhante escorreu da unha. Sooae pegou um lenço de papel de qualquer jeito, molhou-o em acetona e esfregou as unhas. Jogou o lenço manchado da cor do sangue no chão. De repente, estava irritada. Não foi porque sua filha descobriu. Também não era por causa do babaca pervertido que ficara louco ao ver os pés dela. Nem era porque estava decepcionada com o marido, que costumava ficar em cima dela, mas agora permanecia enfiado no porão e a olhava como se fosse uma vaca ou uma galinha. Tudo que Sooae queria era calar a boca de sua filha, que ria da cara dela e a menosprezava.

— Você ainda é uma criança. Acha que pode se meter nos assuntos dos adultos assim?

— Você não tem vergonha? Andando por aí e flertando com homens na rua. Sempre te achei péssima. Mas isso é o pior. Não ter vergonha na cara.

Sooae não podia deixar barato.

— E quem você acha que arruinou a minha vida? Por que você briga por tudo mesmo sem saber de nada? É igualzinha ao seu pai.

— Está dizendo que sair com homens escondida do meu pai é certo?

— Isso não é problema seu! E você vai ficar feliz se contar ao seu pai e me ver apanhar?

Com uma expressão indiferente no rosto, Sooae recomeçou a passar o esmalte nas unhas dos pés.

— Mãe, você me odeia, não é mesmo?

Os olhos e o nariz da filha ficaram vermelhos. Por que estava se rebelando contra Sooae? Ela sabia que era uma maneira de buscar o carinho da mãe. Ela sabia muito bem disso, mas carinho e amor são emoções que não se pedem. Mesmo na maternidade. Quando lhe dava as costas, Sooae sentia pena. Mas, quando a encarava de frente, sentia raiva. O rosto de sua filha era um símbolo do medo. O medo inconsciente de uma força maior que se aproximava. Era como uma rocha da qual não conseguia se livrar, como se tivesse sido imobilizada.

— E você gosta de mim? Você também me odeia. Continue odiando. Eu sei como você se sente. Então, espero que entenda como me sinto também. Você fica me dizendo o tempo todo sobre como eu deveria ser como farmacêutica ou como mãe. Mas tanto uma farmacêutica quanto uma mãe ainda são mulheres. Além disso, nem todas as mães se sacrificam pelos filhos.

Depois daquilo, sua filha começou a mudar e passou a se comportar como uma delinquente. Sooae foi convocada à diretoria porque a filha foi flagrada fumando, e a delegacia ligou comunicando que a garota havia furtado uma loja de conveniência. Ao contrário de reagir com a violência que usava com Sooae, o marido tratou de limpar discretamente a bagunça da filha. Também perderam muito dinheiro. Por fim, sua filha se envolveu em uma briga com um grupo barra-pesada e, como resultado, um motim eclodiu na escola e a menina foi suspensa.

— Como é que foi parar nas mãos de um cara que já tinha uma filha...? Você é tão inteligente e bonita. Separem-se logo. Vou te apresentar uma boa pessoa. *Tsc, tsc, tsc!* — Foi o que Sooae ouviu enquanto tentava pedir conselhos a uma colega farmacêutica que tinha um filho mais ou menos da mesma idade da filha dela. A colega não achava que Sooae podia ter uma filha tão grande.

Existiam dois tipos de pessoas no mundo. Aquelas que criticavam a falta de amor materno atípico de Sooae, e outras que a incentivavam como o diabo. Sua colega era uma dessas. Às vezes Sooae desejava que sua filha fosse mesmo uma enteada.

— Tanto trabalho para alimentar, vestir e mandar para a escola, só para ser suspensa. Bom trabalho, viu?

— Olha só quem fala. E você, que engravidou enquanto estudava? Isso foi um bom trabalho também?

Foi um contra-ataque formidável. Sooae se calou por um instante. *Minha vida está uma bagunça por causa de quem? Mesmo se eu não tivesse dado à luz.* Sooae se sentia injustiçada demais.

Felizmente, depois daquela suspensão, sua filha saiu do

caminho da delinquência juvenil. No ensino médio, suas notas oscilavam em torno da média, mas Sooae nunca mais foi chamada à sala dos professores ou à delegacia. Ao mesmo tempo, os casos da mãe também cessaram como se nunca tivessem acontecido. Ela estava enjoada dos homens com quem saía. Eram todos iguais.

Seu relacionamento com o marido se recuperou gradativamente, mas consertar o relacionamento com a filha não foi fácil. Como gato e rato, elas se estranhavam por qualquer coisa, mas, pelo menos, a intensidade das brigas tinha diminuído. No entanto, a filha só a chamava de sra. Han, um título bastante elegante e nobre a ser colocado no lugar de mãe. Talvez por ter envelhecido, Sooae estava cansada de discutir com a filha. Esperava que ela encontrasse um bom parceiro que conseguisse lhe dar o amor que ela mesma fora incapaz de dar. O homem que sua filha trouxe, porém, não satisfez Sooae. Mas o que ela poderia fazer se a filha estava apaixonada? O problema era que, assim que viu Seungkyu, Sooae instintivamente soube que era nela mesma que ele estava interessado.

Certa vez, sua filha havia mencionado o mito de Lilith, falando que Sooae parecia ser descendente dela. Sooae percebeu intuitivamente que ela dissera isso com a intenção de ofendê-la. A filha adquirira bastante conhecimento em psicologia enquanto estudava para virar musicoterapeuta. Ela usava termos da psicologia com frequência e, sempre que havia oportunidade, falava de alguma síndrome.

Segundo ela, Lilith era a primeira mulher de Adão. Ao contrário de Eva, feita da costela de Adão, Lilith era uma criatura feita de barro, em pé de igualdade com Adão, e reconhecida como igual por Deus. Lilith insistira em ficar sobre Adão ao dormir com ele, mas ele recusou e derrubou Lilith para que ela ficasse embaixo dele.

— Eu sou superior a você. Então, você deve me obedecer.

— Somos ambos criaturas iguais, criadas por Deus a partir do barro. Portanto, não há necessidade de um se submeter ao outro — Lilith retrucou e fugiu.

Deus ficou furioso e enviou um anjo para buscá-la, mas ela se recusou e escolheu ir viver com o diabo. Mais tarde, Lilith chegou ao ponto de matar o próprio filho em favor de sua sensualidade. Ela era perversa, sinônimo de uma mulher que seduzia os homens ou carecia de amor maternal.

— Você também acha que eu me pareço com Lilith, como diz Hyoseon? Que sou descendente de Lilith? Não sei quanto a ela, mas me sentiria injustiçada se você também pensasse assim, sabe?

O marido ignorou Sooae de propósito. Sooae entendia por que a filha a comparava com Lilith. Mas ela só sabia de um lado da história. Lilith, que se rebelara contra o autoritário Adão, foi a primeira feminista. Se Sooae era descendente de Lilith, como a filha dissera, então seu marido, Choi Yeongkwang, era descendente de Adão, o símbolo de uma sociedade patriarcal e patrilinear.

Graças aos seus estudos em psicologia, a filha era boa em atacar a mãe com coisas como o mito de Lilith, mas não deixava de ser tonta. Bastava vê-la desperdiçar energia à toa com Seungkyu, que não tinha o menor interesse nela. A centelha do amor não ocorria só quando uma pessoa queria. O desejo unilateral geralmente fazia a outra pessoa querer fugir.

A pesquisa de seu marido era sobre isso. Se o Viagra, o comprimido azul-claro usado no tratamento de disfunção erétil, era um ótimo remédio para homens que tinham dificuldades com o corpo, a poção do amor era um Viagra mental. Ocupava-se de um nível diferente do amor platônico. Na verdade, o Viagra não era uma poção do amor perfeita. Sua principal falha era que se limitava apenas ao corpo. Um amor que não conseguia comover o coração não só não tinha continuidade, como não passava de um gesto vazio. A poção que seu marido desenvolvera corrigia esse ponto cego. Porque resolvia justamente os problemas do coração. Era inovadora não só no despertar das conexões cerebrais do amor, mas também no tratamento da infertilidade e da depressão. A maioria dos tratamentos para infertilidade que existia concentrava-se em fatores biológicos e, portanto, havia limitações. Em contrapartida, a poção do amor era capaz de induzir a gravidez natural, ajustando o aspecto psicológico da questão. Talvez Adão e Lilith também fossem um casal que precisava de uma poção do amor.

Quando incentivou seu marido a abrir uma farmácia, a primeira pessoa em quem pensou foi Seungkyu. E se ele tomasse a poção e passasse a amar a filha dela? Seungkyu engoliria até uma pedra se Sooae o mandasse fazer isso. Seria ótimo para Hyoseon, que era obcecada por ele. Seu marido foi o primeiro a notar a intenção de Sooae de aplicar o truque também a Seungkyu.

— Percebo o que quer fazer para Hyoseon. No entanto, nossa política original é vender apenas para pessoas que assinam um contrato de compra.

— Eu sei. Precisava tentar, por Hyoseon. Mas de que adiantou? Não teve efeito. E se a própria Hyoseon tentasse desta vez?

— Você sabe muito bem que esse Seungkyu não sente nada por Hyoseon. E por quem o coração dele bate...

Seu marido deixou a frase morrer. Ele também estava percebendo. Os dois se calaram.

Yeongkwang mantinha uma relação de amor e ódio com Sooae. Houve momentos em que ele não passava do pai de sua filha. Seu marido estava envelhecendo a cada dia, ao contrário de Sooae, que ficava mais jovem e mais bonita, como se estivesse envelhecendo ao contrário.

No momento em que se apaixonou por um professor velho do ensino médio, tudo no mundo parecia lindo. Talvez aquele fosse o poder do amor. O tempo e as circunstâncias deviam ter mudado e transformado esse sentimento consigo.

O amor podia ser a poção que fazia o ser humano brilhar por si só. Revelar isso devia ser a intenção oculta da pesquisa do seu marido. Chegaria o dia em que sua filha descobriria por si mesma uma luz oculta em sua vida, porque todos tinham ao menos uma luz de amor no fundo do coração.

Nem precisava falar!

Cavalheiro Charcoal Grey. Era assim que ele era chamado na casa noturna. Talvez tivesse passado dos cinquenta? Ninguém sabia ao certo. Naquela casa noturna, onde a linguagem vulgar era tão frequente quanto o contato físico, Charcoal Grey era a única pessoa que se dirigia às pessoas de forma educada. Ele era um cavalheiro nato e, a julgar por seu comportamento e pela maneira como falava, poderia estar perto dos sessenta anos. Mas, quando ele apareceu vestindo calça de algodão e uma camisa polo com o cabelo penteado de maneira casual, parecia ter a idade de Woosik. Era ainda mais atraente por ser difícil estimar sua idade, podendo parecer vinte anos mais jovem do que de fato era.

Fazia um ano e meio que Charcoal Grey tinha aparecido na casa noturna enfumaçada de cigarro e onde tocava jazz. Vestindo um terno cinza-escuro, ele não combinava com a atmosfera do lugar. O terno até brilhava e as abotoaduras da camisa estavam bem apertadas. Não parecia apenas rico, mas como se pertencesse a uma classe diferente desde o nascimento. Não era o tipo de pessoa que bisbilhotaria lugares como aquele. Será que fora ali porque confundiu o lugar com um estabelecimento onde haveria mulheres? Woosik o seguiu com os olhos quando ele entrou pela porta com um andar confiante e se sentou na mesa de canto. Com ombros moderadamente largos, omoplatas bem musculosas, coxas fortes e pernas longas, seu corpo era como nenhum outro. Quando ele virou para puxar a cadeira, Woosik ficou tonto. Os quadris de Charcoal Grey tinham o mesmo formato de uma maçã. O símbolo do amor que transbordaria nas mãos de Woosik. Aquele belo corpo masculino o fez se lembrar da estátua no templo do deus grego Apolo. Woosik endireitou as costas e alisou as calças. Também queria ser notado pelos olhos do alvo. Com movimentos ágeis, Woosik segurou o cardápio junto ao corpo e caminhou até a mesa de Charcoal Grey. Sentiu-se mal por não ter nada para exibir em comparação a uma pessoa com tamanho magnetismo. Será que era natural se sentir pequeno na frente de alguém que amamos?

Seja confiante! Apesar de Woosik não gostar daquilo, lembrou-se de que despertava o instinto maternal das mulheres. Seri ainda olhava para Woosik com olhos tristes. O que seria aquele instinto feminino de querer proteger um homem? Aechun também dissera que se sentia assim por Woosik desde o início. Então, provavelmente, aquilo já dizia tudo, embora fosse um sentimento com o qual Woosik nunca conseguiria simpatizar.

Woosik não desgostava de Aechun. Aos olhos dele, todas as mulheres eram iguais em aparência. Claro, ele ainda tinha um senso objetivo de estética. Ao compará-la com atrizes reconhecidas por serem bonitas, conseguia enxergar as diferenças. No entanto, ao vê-las com os olhos do coração, eram todas variações do mesmo código. Códigos que funcionavam e códigos que não funcionavam, assim como os heterossexuais não consideram a aparência um fator significativo na sua intimidade com pessoas do mesmo sexo. Digamos que Aechun era o tipo de pessoa que correspondia ao código de Woosik. Ela era apenas uma mulher que protegeria Woosik mesmo que ele revelasse a ela seus verdadeiros sentimentos. Mas essa foi justamente a raiz do problema. Nem mesmo em sonhos imaginara que Aechun o atacaria.

Woosik caminhou até Charcoal Grey e o encarou com olhos apaixonados. Ali, chamavam aquilo de coqueteria: "Aquele cara está cheio de coqueteria". Sentiu vários olhares em sua direção. O som de risadas e sussurros fez cócegas em seus ouvidos. *Estão com inveja, não estão?! Os invejosos que se lixem.* Se Charcoal Grey fosse um cavalheiro que entrara ali sem saber que era uma casa noturna gay, levaria um tapa dele e caso encerrado.

Os olhos de Charcoal Grey eram reveladores. Diziam que se apaixonaram por Woosik à primeira vista. Alguns caras que Woosik conhecera antes de acabar preso a Aechun eram verdadeiros idiotas. Chegara a acreditar que era amor em algumas ocasiões, mas, antes que seu caso de amor com o homem a quem estava destinado pudesse florescer, havia um bebê no corpo de Aechun. Woosik virou pai de família a contragosto. Mesmo depois do casamento, ele conhecera homens sem o conhecimento de Aechun, mas o início do relacionamento era doce, o meio ficava chato, e o final, amargo demais. Encontros carnais sem sentimentos deixavam apenas lembranças ruins.

Charcoal Grey era incomparável a qualquer outro homem que Woosik já conhecera. No dia em que Charcoal Grey tirou as roupas que cobriam seu corpo e compartilhou um amor profundo com Woosik pela primeira vez, Woosik ficou exultante com a sagacidade de seus olhos. O corpo de Charcoal Grey não era nem um centímetro diferente do que Woosik havia imaginado, e ele caiu em êxtase. O amor deles só aumentava conforme os dias passavam.

Não foi Aechun quem se colocou entre eles. Foi a esposa de Charcoal Grey que descobriu tudo. Charcoal Grey, que vinha de uma família rica, percebeu aos vinte anos que era diferente dos outros, mas não teve coragem de se assumir. Ele herdou o negócio dos pais, casou-se com uma mulher de família do mesmo status e teve filhos. Quando atingiu a meia-idade, Charcoal Grey começou a satisfazer seus desejos frequentando casas noturnas gays. Até então, fizera aquilo apenas para aliviar sua solidão física, mas encontrou o amor verdadeiro quando conheceu Woosik, que abrira seus olhos para o amor. Se o rabo é longo, acaba sendo pisado. A esposa de Charcoal Grey agiu como uma mãe que protege o filho, dizendo que o marido se tornara um delinquente juvenil por sair com más companhias. Ela disse que o marido fora seduzido e corrompido por Woosik.

Era apenas questão de tempo até que a esposa de classe média se tornasse uma pessoa de baixo nível. Woosik anunciou na frente da esposa de Charcoal Grey que tudo entre eles estava terminado, mas ela pediu uma declaração por escrito. Castração química voluntária. Disse que aquela era a única prova de que Woosik manteria sua palavra, a única forma que teria de proteger o marido, e exigiu que Woosik provasse seu amor por ele. Se ele realmente o amasse, seria capaz de fazer aquilo. Mesmo tendo feito algo que teria acontecido só na Dinastia Joseon, ela não perdeu a compostura. Pela primeira vez, Woosik pensou como o amor podia ser humilhante. Depois do procedimento, Woosik descontou tudo em Aechun, dizendo que era culpa dela. Se não podia ir para a cama com ele, tampouco iria para a cama com ela. Mas não sabia que aquilo seria o estopim, ou melhor, nem sabia que aquilo poderia ser um estopim. Ele não esperava que sua filha ficasse chocada com algo que ela já sabia. No entanto, acabou descobrindo que sua filha estava profundamente magoada com o segredo do casal, que era diferente de outras famílias, e, por causa disso, estava praticando bullying. Até o trágico acontecimento do suicídio deste colega.

Depois de apresentar o quadro de afasia, disseram que a primeira palavra que a garota soltou à musicoterapeuta foi "Jaewan". Woosik descobriu pelos amigos da filha que Jaewan era um colega de escola. Foi até a escola de ensino fundamental onde sua filha estudara e, com certa dificuldade, obteve as informações de contato da mãe de Jaewan. A voz da mãe dele estava séria. Os pais de Jaewan também sabiam o motivo que levara seu filho. Quando Woosik disse que iria visitá-los, a mãe de Jaewan começou a respirar pesadamente e desligou. Woosik ficou preocupado.

Mesmo com o aprofundamento de seu relacionamento com Charcoal Grey, Woosik estava sozinho com suas preocupações. Sabia que Aechun acabaria com ele se fosse descoberto. Mas uma faísca ainda maior acabou atingindo sua filha, e por isso ele teve ódio de Charcoal Grey.

Caminhando entre as mesas e servindo bebidas aos clientes, Woosik captou as costas de um homem que ocupava uma mesa sozinho. Seria possível? Quando Woosik estava prestes a se aproximar, o celular tocou em seu bolso. "Aechun *noonim*"[17] apareceu na tela. Embora eles estivessem casados havia mais de dez anos, Woosik ainda confiava em Aechun. Se ela não o tivesse levado para a cama, teria sido ainda melhor. Ultimamente, porém, parecia que o arranjo estava chegando ao fim. Woosik disse que ligaria mais tarde, pois estava ocupado no momento, e desligou o telefone. Aechun não disse nada.

Quando sua filha foi hospitalizada, Aechun passou a não procurar mais Woosik. Claro, como ele havia passado pelo procedimento, não seria capaz de responder aos estímulos, não importava quanto Aechun o tocasse. Ainda assim, ela poderia tê-lo provocado, atenta aos indícios de que o efeito estava passando. No entanto, como estava preocupada com Hana, parecia não estar nem aí para Woosik. O amor e o ódio que existiam entre Aechun e Woosik transformaram-se em um fóssil morno. Isso valia para Woosik também. A saudade insuportável de Charcoal Grey ficou de lado.

Toda a atenção do casal estava voltada para a filha. Hana teve uma convulsão por dois minutos e catorze segundos e já fazia mais de dez dias que não falava nenhuma palavra;

---

17 Variação do termo carinhoso *noona* (누나). (N. T.)

a neuropsiquiatra a diagnosticou com afasia acompanhada de depressão; ela deu uma cabeçada no olho da musicoterapeuta, mas falou alguma coisa para ela; o que será que ela dissera? O tempo que Woosik e Aechun passavam conversando, frente a frente, aumentou. Eles perceberam que, enquanto conversavam sobre a filha, não machucavam um ao outro. Houve uma solução inesperada. Foi a poção do amor. Hana ficou muito mais tranquila e voltou a conversar.

Woosik disse à filha que tinha descoberto tudo sobre Jaewan, mas ela não ficou muito abalada. Em vez disso, falou algo que nunca havia dito a Woosik:

— Pai, queria te pedir um favor. Por favor, procure entender a mãe.

— Eu estou tentando entender. Claro, eu sei que só estou acostumado com o amor da sua mãe. Por isso, eu também...

— Você também o quê?

— Sabe a geleia que eu te dei quando você estava no hospital? Aquilo é uma poção do amor. Você mudou bastante depois de tomar aquilo. Então, decidi que também tentaria. Ouvi dizer que existe uma que faz as pessoas se apaixonarem.

— Aquela geleia era para isso? Mas também sei que, não importa que tipo de remédio você tome, não vai conseguir amar a mamãe. É por isso que eu queria te agradecer.

Woosik sabia o que sua filha queria dizer. *Olha só como ela cresceu.* Ele ficou com vontade de chorar.

— Por que está me agradecendo?

— Bem, foi tudo por minha causa. O casamento de vocês. Você deve ter odiado quando aconteceu.

— Não. Eu também achei bom. O fato de eu gostar de...

sim, gostar de homens... é uma coisa, mas você é uma bênção na minha vida.

— Sério? De verdade mesmo?

Woosik abriu os braços e abraçou Hana. *A imprevisibilidade da vida*, foi a expressão que brotou na cabeça de Woosik. Do mesmo jeito que nem tudo que é bom na vida é tão bom assim, nem tudo que não é bom é tão ruim.

Woosik se aproximou do homem que estava de costas. Era ele mesmo. Charcoal Grey. Woosik podia imaginar por que ele tinha parado de vir e de procurá-lo por um tempo. Estava na cara que a esposa dele, que incentivara Woosik a passar por aquele procedimento, com sua compostura elegante e tom culto, ficou de olho no marido o tempo todo.

Será que ele ouvira os passos de Woosik? Ou a presença de um ente querido era detectada por um radar, sem a nossa consciência? Ele se virou na direção de Woosik. Os dois haviam ficado sem se ver por alguns meses, mas, a julgar pelo seu rosto, pareciam ter se passado anos. Os cantos dos olhos estavam caídos, ele tinha rugas profundas e bochechas encovadas. Era a aparência de uma pessoa idosa. As mãos que seguraram e cuidaram de Woosik pareciam tão ásperas quanto raízes de árvores. Será que o encanto dos seus olhos fora desfeito?

— Woosik *hyung*, só você não percebe. Charcoal Grey é muito velho — dissera-lhe uma vez um dos funcionários da casa noturna enquanto mascava um chiclete.

— Ah, fica quieto. Como se atreve?

Woosik não podia suportar que Charcoal Grey virasse assunto entre os funcionários. Mas agora ele pensava que o rapaz tinha razão.

— Woosik, Kang Woosik...

A voz de Charcoal Grey, cheia de carinho por Woosik, saiu trêmula. Charcoal Grey puxou a cadeira ao lado dele e bateu no assento para pedir que ele se sentasse. Woosik sentou-se na cadeira em frente a Charcoal Grey, como se quisesse se exibir. Queria olhar para ele de frente, não de lado.

— Eu senti muito a sua falta. Imagino que você também sentiu a minha.

Charcoal Grey estendeu a mão. Woosik não a pegou. Woosik conhecia a sensação da pele de Charcoal Grey, de como era difícil escapar do momento de prazer quando enredado naquele toque. A premonição de que cairia novamente, no momento em que agarrasse a mão estendida, era outro nome para o medo.

— Senhor!

— Sim, diga!

— Acho que deveríamos parar agora.

— Como assim?

— Volte para sua espo...

Antes que Woosik pudesse terminar, a palma de Charcoal Grey o atingiu.

— Por favor, volte para sua família.

Mais uma vez, a mão de Charcoal Grey estava se abrindo como um leque no ar. Woosik levantou a mão e agarrou o pulso dele, que tremia.

— Woosik, como pode falar uma coisa dessas para mim?

Você sabe melhor do que ninguém como tenho vivido...
Como? Como? — Charcoal Grey continuou cuspindo a palavra "como". Assim como dissera que amava Woosik inúmeras vezes, enquanto o abraçava.

— Eu sinto muito. Foi um erro dizer para você voltar para sua esposa.

— A mãe das crianças desistiu. Ela pode viver bem apenas com as condições que ofereço. Decidimos que faremos isso. Eu não vou me desfazer da minha família. Você só precisa viver como meu amante.

— Se você diz que me ama, por que não vai se desfazer da sua família? — perguntou Woosik com uma cara séria.

— Do que está falando? Quer que eu me separe da minha família e vá morar com você? Se eu fizer isso, a mãe das crianças não vai manter silêncio. Ela vai contar tudo. Se isso acontecer, serei completamente excluído da sociedade. Eu sou diferente de você.

Charcoal Grey parecia não saber o que a esposa dele havia pedido a Woosik. Não, talvez ele estivesse apenas fingindo não saber. Não havia como Charcoal Grey não saber que a castração química era apenas temporária. Ele podia ter pensado que era uma boa maneira de aplacar a raiva de sua esposa.

— Por isso mesmo. Já que o senhor vive num mundo diferente e não quer romper com ele de jeito nenhum, estou falando para voltar à posição de chefe da sua família.

— Woosik, você deve estar com muita raiva. Desculpe. Estive ocupado tentando negociar e resolver as coisas com a mãe das crianças. Você não consegue entender isso?

Charcoal Grey estava disposto a se ajoelhar.

— Não. Não é por isso. O senhor deve ter tido muito trabalho a fazer durante esse período, mas comigo não foi diferente. E eu percebi uma coisa. O amor não é tudo na vida. Além disso, existem muitos tipos de amor. A coisa mais importante na minha vida agora não é meu relacionamento com o senhor. Também quero ser fiel à minha família. Se o senhor realmente me ama, por favor, deixe-me ir. Para que eu possa desempenhar bem o papel de pai da minha filha.

Dessa vez, foi Woosik quem sentiu vontade de se ajoelhar na frente de Charcoal Grey.

— Por que está tão mudado?

A luz psicodélica iluminou o rosto de Charcoal Grey, distorcendo suas feições.

— Vai ver devo estar ficando velho também. — Woosik sorriu. — Minha filha estava muito doente, e descobri que foi tudo por minha causa. Por um tempo me esqueci que homens como nós também são pais. É verdade que te amei muito. Mesmo assim, não creio que o nosso amor possa superar o amor que sinto como pai. Não se faz isso com a mãe dos nossos filhos também.

Charcoal Grey abaixou a cabeça. Seus ombros estavam tremendo. Ele estava soluçando. Percebeu que nenhuma palavra doce de amor poderia dissuadir Woosik. Charcoal Grey levantou-se devagar. Na frente de Woosik, ele se virou sem erguer a cabeça. A melodia do jazz estava mais triste do que nunca, envolvendo seu corpo. Charcoal Grey caminhou em direção à porta, com os ombros caídos e um andar vacilante.

O que Woosik significava para Charcoal Grey? Poderia

ter sido como as brasas do amor em que ele gostaria de se queimar pela última vez. Convivendo com uma mulher que não amava, sua saudade dos homens cresceu a tal ponto que o próprio nome "amor" virou "saudade". Mas ele não podia jogar fora tudo de que gostava só por uma saudade. Para ele, talvez o "amor" fosse apenas um acessório.

Woosik abriu o celular. Alterou "Aechun *noonim*" para "Mãe da Hana". Embora não pudesse amar Aechun, o fato de ela ser mãe da pessoa que ele mais amava no mundo tornou-se mais importante do que nunca. Ligou para a mãe de Hana.

— Não está mais ocupado?

— Por que você me ligou?

Foi uma conversa breve, mas era porque estavam familiarizados um com o outro.

— Hana disse que queria comer carne hoje.

— Vamos. Hoje vamos beber também.

— Nem precisava falar!

Sempre funcionava.

— Querida, ligue para Seri também.

— Nem precisava falar. Ela já está aqui. Ei! Seri, seu querido *oppa* está pensando em você — Aechun falou alto. Deu para ouvir claramente a gargalhada de Seri ao telefone.

— O que Hana está fazendo?

— Quer falar com ela?

— Nem precisava falar! — Woosik repetiu exatamente as palavras de Aechun.

— Sim, pai? — disse Hana ao telefone.

— Sabe de uma coisa, filha?

— O quê?

— Seu pai te ama demais.
— É mesmo?
Parecia que sua filha havia voltado completamente ao que era antes de ser internada. O jeito de falar era um bom indício. Hana era a rainha da casa de Woosik. Sempre fora. Nesse aspecto, Aechun provavelmente concordava com Woosik. Não à toa, deram aquele nome para ela. A única no mundo. Para o casal, Hana era isso. Aechun também sabia que eles não podiam viver como um casal típico, Woosik sendo o típico marido de Aechun, os dois dando a Hana um irmão mais novo. Pelo jeito, ela desistira completamente da ideia e nem se perguntava mais se haveria alguma chance. Um outro amor poderia surgir na vida de Woosik, mas, mesmo assim, a prioridade dele seria sua filha.

Woosik deslizou rapidamente entre as mesas e foi para a cozinha. A excitação da casa noturna, com iluminação psicodélica e acordes de jazz, se infiltrava na sala lateral atrás da cozinha. Woosik tirou a camisa suada, trocou de roupa e se preparou para sair do trabalho. Ao passar, o ajudante de cozinha o cumprimentou. Woosik o cumprimentou de volta, abriu a porta dos fundos e saiu. O vento frio de inverno bateu em seu rosto; sua mente estava tranquila.

O amor está sempre certo

Sua bochecha ainda estava formigando pela força com que fora atingida. Ela tinha razão em bater. Ele merecia apanhar. Ficou com vergonha de permanecer no café, mesmo que só por um momento. Ele podia sentir os olhares dos clientes nas outras mesas e o dono do café, embora fingissem não notar. Seungkyu teve que baixar os olhos e pagar a conta com a marca vermelha de mão em seu rosto. Mais da metade do latte de baunilha e do café americano tinha sobrado e estava esfriando na mesa.

— *Oppa*, você sabe o que eu quero! É um latte de baunilha para mim — foi o que Hyoseon dissera para Seungkyu poucos minutos antes. Depois de fazer o pedido, sua boca ficou seca enquanto permanecia sentado em frente a Hyoseon. O momento de falar se aproximava.

Era algo que ele tinha decidido fazer enquanto falava ao telefone com o marido da mulher. Recebera o telefonema na hora do almoço. Leehwan, vestido com o uniforme, entrara e o convidara para almoçar.

— Almoço? Já? — Seungkyu olhou para o relógio de parede do escritório. Eram onze e cinquenta. Era mesmo a hora do almoço, mas ele não tinha apetite. — Pode ir primeiro, Leehwan.

— Você vai se encontrar com Hyoseon hoje?

"Hyoseon"? Mas que atrevido. Embora os dois tivessem a mesma idade, ela ainda era namorada do patrão dele. A maneira como ele a chamou o incomodou sem motivo.

— Isso não é da sua conta.

Leehwan saiu sem responder. Talvez por causa do seu humor, até mesmo essa atitude de Leehwan ao fechar a porta do escritório lhe pareceu desrespeitosa. O que havia de errado com ele? Naquele momento, o celular tocou. Era o marido da mulher. O que será que ele queria? Ele e o velho nunca conversavam. Até que, recentemente, ele dissera do nada para Seungkyu levar a filha dele para almoçar, como quem dá uma ordem. Digamos que era um velho do qual Seungkyu era distante demais para ter intimidade. Hyoseon chegara a reclamar com Seungkyu, perguntando se ele poderia ser um pouco mais amigável com o pai dela. Apesar de fazer bastante tempo que ele frequentava a casa de Hyoseon, vira o pai poucas vezes. Ele estava sempre no laboratório do porão. Mas aquilo não passava de uma desculpa. Antes de mais nada, Seungkyu não queria interagir com o velho. Como será que a mulher se apaixonara por alguém que era tão parecido com Hyoseon? Ao que parecia, o velho fora seu professor no ensino médio. Não era difícil imaginar como tudo aconteceu. Sem dúvida, o velho se aproveitara da garota inocente e bonita. Certa vez, Seungkyu perguntou a Hyoseon a respeito. *"Oppa,* você não precisa saber disso", Hyoseon foi categórica. Quanto mais agia assim, mais Seungkyu ficava curioso.

— Você sabe por que faço isso. — Seungkyu insistira no dia que fora obrigado a tomar uma pílula gelatinosa que o marido dela havia desenvolvido.

— Não sei. Saber também não vai mudar nada. Se for para ser assim, não seria melhor terminar com a minha filha?

Seungkyu temia escutar aquelas palavras. Parecia que a mulher queria que ele cortasse o contato não só com a filha dela, mas com ela também. E, depois que a mulher foi embora, não houve mais contato entre eles. Seungkyu ligara e mandara mensagens outras vezes, mas a mulher apenas ignorou, o que o deixou desesperado. Nessa situação, não tinha como ficar contente ao receber um telefonema do marido da mulher.

— Alô.

— Quem fala é Seungkyu?

— Ah, sim. O que foi, senhor?

— Você, por favor, leve Hyoseon para almoçar. Você disse que estava ocupado da última vez. Separe um tempo hoje.

— Hyoseon também deve estar ocupada por causa do trabalho na farmácia.

Ele arranjava desculpas para não se encontrar com ela.

— Eu posso cuidar da farmácia. Passe um tempo com Hyoseon.

Antes que Seungkyu pudesse responder, a ligação foi encerrada. O velho não era um homem nada educado. Como a mulher tinha acabado com um homem daqueles? Ele se sentia inconformado. Assim que desligou o telefone, recebeu uma mensagem no KakaoTalk. *"Oppa*, vamos nos encontrar naquele restaurante." *Ora essa, foi uma armação entre pai e filha*. Seungkyu pensou em lhe dar um bolo, mas então decidiu que o encontro poderia ser rápido se ele levasse uma boa bofetada e uma saraivada de xingamentos.

Hyoseon tinha chegado antes e o estava esperando no restaurante, com a colher deitada cuidadosamente sobre o guardanapo e um copo cheio d'água. Era um gesto que levava em consideração o hábito de Seungkyu de beber um copo d'água para limpar o paladar antes de comer. O olhar de Hyoseon, atento a ele, agora lhe parecia um fardo a ponto de fazê-lo se sentir culpado e quase trazer lágrimas aos seus olhos. Seungkyu se enxergava refletido no comportamento de Hyoseon, o que o fazia perceber como também se comportava de modo quase servil com a mulher. Sentia simpatia por aquele tipo de paixão, mas ter carinho era diferente. Será mesmo que quem rejeitava saía como vencedor no amor?

Sem tirar os olhos dele mesmo enquanto comia, Hyoseon disse a Seungkyu que a farmácia estava indo bem. Contou que os clientes que vieram depois de verem as propagandas em redes sociais deixaram comentários positivos, o que contribuiu para o boca a boca, e que, por sua vez, os clientes que vieram como resultado daquilo também publicaram comentários positivos sobre os produtos, criando um efeito cascata. O número de clientes que iam à farmácia por indicação de algum conhecido também estava aumentando. Seungkyu já tinha ouvido aquilo da mulher. Inclusive, já fazia um tempo que ele provara o remédio, mas realmente não sentiu nenhuma mudança perceptível. Depois de ler os comentários dizendo que os produtos eram eficazes, prestou mais atenção e achou que havia sentido uma leve diferença. Sentiu-se relaxado e todo o seu corpo começou a ficar sonolento, como o prazer do primeiro gole de álcool tomado com o estômago vazio descendo pelo esôfago. Seria semelhante ao fenômeno de achar as mulheres mais bonitas devido ao poder do álcool e do jogo de luzes? Cada ação da mulher parecia mais adorável.

— Fico feliz em saber que a farmácia está indo bem — Seungkyu largou a colher e falou só para agradá-la.

— Vamos fazer uma reforma em breve. Se abrirmos uma farmácia num edifício comercial novo, vamos ter mais clientes.

Seungkyu respondeu com uma voz sem emoção. Sentiu-se mal pensando que iria acabar com o humor de Hyoseon, que estava toda animada.

— *Oppa*, você precisa voltar ao trabalho, não precisa? — perguntou Hyoseon quando Seungkyu pagou a conta e saiu, com uma expressão de quem queria ficar mais tempo juntos.

— Vamos tomar alguma coisa? — sugeriu Seungkyu.

— Por mim, sim. *Merci beaucoup* — brincou Hyoseon, aceitando a sugestão.

— *You are welcome* — Seungkyu brincou também.

O rosto de Hyoseon se iluminou. Ao olhar para a garota, que ficara de bom humor só com isso, de repente Seungkyu pensou consigo mesmo: *Sou a pior pessoa do mundo?* Mas logo o rosto da mulher lhe veio à mente. *O amor está sempre certo.* Ele sabia que esse ditado não existia, mas o repetiu como um provérbio. Ainda bem que podia dizer isso para Hyoseon, que estava se saindo bem naquele negócio de família que começara com os pais.

Pediram as bebidas em um café próximo e se sentaram, mas era difícil olhar para o rosto de Hyoseon.

— Preciso ir ao banheiro.

— Pode ir. Eu pego as bebidas quando ficarem prontas.

Seungkyu foi ao banheiro e lavou o rosto com água fria, depois esfregou o rosto com papel-toalha e se recompôs. Ele se perguntou se, depois de terminar com Hyoseon, só restava ir atrás da mulher. Não dizem por aí que, depois de dez batidas, não existem árvores que não caiam? Estava até pensando em pegar emprestado um pouco do poder da popular poção do amor.

Seungkyu voltou ao seu lugar. O café americano dele oscilava na caneca. Hyoseon estava bebendo um latte de baunilha. Seungkyu tomou um gole de seu café. Hyoseon olhou pela janela e riu enquanto comentava sobre o clima.

— Seu olho melhorou?

— Hoje você vai me fazer chorar. O que está acontecendo, *oppa*? Está mesmo demonstrando preocupação com os meus olhos.

Hyoseon parecia emocionada de verdade.

— É porque você tirou o tapa-olho.

— Já falamos sobre isso. Eu tirei o tapa-olho há alguns meses.

— É mesmo?

— Parece que ainda é preciso ter cuidado. Se bater o rosto, pode ser que saia do lugar...

— Tenho uma coisa para falar — Seungkyu a interrompeu. Hyoseon olhou Seungkyu com olhos inocentes.

— E eu trouxe um presente para você. Este é um produto novo da nossa farmácia. Gostaria de experimentar?

Hyoseon colocou uma pequena caixa sobre a mesa. Seungkyu aceitou e agradeceu, mas nem a abriu.

— Eu quero terminar.

Seungkyu abaixou a cabeça e traçou com o dedo a borda redonda da caneca. Hyoseon ficou sem reação, então ele ergueu a cabeça e olhou para ela. Lábios fechados, olhos arregalados, bochechas salientes. Olhando assim, até que tinha um rosto fofo. A aparência não era o problema. O principal era que quem chamara a atenção de Seungkyu não fora Hyoseon, mas a mãe dela. Era só que Seungkyu sentira uma faísca com a mulher naquele dia, quando as duas apareceram juntas na frente dele. O amor era uma via de mão única, e não havia como escapar. Seungkyu até queria negar o fato de ela ser uma mulher casada.

— Qual é o motivo?

— Motivo? Não tem motivo. — Seungkyu foi determinado. Ou melhor, se esforçou para demonstrar determinação. Agora que tinha começado, precisava terminar.

— Então, por que você me convidou para sair em primeiro lugar?

Memórias de um amor distorcido têm grandes chances de serem falsas. Mais uma frase sobre amor estava sendo gravada na mente de Seungkyu. Fora Hyoseon quem tomara a iniciativa de convidar Seungkyu para sair. Fora Hyoseon quem dissera para serem amigos, apesar da diferença de doze anos de idade, quando dissera que eles eram do mesmo signo do horóscopo chinês. Fora Hyoseon quem formalizara seu relacionamento como romântico, depois de saírem para beber e tomar café algumas vezes. Da perspectiva de Seungkyu, aquilo pareceu bastante injusto. No entanto, ele não estava em posição de reclamar de que estava sendo tratado injustamente por

Hyoseon. Pois fora Seungkyu quem pedira para ir até a casa dela para cumprimentar os pais. Ele tampouco dissera não quando Hyoseon pediu para ir visitar o centro automotivo e saírem para comer, querendo ser amiga dele. No processo de consertar o carro com o motor solto, fora ele quem demonstrara à mulher e sua filha uma gentileza além do limite do profissional. Da perspectiva de Hyoseon, o favor especial de Seungkyu podia ter sido dirigido a ela. No entanto, Seungkyu ainda tinha argumentos. Desde o conserto do carro, a mulher nunca mais aparecera. A única maneira possível de mantê-la por perto era por meio de Hyoseon. Somente por intermédio de Hyoseon é que ele tinha chances de se encontrar com ela.

A mulher também era amigável com Seungkyu. Ela sorria abertamente quando ele a cumprimentava segurando uma braçada de chocolates Godiva. Não seria possível encarar aquilo como um sinal de simpatia por ele? Toda vez que reunira coragem e avançara, estava preparado para levar um tapa, mas isso nunca aconteceu de fato.

— Desculpe.

— Por favor, seja honesto comigo. *Oppa*, você está com alguém, certo? Existe outra mulher além de mim, não é?

Quer dizer que Hyoseon também estava ciente disso. Seungkyu acenou com a cabeça. Seungkyu estava determinado e não tinha intenção de se esquivar.

— Quem é?

— Realmente tenho que dizer isso?

— Eu preciso ouvir.

— É melhor não saber. Se você souber, só será difícil e doloroso.

— É alguém que eu conheço?
— Digamos que...
— Não me diga que...?
Quem será que Hyoseon pensava que era? Seungkyu não podia negar que estava curioso. Será que a mulher dera alguma dica? Seungkyu teve medo. Hyoseon lambeu os lábios. Ela também parecia nervosa, hesitando por algum motivo. E se o nome da mulher saísse da boca de Hyoseon primeiro? Ele devia simplesmente considerar que a brincadeira acabara e jogar a toalha? Ou devia negar com veemência e acusá-la de estar louca?
— Vai me dizer que é a raposa velha?
— Quem é a raposa velha? — Seungkyu sentiu-se tonto.
— A pessoa para quem você comprou os chocolates Godiva. Quem mais seria?
Sem tirar nem pôr, era igualzinho. Naquele momento, uma cena de um filme se desenrolou na cabeça de Seungkyu como uma foto instantânea. Era um filme antigo que ele tinha baixado no computador depois de ouvir que era bastante erótico. O filme Perdas e danos,[18] estrelado por Jeremy Irons, sobre um homem que se apaixona pela noiva de seu filho. O filho, que os pegou no flagra, ficou em choque e morreu na mesma hora, e Jeremy Irons, nu, chora enquanto segura o corpo de seu filho. Se seguisse o mesmo padrão, Hyoseon também morreria, chocada com o comportamento de Seungkyu e da mulher. Ainda seguindo o roteiro,

---

18 Filme britânico-francês de 1992, dirigido por Louis Malle. (N. T.)

a mulher deveria abraçar o corpo de Hyoseon e chorar. No entanto, a realidade era que a distância entre os padrões e os fatos era tão grande quanto o rio Han que separa Gangnam de Gangbuk. Juliette Binoche, a *femme fatale* que seduzira o pai do noivo, era uma pessoa bem diferente de Seungkyu. Assim como Jeremy Irons, que enfrentou a ruína de sua vida por causa de uma paixão avassaladora, não era a reencarnação da mulher, e Hyoseon tampouco morreria. Como se quisesse provar isso, o tapa desferido por Hyoseon na cara de Seungkyu foi mais quente do que um vulcão em erupção e mais ardido do que pimenta do Vietnã.

— Vocês dois devem ter tido muito trabalho, tentando não levantar nenhuma suspeita.

Seungkyu ficou estranhamente calmo. Parecia que uma congestão, que já durava muito tempo, fora imediatamente aliviada.

— Foi muito doloroso para mim passar todo esse tempo com você — Seungkyu confessou.

— Até onde você pretendia ir? Ou melhor, por quanto tempo você achou que podia continuar assim? Você acreditava que podiam chegar às vias de fato e aí se casar comigo, como se nada tivesse acontecido?

Seungkyu enfiou os dez dedos no cabelo e bateu a cabeça na mesa. Sentia vergonha por ter todos os olhares no café voltados para ele. Aos olhos de Hyoseon, deve ter parecido um gesto de sofrimento.

— É por isso que estou contando agora. Você pode não acreditar, mas não aconteceu nada. Eu juro!

— E você quer que eu acredite nisso agora? Esse é o

método da raposa velha. A maneira como enfeitiçou meu pai. Do mesmo jeito que ficou saindo com homens fora do casamento, mesmo com meu pai vivo! Você também está completamente possuído por aquela raposa.

Hyoseon foi embora do café e Seungkyu voltou a pé até o centro automotivo. Leehwan estava trabalhando. Ao ver Seungkyu entrando no escritório, ele o seguiu.

— Patrão, o que aconteceu? O que há de errado com seu rosto?

— Leehwan, ainda tem muito trabalho?

— Só preciso repor algumas peças do farol e do aquecedor de um carro. — Leehwan encarava o rosto de Seungkyu e perguntou novamente com cuidado: — Aconteceu alguma coisa, não?

— Vamos encerrar mais cedo hoje e sair para beber.

— Tem alguma coisa aí...

— Ei! Por que você continua me perguntando, como se esperasse haver algo de errado comigo?

Seungkyu descontou sua raiva em Leehwan, que saiu do escritório parecendo sem graça. Depois disso, Seungkyu pegou o celular. Havia uma pessoa que precisava saber sobre o rompimento com Hyoseon. A mulher atendeu o telefone no último toque.

— Alô.

Sua atitude ao atender o telefone foi, em uma palavra, indiferente. Por que só um alô? Cumprimentando Seungkyu como se fosse um estranho.

— Sou eu.

— Eu sei.

— Quero pedir um favor.

— Fale.

Em *Perdas e danos*, Jeremy Irons não demonstrava essa insensibilidade com a noiva de seu filho. Afinal, um filme é apenas um filme, e a realidade não é dramática nem apaixonante. É uma continuação da vida diária, como chá de cevada morno. Ele não conseguia acreditar que ela tinha namorado muitos homens quando era jovem, tal como Hyoseon dissera. Também a história sobre seu apaixonado caso de amor com o pai de Hyoseon quando era tão jovem parecia pertencer a outra pessoa.

Seungkyu tinha muitas coisas para dizer à mulher. Que fora humilhado em público pela filha dela. Que não tinha culpa se a filha a questionasse. Que a filha dela já havia percebido. Que ele se apaixonara à primeira vista por ela e que não estava nem um pouco interessado na filha. Que não ligava se ter se apaixonado por ela à primeira vista pudesse ser considerado um pecado. Naquele momento, uma caixa chamou a atenção de Seungkyu. Aquela que Hyoseon trouxera da farmácia. Devia ser a mesma poção do amor que a mulher fizera Seungkyu experimentar. Se ao menos ele pudesse fazer com que a mulher a tomasse também. Já que a situação era aquela, por que ele não podia tentar?

— Por favor, se encontre comigo só uma vez. Eu tenho algo a lhe dizer.

A mulher concordou. Respondeu que também tinha algo a lhe dizer. Ele se sentiu melhor só por ela não ter recusado. A vida era tão irônica. Receber um belo tapa de Hyoseon e ser humilhado no café pareciam coisas de um passado remoto.

A dedicação é capaz de emocionar até a Deus. O amor vencerá algum dia. Todos os tipos de frases como aquela explodiram como fogos de artifício na cabeça de Seungkyu. Ele anunciou rapidamente data, hora e local antes que ela desligasse o telefone.

No dia prometido, Seungkyu iria praticamente sequestrá-la, colocá-la em seu carro e fugir para algum lugar. Qualquer lugar onde os dois pudessem ficar sozinhos, sem o marido dela ou Hyoseon. E não havia escolha a não ser deixar o destino nas mãos do elixir do amor. Enquanto pensava nisso, o coração de Seungkyu acelerou. Seungkyu abraçou Leehwan, que por acaso entrara no escritório para trocar de roupa.

— Patrão, por que você está fazendo isso?

— Leehwan, dissemos que vamos sair para beber hoje, certo? É tudo por minha conta.

— Você já disse isso antes. Por isso vamos fechar mais cedo. Mas aconteceu algo de bom? Está muito diferente de agora há pouco.

— Algo de bom? Mas é claro que sim.

Seungkyu e Leehwan foram para um bar próximo. Sentindo-se em parte triste, em parte como se estivesse levitando, a língua de Seungkyu se enrolou, e sua mente ficou nebulosa, como se ele estivesse em uma névoa, enquanto se enchia de cerveja.

— Leehwan, eu consegui uma coisa hoje.

— Vai me dizer que definiu sua relação com Hyoseon?

— A razão pela qual Leehwan parecia descontente devia se dever ao álcool.

— Se eu defini minha relação? Sim, eu fiz isso!

— Está falando sério?

A sensação de que as sobrancelhas e os olhos de Leehwan se afiaram também devia ser por causa do álcool. Sob a influência da bebida, Seungkyu começou a contar a Leehwan o que havia acontecido entre ele e Hyoseon. Desde o momento fatídico em que consertara o carro delas até o conflito que vivenciara ao se envolver com elas.

— Então? Que decisão tomou agora, patrão?

— Eu vou para algum lugar. Se for uma viagem de lua de mel, melhor ainda.

— E quanto a Hyoseon?

— Acabou.

— Vocês realmente terminaram?

— Estou dizendo que sim.

Seungkyu e Leehwan saíram do primeiro bar e foram encher a cara em outro lugar. Quando partiram para o terceiro lugar, a casa de torresmo, ambos estavam embriagados. Isso já tinha acontecido antes. Foi quando Seungkyu ficou sabendo que Leehwan estava apaixonado por uma mulher e lhe indicou a poção do amor. Hyoseon lhe dissera que Leehwan fora à farmácia, mas saiu sem comprar nada.

Seungkyu perguntou a Leehwan quem era a mulher por quem ele estava apaixonado. A resposta que ele ouviu foi tão inesperada que o deixou sóbrio de repente. Mas, no dia seguinte, morrendo de dor de cabeça, não conseguiu se lembrar de nada. Tudo o que restou foi a tontura, como se tivesse recebido uma forte pancada na cabeça.

Perdoar é mais difícil que amar

Seungkyu não impediu Hyoseon de sair do café. Seungkyu não sabia o quanto Hyoseon esperava que ele fosse atrás dela, a segurasse em seus braços e pedisse desculpas centenas de vezes. De acordo com Seungkyu, ele e a raposa velha não tiveram nada. Então não havia esperança se Seungkyu enlouquecera sozinho? A tolice de confiar em esperanças inúteis. Até isso poderia ser por ainda querer ficar com ele.

Queria brigar com a sra. Han assim que chegasse em casa, mas acabou indo direto para a farmácia. De alguma forma, sentiu que seu pai sabia de alguma coisa.

— Acho que Seungkyu quis ter uma conversa séria — o pai comentou, olhando para a cara de Hyoseon.

— Você tinha razão. Seungkyu nunca gostou de mim.

— Mas você também sabia disso.

As palavras do pai soaram como o barulho ressonante vindo de um poço profundo. Os ombros de Hyoseon caíram e suas pernas bambearam. Ela nem conseguia se lembrar de nada do que queria dizer ao pai. Hyoseon sentiu como se seu peito estivesse apertado. Era como seu pai dissera, ela sabia bem de tudo aquilo, mas gostava dele o suficiente para fingir que não. Aos poucos, foi confessando como estava se sentindo. O quanto gostava de Seungkyu e como ansiava por um futuro com ele. Hyoseon queria dar e receber amor. Aquele era o único sonho de Hyoseon.

Por nunca ter recebido o amor que merecia, nem da própria mãe, Hyoseon nunca sonhou em namorar. Seungkyu foi o primeiro membro do sexo oposto a lhe dar atenção. Ela deveria culpar a própria tolice por não suspeitar das verdadeiras intenções de Seungkyu? Mesmo assim, aquele era outro problema. Se Seungkyu gostasse de qualquer outra mulher, talvez não se sentisse tão traída. Podia ter desistido do seu sentimento, culpando as flechas cruzadas do amor. Mas como é que seu namorado se apaixonara pela mãe dela?

Será que devia manter isso como um segredo compartilhado apenas por ela e o pai? O pai deveria ser um pouco mais esperto que Hyoseon. Para onde tinham ido todos os homens que flertaram com a sra. Han ou tiveram casos com ela? De alguma forma, a sra. Han sempre voltava para o pai de Hyoseon. Como? Aquilo a deixava de orelha em pé. Será que ele estava mantendo a sra. Han agarrada com a poção do amor? O pai não era Hefesto, que respondia sem reagir à indulgência da esposa. Estava mais para a fera que aprisionou a bela mulher em seu castelo, esperando que sua horrível aparência fosse removida por um feitiço.

Hyoseon resolveu questionar o pai. Começando por se ainda havia alguma coisa de que ela não sabia sobre os dois e como é que a sra. Han tinha ido parar ali.

— A culpa foi minha por ter me interessado pela minha aluna. Sua mãe era tão bonita.

Todos os homens elogiavam a beleza da sra. Han, bastava ela abrir a boca. Seungkyu também dissera algo semelhante: "Sua mãe é de uma beleza ímpar". Como se tivesse conhecido a mulher ideal. Por que todos os homens ficavam tão cegos pela beleza da sra. Han?

Han Sooae, uma estudante do ensino médio, e Choi Yeongkwang, um professor velho e solteiro, estavam tão distantes um do outro que não conseguiam interagir intimamente, como o Sul e o Norte, divididos no meio do paralelo trinta e oito. Embora ela não quisesse ouvir, as memórias emocionais de seu pai fluíram até os ouvidos de Hyoseon. Mesmo que ela revirasse os olhos, ou os usasse para disparar olhares feios, o pai já havia voltado àqueles dias e fazia questão de dizer quão fofa e bonita a sra. Han era. Hyoseon cerrou os dentes, pois não queria pensar nisso nem morta, mas, naturalmente, imaginou a sra. Han de dezessete anos. Será que ela saboreava em segredo os olhares desejosos dos professores que a olhavam quando mais jovem?

— Quase enlouqueci. Eu queria possuir sua mãe, mesmo que isso significasse arriscar toda a minha vida.

— E arriscou mesmo. A sua vida foi arruinada por causa de uma aluna. Você não desistiu do doutorado para que a sra. Han pudesse continuar estudando?

Hyoseon se sentiu infeliz por só conseguir demonstrar sua raiva sendo sarcástica.

— Fui eu quem quebrei as asas de Sooae, que poderia ter alçado voos altos no mundo.

— A sra. Han engravidou de mim e se casou porque não te odiava, pai. Mas o que é que o passado de vocês dois tem a ver com as minhas feridas de agora?

— O casamento e a gravidez indesejados devem ter sido algemas das quais a jovem Sooae queria se livrar. Na verdade, eu fiz... ensaios clínicos... com as substâncias que estava pesquisando. Comigo e a sua mãe. Foi para observar as reações de ambos os lados, porque o amor não flui em uma só direção.

Era uma confissão repentina. A história do truque sobre o qual a sra. Han vinha falando durante todo aquele tempo todo era verdadeira. Mesmo assim, o fato de Hyoseon ter perdido Seungkyu para ela era um problema diferente.

— Parte meu coração sentir que você está carregando meus pecados. Isso que Seungkyu disse deve partir apenas dele. Sem que você soubesse, sua mãe tentou mudar o coração dele, mas parece que mudar o coração de uma pessoa não é fácil. Agora que você sabe dos sentimentos de Seungkyu, é melhor mudar seu coração também.

Apesar do que o pai acabara de dizer, Hyoseon tampouco conseguia perdoar a sra. Han. Ela tentara mudar os sentimentos de Seungkyu? Não era possível que a raposa velha, que se punha a sorrir toda vez que ficava de frente com alguém que usava calças, fosse fazer uma coisa dessas.

Depois daquilo, Hyoseon manteve-se na cobertura por alguns dias e só voltou à farmácia depois de muito tempo. Ela não queria lidar com a sra. Han, mas não teve escolha, porque naquele dia atenderia um cliente que fizera uma reserva on-line. Havia um aviso de demolição afixado na entrada e no portão da farmácia. Seu pai saíra em busca de um lugar onde pudessem morar temporariamente. Parecia que iriam manter a farmácia aberta até a véspera da demolição.

Sabe-se lá o porquê da alegria, mas a sra. Han cantarolava enquanto limpava o dispensário.

— *Foi muito bom. Fiquei animada em ver você... e fiquei gananciosa. Morar com você, envelhecer, segurar suas mãos enrugadas... Irei como a primeira neve. Eu irei até você.*[19]

Hyoseon achou o canto da sra. Han irritante. Como lidar com a visão de uma mulher de meia-idade cantarolando uma trilha sonora de novela? A letra fazia parecer que ela estava sonhando com um futuro junto de Seungkyu.

— O que foi? A que devemos sua ilustre presença na farmácia? — Ao contrário do que suas palavras indicavam, a sra. Han parecia satisfeita.

— Não é da sua conta! Você deve estar muito contente, já que está até cantarolando.

— A farmácia está se saindo bem e o preço do terreno vai subir quando for reconstruída. É claro que estou entusiasmada. Você, que é jovem, deveria se produzir um pouco. Perder um pouco de peso seria bom. É por isso que não consegue nem namorar direito — a sr. Han a criticou, sabe-se lá por quê. Era cada jeito de chatear os outros... Parecia que o pai não tinha contado nada à sra. Han. Por que não brigar com ela e acabar de vez com a relação entre as duas? Hyoseon ficou bufando por dentro. — Preciso que vá até um lugar amanhã.

— Estou ocupada!

— Com o que você está ocupada?

---

19 Letra da canção 첫눈처럼 너에게 가겠다 ("Eu irei até você como a primeira neve"), da cantora coreana Ailee, lançada como trilha sonora da novela *Goblin*, de 2016. (N. T.)

— Você acha que a farmácia funciona sozinha? É preciso também gerenciar as redes sociais. E também temos que aceitar as consultas que os clientes marcam.

— Se é assim, por que passou dias sem dar as caras na farmácia? Nós conseguimos nos virar.

Ficava abanando o rabo para o namorado da filha e depois vinha com essa de "nós", juntando-se ao pai. Indiferente ao olhar agressivo de Hyoseon, a sra. Han tirou um bilhete do bolso e colocou os óculos de leitura. Os homens não deviam saber que até a sra. Han estava envelhecendo.

— Vamos ver. Mesmo anotado, eu não consigo lembrar. Hum, sábado às três e meia da tarde, saída cinco da estação Estrada Infinita... Ok, vá até este lugar. Se você for até ali, vai se encontrar com uma pessoa.

— Quem?

— Não faça perguntas e apenas vá. Vá dar um ponto-final nisso, sua idiota!

— Ponto-final no quê?

— Um ponto-final para acordar de vez!

— Eu também tenho algo para falar. — Hyoseon a olhou com uma cara séria.

— Falar o quê? Que você está chateada porque Mun Seungkyu não faz o que você quer? Estou farta disso, farta mesmo! Esse tal Seungkyu, ou *oppa*, disse que estaria ali amanhã, e eu estou dizendo para você ir.

Mas que história era aquela? Parecia que a sra. Han ainda não sabia de nada. Será que Seungkyu não dissera nada para ela?

— Você não ficou sabendo? O pai não te contou?

— Nossa, se o sr. Choi Yeongkwang fosse uma pessoa que falasse de tudo, minha vida não teria sido tão frustrante. Você não vai entender, mesmo que nasça outra vez. Não tem ideia de quão tolo e cabeça-dura ele é...

— Chega! — Hyoseon não se conteve e gritou. Por causa desse grito, não perceberam a porta de vidro deslizante se abrindo. Um homem de meia-idade entrou na farmácia. Ele parecia ser o cliente com horário marcado. Uma jovem bisbilhotava atrás do homem, soprando vapor branco pela respiração.

— Esta é a farmácia? — perguntou o homem, vestido com um suéter acolchoado, esfregando as mãos.

— Sim, isso mesmo. Esta é a farmácia. O que está esperando, terapeuta Choi? Deve ser o cliente com o horário marcado.

A sra. Han até sorriu para Hyoseon, que ficou indignada. Como aquela raposa velha era dissimulada. Hyoseon ofereceu um assento ao homem de meia-idade. A mulher que entrou depois do homem ficou na dúvida e depois se virou, tentando sair, mas a sra. Han se aproximou rapidamente dela.

— Você também está se perguntando se esta é a farmácia?

A sra. Han era tão versada que podia ser considerada vendedora, em vez de farmacêutica.

— Ah, sim. Mas parece que já tem outro cliente hoje... Voltarei mais tarde.

A mulher, que aparentava ter cerca de trinta anos, parecia intimidada e insegura. Será que tinha levado um fora de alguém? A maioria dos clientes que procuravam a farmácia eram pessoas que queriam restaurar um amor abalado, ou então que estavam obcecadas por um amor não correspondido. Ao contrário das expectativas dos clientes, mesmo a poção do amor não tinha efeito sobre um amor que se acabara. Uma poção do amor era inútil para uma pessoa frustrada porque não poderia dá-la ao objeto de seu amor. Hyoseon sentiu um gosto amargo na boca. Ela era tão racional quando aconselhava outras pessoas, mas por que não conseguia ser objetiva quando se tratava de si mesma? Aquele também podia ser um dos atributos do amor.

— Tudo bem. Então, por favor, volte logo.

O modo de operação comercial usual da sra. Han era não segurar os clientes nem impedir que eles entrassem. Parecia estar de acordo com o jeito como ela encarava o amor, algo que Hyoseon não gostava muito, mas era uma estratégia de vendas.

Hyoseon deu uma olhada na mulher, que abriu a porta de vidro e saiu. Mesmo de costas, ela parecia triste. Às vezes, era possível enxergar a pessoa daquele ponto de vista. As costas dela pareciam pesadas, carregando muitas coisas que ela queria dizer, mas que mantinha dentro de si.

— Foi você quem fez a reserva on-line, certo? Você parece estar com frio. Gostaria de uma xícara de chá quente? — Hyoseon voltou a sua atenção para o homem de meia-idade.

A sra. Han continuava parada em frente à porta de vidro, olhando para a mulher que acabara de sair. Será que a sra. Han também sentiu algo vindo dela? Sem sair do beco, a mulher ficou vagando em volta. A diferença de temperatura entre o interior e o exterior era tanta que a mulher do outro lado da porta de vidro embaçada parecia ter saído de uma cena de filme. Hyoseon decidiu desviar sua atenção dela.

— Sim, isso mesmo. Antes do chá... Queria tirar uma dúvida primeiro.

O homem parecia um pouco nervoso e confuso.

— Por favor, pode perguntar.

— Então, o remédio daqui...

Hyoseon permaneceu em silêncio. Seria preciso esperar até que o homem terminasse de falar.

— Se eu tomar o remédio, poderei... amar alguém mesmo que o odeie como um inimigo...? Talvez não amar... Mas será possível criar um sentimento de perdão?

Hyoseon quase perguntou o que ele queria dizer com aquilo. Era algo que nunca tinha ouvido dos inúmeros clientes que visitaram a farmácia até então.

Hyoseon ficou parada sem saber o que dizer ao cliente, então a sra. Han se aproximou:

— Claro! Pode ser que sim. Amar significa priorizar outra pessoa antes de pensar em si mesmo. Para fazer isso, você deve ser capaz de aceitar tudo sobre essa pessoa. No final das contas, o perdão também é uma extensão desse tipo de sentimento. Entender e aceitar qualquer erro, ou algo assim.

Olha só quem fala!, pensou Hyoseon. Alguma vez a sra. Han tinha cuidado dela e lhe dado carinho por vontade própria? No final, ela até roubara o namorado da filha. *Só fala bobagem. É uma verdadeira louca sem-vergonha.* A boca de Hyoseon estava prestes a derramar os inúmeros insultos que ela havia lançado à sra. Han em seu antigo diário de adolescente de uma só vez.

Mas, então, o homem, talvez encorajado pelas palavras da sra. Han, enxugou o rosto e perguntou se ela poderia ouvir sua história. A sombra que pesava sobre o rosto do homem era incomum. Enquanto Hyoseon pedia ao homem que se sentasse em uma poltrona do dispensário e lhe entregava uma xícara de chá, a sra. Han abriu a porta da farmácia e saiu para a rua. A sra. Han, que se aproximava da mulher vagando pelo lado de fora da farmácia, era sem dúvida uma mulher de meia-idade, Hyoseon pensou quando lembrou que ela teve que pegar os óculos de leitura para ler o bilhete. O pensamento de que nem a sr. Han estava escapando da velhice passou outra vez pela sua mente.

Sombras de cada um, luzes de cada um

— Eu tinha um filho.

Um nó se formou na garganta de Sangdo. Só de pensar no filho, seu coração se partiu em mil pedaços. Para ele, era quase impensável mencionar o nome do filho em voz alta sem a influência do álcool. Mencioná-lo era extremamente difícil, mas, sempre que ouvia alguém dizer o nome do filho, sentia uma estranha paz. Só o fato de alguém se lembrar do seu filho, que nem existia mais no mundo, deixava o coração de Sangdo mais leve. O mesmo aconteceu quando os pais da criança foram visitá-los e mencionaram o nome do filho dele. Sangdo sentou-se numa poltrona, conforme a terapeuta lhe orientou, e deu um gole no chá quente.

— Qual era o nome dele?

Ficou feliz que a terapeuta não tenha perguntado a idade do filho. Sempre lhe perguntavam aquilo quando ele mencionava o filho para um estranho. Perguntavam sua idade ou em que série ele estava. Cada vez que isso acontecia, Sangdo ficava sem saber o que fazer. Pois havia uma dor infernal entre decidir dizer a idade do filho que ficou parada na lembrança do luto e a idade que ele teria hoje se estivesse vivo.

— Kim Jaewan.

Sangdo pronunciou o nome do filho com ênfase, uma sílaba por vez. Assim como uma criança que acabou de começar a aprender a escrever e traça o lápis com tanta força que ficam marcas no verso de um caderno de caligrafia. Um sentimento diferente de quando alguém dizia o nome de seu filho surgiu do fundo de seu coração. Assim que o nome dele saiu de sua boca, sua aparência, sua voz e até mesmo pequenos hábitos dele foram surgindo à sua mente, um por um. Sua garganta ardeu, e a ponta dos dedos tremeu ligeiramente. Aquele era o momento em que ele precisaria do álcool. Vivera algum dia com a mente sóbria desde que perdera Jaewan? Até as memórias eram nebulosas.

Por um momento, o rosto da terapeuta ficou branco, mas podia ter sido uma ilusão de ótica ou algo assim.

— Ah...! Jae... Jaewan? É um nome bonito... Sinta-se à vontade para dizer o que quiser sobre o seu filho.

O ritmo que fluía na farmácia, que tipo de música era aquela? Mesmo sentindo seu corpo clamar por álcool, graças à melodia, Sangdo ficou com a mente tranquila. Farmácia e música não deveriam ser uma combinação harmoniosa, mas também pensou que parecia estranhamente adequado. De certa forma, a medicina, que tratava as doenças do corpo, e a música, que curava a mente, podiam, de certa forma, entrar em ressonância. Podia ser que o mundo apenas se tornasse harmonioso quando as desarmonias colidiam e se mesclavam em consonância. Seria aquilo que Sangdo estava experimento naquele momento?

– ♥ –

Sangdo também experimentou o auge da desarmonia quando vira os pais da criança. Embora sua esposa lhes tenha dito para não irem, eles descobriram o endereço deles na escola e foram visitá-los. Eram um casal atípico. A mãe, uma mulher, de aparência idosa, seis ou sete anos mais velha que Sangdo, falava com fluência e parecia falastrona. Baixou a cabeça repetidamente pedindo desculpas, mas, no final, fora ali só para defender a própria filha. O homem, agachado ao lado da mulher, parecia ser sobrinho dela, mas era o pai da criança. Ele, que aparentava ter um parafuso a menos, estava com cara de quem queria fugir dali. Será que Jaewan também se sentia assim? Quando pensou em seu filho, que queria fugir do mundo, sentiu uma dor, como se seus órgãos estivessem sendo cortados.

Quando o nome do filho dele saiu da boca do casal, Sangdo os apressou para saírem da casa, pois sua esposa ficara pálida e parecia prestes a desmaiar. Se sua esposa desabasse, Sangdo não tinha certeza se conseguiria lidar com aquilo. A esposa, que mal conseguia se segurar em Sangdo, que desabara, vivia em desespero.

— Vamos sair. Vamos sair e conversar.

Sangdo expulsou as duas pessoas como se fossem vendedores ambulantes e assumiu a liderança, guiando-os até um parque próximo. Os passos das duas pessoas que vinham atrás dele eram irregulares. Por que tinham vindo só agora?

— Desculpe. Nós não sabíamos. Por favor, nos perdoe e à nossa filha também. Sabemos que é vergonhoso dizer isso, mas, mesmo assim, aqui estamos.

Apesar da voz diminuta, o homem meio escondido atrás da mulher falou em tom claro e se curvou.

— É isso mesmo. Nós realmente não sabíamos. Se soubéssemos, teríamos vindo aqui só agora? Me desculpe, me desculpe. Minha filha também adoeceu e sofreu bastante. Você nem imagina. Até recebeu tratamento psiquiátrico. Ela também não sabia. Parece que só descobriu sobre Jaewan quando chegou ao ensino médio. Parece que foi um golpe muito duro para minha filha que Jaewan soubesse do segredo dela. Nós também só ficamos sabendo pela terapeuta...

As palavras repetidas da mulher machucaram os ouvidos de Sangdo. Não aguentava mais o pedido repentino de desculpas de duas pessoas que mal sabiam do contexto da situação. A criança tinha um segredo? Sangdo ficou curioso por um momento, mas não queria saber. O que é que um segredo de uma adolescente tinha de tão especial para ter deixado seu filho daquele jeito?

— Quero conversar com a filha de vocês.

Sangdo nem sabia por que essas palavras saíram da sua boca.

— Hein? Você gostaria de conhecer a nossa filha? O que quer dizer com isso...?

A mulher acenou com as mãos, parecendo confusa.

— Nós sentimos muito, mas acho que isso pode ser um pouco difícil.

Embora desse voltas com as palavras, o homem também foi firme. Ao contrário do que aparentava, ele se expressava objetivamente. E se Jaewan também fosse assim? Estranhamente, Jaewan estava se sobrepondo ao homem.

— Não preciso do pedido de desculpas de vocês. Eu só quero ouvi-lo diretamente de sua filha. Acho que ela também deve ser preciosa para vocês. Então, por favor, me entendam.

Sangdo juntou as mãos. Quando ouviu falar da criança pelos colegas de escola do seu filho, quis matá-la. Queria perguntar por que fizera aquilo com o filho dele. Mas agora não queria mais fazer nada daquilo. Agora, ele só queria entender por que aquilo tinha acontecido. E, para isso, teria que ouvir os segredos triviais de uma adolescente? Mesmo que não estivesse nem um pouco curioso, ele precisava fazer aquilo. Qual era esse tal segredo que a fizera odiar tanto seu filho? Ele pensou que aquela era sua última chance de lamentar a morte dele.

— Se você insiste, está bem. Me deixe perguntar à minha filha. Se ela estiver disposta a conhecê-lo, nós faremos isso. Minha filha está bastante debilitada, tanto mental quanto fisicamente. Embora conheçamos a sua dor, esperamos que você entenda que somos pais e não temos escolha a não ser cuidar de nossa filha. Eu realmente sinto muito.

O tom coerente do homem deixou Sangdo irritado, mas ele se conteve.

— Então, você conheceu Kang Hana?

A expressão e o tom de voz da terapeuta tornaram-se muito mais calmos. Sangdo sentiu que ela conhecia a criança chamada Hana.

— Por acaso você conhece essa criança?

— Digamos que mais ou menos.

Era uma resposta que não queria dizer nada. Sangdo olhou fixamente para a terapeuta. Será que ela também sabia o que acontecera com seu filho?

— Você conheceu meu filho, Jaewan?

Sangdo não tinha mais medo de dizer o nome do filho. Era bom ver pelo menos uma pessoa que se lembrava do filho dele.

— Digamos que posso dizer a mesma coisa sobre o seu filho. Acontece que já ouvi o nome dele antes.

— Então... — Sangdo não terminou a frase.

— Por favor, continue. Você conheceu Hana?

Sangdo ainda não tinha conhecido a criança. Quando soube pelos pais dela a data em que ela viria visitá-lo, ficou preocupado. Também compreendeu os sentimentos da criança, que recebera tratamento psiquiátrico por causa do que acontecera. Então, teve até vontade de perdoá-la. Mesmo assim, sempre que pensava no filho, vinha-lhe à mente a ideia de que ela poderia ser um demônio, e nele brotava um ódio difícil de explicar em palavras.

— Você consegue entender? Que tipo de segredo poderia levar meu filho a fazer aquilo?

— Você descobriu o segredo de Hana também?

Se até a terapeuta da farmácia sabia, a própria palavra "segredo" já não tinha perdido o sentido?

— Como você conhece aquela criança, Kang Hana? — Daquela vez, foi Sangdo que perguntou à terapeuta.

A criança, chocada com a morte de Jaewan, cortara os pulsos. Era algo que os pais dela não haviam contado. Embora o sofrimento dela não pudesse se comparar ao dele, foi estranhamente reconfortante saber que ela sofrera o suficiente a ponto de querer morrer. Quando ela, que sobreviveu por pouco, estava recebendo tratamento psiquiátrico para afasia e convulsões, a terapeuta indicou musicoterapia.

No primeiro dia de terapia, a terapeuta ouviu a criança dizer o nome de Jaewan e, no momento que disse a palavra "bullying", a criança dera uma cabeçada nela. A terapeuta descobriu mais tarde que o bullying deixara cicatrizes profundas não apenas em Jaewan, mas também em Hana.

— Não gostaria de perdoar Hana? Provavelmente, é por isso que veio à nossa farmácia.

— Perdoar? Bem... Não sei. Mesmo que eu tenha pedido para conhecê-la, meu coração começa a bater forte só de pensar em fazer isso. Se pensar bem, ela é a culpada pela morte do meu filho. Ainda não sei como lidar com isso. Mesmo que não consiga perdoá-la, seria bom que o desejo de matar essa criança diminuísse. Se existe um produto com essa finalidade, eu gostaria de experimentá-lo.

— Você deu um passo difícil vindo até aqui.

— Se minha esposa descobrir que eu vim, ela vai pedir o divórcio. O que eu estou fazendo é me libertar do inimigo que matou nosso filho, só para me sentir em paz. Minha esposa não vai tolerar que eu esqueça meu filho desse jeito. Prefere que eu me torne um alcoólatra.

— Não entendo muito bem, mas acho que as pessoas vivem abraçando suas próprias sombras e suas próprias luzes — a terapeuta disse para si mesma de repente, olhando para a porta de vidro.

Sangdo não compreendeu o que ela dizia, então voltou-se para o mesmo lugar para o qual ela olhava. O crepúsculo penetrava pelo vidro do chão ao teto. Era um pôr do sol dourado que fazia o frio intenso lá fora parecer aconchegante. Ele sentiu que talvez compreendesse o que a terapeuta dissera.

— Aquela criança vem me visitar hoje. Será que mesmo uma pessoa cheia de ódio como eu merece consumir o produto daqui?

A terapeuta apenas ficou ali sem dizer nada, com as luzes da farmácia apagadas. A luz do crepúsculo atingia o rosto dela em cheio, e ele sentiu como se estivesse imerso em água. Sangdo assinou o contrato de compra do produto conforme as instruções dela.

— Como descobriu este lugar?

— Tem uma barraca de comida onde vou sempre que preciso beber alguma coisa, depois que perdi meu filho. O dono disse que eu deveria vir aqui. Ele disse que os produtos daqui também o ajudaram.

Sangdo saiu da farmácia. As ruas ficavam sombrias à medida que o inverno se aprofundava. A área residencial do beco era puro caos. Malas velhas se empilhavam em frente à área residencial que, em breve, seria demolida. Devia ser um sinal de que cada família estava se preparando para se mudar. Sangdo comprou uma garrafa d'água em uma loja de conveniência na esquina do beco, colocou na boca uma cápsula envolta em papel-alumínio que tirou de uma pequena caixa e bebeu. Sua esposa não estava em casa. Sangdo pedira a ela que fosse à casa dos pais, e ela pareceu ter percebido que a criança viria e concordou em ir.

Quando Sangdo estava prestes a entrar em seu prédio, uma garota, agachada no canteiro de flores se levantou, hesitante. Não era muito longe do local onde seu filho caíra. Era ela, Kang Hana. A criança aproximou-se de Sangdo e baixou os olhos e a cabeça silenciosamente. Mesmo no escuro, ela parecia tão pequena e leve como um pássaro. Tinha um corpo magro como se fosse voar para longe com um único sopro e membros finos como arame. De repente, uma frase veio à mente de Sangdo. Seu filho se distraía enquanto olhava para uma garota esguia como um pássaro. Foi uma frase que encontrara no diário do filho, quando estava organizando as coisas dele. Ao ler, Sangdo percebeu que seu filho gostava de uma garota esbelta como um pássaro. Sangdo chorou muito enquanto fechava o diário. Ao pensar na vida que seu filho nunca chegou a ter, que existia uma garota de quem ele gostava, lágrimas lhe escorriam pelo rosto.

A garota parecia um espantalho, a ponto de ser mais apropriado dizer que as roupas a cobriam em vez de a vestirem. Com certeza, era a garota do diário do seu filho. O vento de inverno que soprou naquele momento fez a criança oscilar, como se fosse voar para longe. Instintivamente, Sangdo estendeu os braços, com o intuito de segurá-la caso ela caísse com o vento.

— Eu-sin-to-mui-to... ti-o.

Sangdo podia sentir os pais da criança vagando pelo parquinho do prédio, olhando em sua direção. Não importava o estado em que se encontraria se seu filho estivesse vivo, Sangdo também estaria observando de longe, ou de perto, como os pais dela. Mesmo que seu filho estivesse junto aos portões do inferno, Sangdo seria capaz de vagar perto dele. Mas seu filho não estava em lugar nenhum. Não existia nem como poeira ou como um vento suspirante. De repente, assim que pensou nisso, começou a odiar a criança na sua frente, que parecia um galho seco. *Por que você fez isso com nosso Jaewan?* Ele queria segurar com força os ombros delicados dela e sacudi-la. *Por quê? Por quê? Por quê??*

— Eu... gostava de Jaewan... — Uma confissão saiu de repente da boca da criança. Soou como uma língua de um país distante e desconhecido. — Provavelmente, Jaewan não sabia que eu gostava dele...

A criança parecia pegar uma pedra de cada vez, com muito esforço, da pilha que estava no fundo de seu coração, e forçá-las pela garganta. Se gostava, então por quê? Centenas de pontos de interrogação voltaram a se formar na mente de Sangdo.

— Então... falei sobre mim... quis falar sobre mim para alguém de quem gosto... acho que foi isso.

A criança disse que seu pai era gay. A imagem do pai da criança lhe veio à mente. Apesar do olhar de quem se esquivava do mundo, atrás de sua esposa, o homem se fazia ouvir quando se tratava dos problemas de sua filha. Embora a mãe da criança fosse rude, pôde sentir que ela também amava a filha. A criança disse que a família dela era assim.

— E o que tem isso?

— A partir do momento que contei meu segredo para J-Jaewan, fiquei com um medo estranho. Achei que tivesse aceitado meus pais e superado bem, mas não foi o caso. Eu não queria que ninguém soubesse do segredo da minha família, nem mesmo o primeiro garoto de quem gostei. Mesmo sabendo que Jaewan não era o tipo de garoto que sairia espalhando aquilo por aí, porque era uma pessoa séria, comecei a ficar muito irritada. É difícil explicar em palavras, mas foi assim.

Os olhos e o nariz da criança ficaram vermelhos. Não parecia ser por causa do frio. Sangdo conseguia imaginar o que ela diria a seguir, e nem queria ouvir mais. As palavras continuaram saindo da boca da criança, mas a mente de Sangdo se apagou.

No momento que ele disse que conversaria com a criança, Sangdo declarou poder estar preparado para ouvir as desculpas dela. Quando Sangdo disse à esposa que se encontraria com ela, o rosto da mulher ficou azul, e seus olhos, injetados.

— Não vá ver essa criança!

A reação de sua esposa não deixava margem para dúvidas. Ela parecia pensar que conhecer a criança já deixaria espaço para o perdão. E não gostou disso.

— Mesmo assim, gostaria de vê-la com meus próprios olhos. Achei que deveria saber ao menos como isso tudo aconteceu com Jaewan — explicara Sangdo, baixando a voz.

— Só de conhecê-la já significa que está pronto para perdoar. Só que se você a perdoar assim, eu não posso te perdoar. Não, eu não vou te perdoar!

Sua esposa caiu no choro.

— Eu não posso viver assim. Sinto que estou sendo consumido pelo ódio que sinto por esta criança.

Depois de dizer isso, Sangdo saiu de casa e foi parar na barraca de comida. As garrafas vazias se empilhando e o sr. Shin sentou-se de frente para ele. Sangdo contou sobre a criança. O sr. Shin disse que Sangdo devia estar querendo se libertar. Ele, então, recomendou a Farmácia do Amor. Sangdo também já tinha visto o lugar uma vez enquanto passava por um beco. Um lugar que vendia poções do amor. Sua esposa também havia falado sobre uma estranha farmácia nova na vizinhança.

— Tio, pegue.

A criança estendeu uma caixa que segurava, dizendo que era uma poção do amor que comprara para ele. Era um produto da farmácia que Sangdo tinha visitado havia pouco. Seria uma coincidência? Ou inevitabilidade? Nada é apenas uma coisa ou outra. A vida pode ser uma série de coincidências que se sobrepõem para conformar o inevitável.

Talvez perdoar alguém fosse um problema diferente de amar alguém. Sangdo, no entanto, sentiu pena daquela criança magrela. Ela não chorou até o fim. Isso foi uma sorte. Se a criança tivesse derramado lágrimas na frente de Sangdo, ele poderia ter dado um tapa com tudo na bochecha dela. A imagem de Jaewan se sobrepôs às costas da criança, que andava com a cabeça baixa e os ombros caídos. Sangdo lembrou-se do que a terapeuta havia dito:

— Acho que todos nós só estamos querendo ser amados. Acho que esse foi o meu caso também. Meu pai sempre me disse que o amor é uma ação hormonal de duas vias. Mas não seria um ato de dar primeiro, antes de receber? Dar amor não significaria abrir o coração e ceder? Acho que, no fundo do seu coração, quando decidiu vir até aqui, você já estava pronto para aceitar Hana.

Dava para ver os pais, que observavam a criança, se aproximando dela. Os três foram embora, deixando uma longa sombra no beco. Sangdo sentiu que precisava ver a criança outra vez. Havia algo que ele queria dizer a ela, mesmo que para aquilo precisasse do efeito da poção do amor. Agradecer por ela gostar de seu filho. Contar que ela fora o primeiro amor dele também. Se cada pessoa possui uma sombra e uma luz, tal como a terapeuta dissera, era possível que as palavras que Sangdo pretendia dizer pudessem se tornar uma pequena luz no coração daquela criança.

Sentindo-se conectados como um só

— Senhora cliente!

Yonghee parou e se virou quando ouviu a voz chamando por ela. Era a farmacêutica da Farmácia do Amor. Era uma mulher cuja idade era difícil de estimar. Olhando para suas feições, pensou que ela tivesse pouco mais de quarenta anos, mas sua figura e seu corpo elegantes mostravam o charme de uma mulher de meia-idade. Poderia ser aquela a mulher que falara com Yonghee na última vez que ela ligara? Yonghee tentou comparar a voz ao telefone com a voz da mulher, mas acabou desistindo.

O homem de meia-idade que abriu a porta da farmácia na frente de Yonghee parecia determinado. Quando a porta se abriu, o ambiente na farmácia também esfriou. Uma farmacêutica de jaleco branco e uma jovem se entreolharam, como se estivessem trocando farpas. O que era aquilo? Era uma atmosfera completamente diferente da que ela ficara sabendo por meio das informações nas redes sociais. O marketing da farmácia, que prometia trazer o amor, não fazia nenhum sentido agora. Do nada, o coração de Yonghee começou bater forte. Era tudo por causa do seu próprio nome. Ela se lembrou do que sua amiga dissera sobre a personalidade.

— Está falando comigo? — perguntou Yonghee à farmacêutica que se aproximava.

— Não acho certo uma cliente que veio até aqui no frio ir embora sem atendimento. Você deve conhecer nossos produtos, certo?

A farmacêutica era tão confiante quanto bonita. Yonghee não teve coragem de falar que saiu da farmácia por causa do clima de discussão entre as duas mulheres.

— Mas tem um outro cliente na farmácia neste momento.

— Não precisa ser só na farmácia. Vamos conversar um pouco aqui fora mesmo.

Yonghee assentiu. A farmacêutica tinha um charme misterioso que atraía as pessoas. Se ela tivesse perguntado: "Você veio já sabendo sobre a nossa farmácia?" ou "Podemos conversar?", Yonghee teria balançado a cabeça negativamente e dito "Não". Mas a farmacêutica a convencera e guiou Yonghee até o portão de ferro ao lado da farmácia. Yonghee a seguiu, como uma marionete controlada pela farmacêutica.

O prédio principal da farmácia era uma casa em estilo ocidental. Acima do primeiro andar, havia uma cobertura que podia ser acessada por escadas de ferro.

— O homem que veio antes provavelmente está em aconselhamento. A terapeuta é minha filha — a farmacêutica disse, apontando com o queixo para a farmácia. Como qualquer outra mãe, era óbvio que ela parecia orgulhosa ao falar da filha. Yonghee inclinou a cabeça. Não conseguia acreditar que a terapeuta que estava discutindo com a farmacêutica fosse filha dela.

— Sua filha não se parece em nada com você.

Talvez porque a farmacêutica tenha falado de modo seguro com Yonghee, a mulher já se sentia à vontade com ela.

— Todo mundo diz isso, mas, reparando bem, há muitas semelhanças. Sabe por que fui atrás de você? — Era a primeira pergunta da farmacêutica. Não parecia que ela fizesse questão de que fosse respondida. — Fiz isso porque pensei que as suas costas se parecem com as da minha filha — a farmacêutica disse, entrando pela porta da frente da casa principal.

Yonghee foi atrás. A farmacêutica pediu que Yonghee se sentasse no sofá da sala e lhe trouxe chá. A sala tinha teto alto, uma janela de vidro que ocupava uma das laterais, e o piso e as paredes eram todos de madeira entalhada. Era uma casa que poderia ter aparecido em uma novela de época. O interior estava vazio.

— Está um pouco frio aqui em casa, não? É uma casa antiga, mas vai passar por uma reforma em breve. Como você conheceu nossa farmácia? Pela internet?

— Sim, isso mesmo.

— Tem algum motivo em especial...?

— Não há nenhum motivo em especial. Fiquei curiosa pelo jeito vocês falam sobre o amor. Eu liguei uma vez antes de vir...

— Todo mundo tem curiosidade. Como recebemos muitas ligações, não conseguimos nos lembrar de todas.

— Faz sentido. Na verdade, há algo que preciso saber sobre o amor. Isso é um pouco pessoal, mas não sei muito dele. Nunca me interessei e nem tive oportunidade de saber mais. — A farmacêutica concordou. — É interessante a forma como esta farmácia fala sobre o amor. Viagra cerebral que mexe com a mente humana. Isso também me pegou. Na verdade, não faz sentido.

— Bem, eu concordo com o que você disse. É por isso que todo mundo vem aqui. Mas, em última análise, o nosso produto não busca apenas o amor espiritual. Como posso dizer... É um pouco diferente do amor platônico. Depois que o cérebro dá forma ao amor verdadeiro, ele naturalmente passa para o amor físico. Em última análise, pode-se dizer que se trata de transformar o amor perfeito em realidade.

— Quer dizer que o amor cerebral leva ao amor físico? Então é diferente do Viagra, que só provoca reações físicas, independentemente do aspecto mental.

— Sim, você entendeu. Nesse aspecto, pode-se dizer que nosso produto é o germe do amor.

Ao ouvir a explicação da farmacêutica, Yonghee deparou-se com outra questão: a ideia de consumir o produto para sentir o amor, assunto no qual era tão ignorante, foi perdendo força. Agora, ela estava curiosa sobre a poção do amor em si.

— Como vocês desenvolveram esse produto?

— Você é a primeira pessoa... — A farmacêutica não respondeu à pergunta de Yonghee, mas mostrou uma expressão de curiosidade.

— Sou? A primeira o quê?

— Os outros clientes não costumam demonstrar interesse sobre o produto em si, apenas em seu efeito ou nos efeitos colaterais.

— Ah, entendi...

Havia muitas dúvidas, mas Yonghee não sabia como continuar a conversa. Achou que talvez devesse ir embora.

Yonghee sempre hesitou quando se tratava de fazer uma escolha. Jean-Paul Sartre dissera que a vida era um C entre o B e o D. Yonghee se odiava por vacilar diante de uma escolha.

— Gostaria de dar uma olhada no laboratório?
— No laboratório?

Yonghee ficou feliz com a sugestão da farmacêutica.

— Foi o meu marido que desenvolveu o nosso produto. Há um laboratório de pesquisa no porão.

Assim que terminou de falar, a farmacêutica abriu a porta da frente e dirigiu-se ao porão. Ela explicou que, antigamente, ali era ficavam a fornalha e o carvão, mas, quando a fornalha deu lugar à caldeira a gás, o porão virou o laboratório. Yonghee indagou se aquele não seria o momento em que teria que fazer uma escolha.

— Você também dá esta oportunidade a outros clientes?
— Não fazemos isso com todos. Depende do caso. Mas achei que era necessário para você.
— E qual seria o meu caso? Não entendo por que me deu esta chance.
— Vejo que você tem uma personalidade muito meticulosa. Não é nada de mais. Você veio visitar a farmácia, mas parecia hesitante por algum motivo. Pensei também na minha filha. Claro, nós poderíamos ir para a farmácia, mas, como falei antes, o cliente que chegou primeiro está se consultando, e seria um pouco inconveniente. É por isso que te segurei e, já que está na minha casa, quis levá-la para conhecer o laboratório.

Yonghee gostou da simplicidade da farmacêutica. Aquela era uma qualidade que lhe faltava por completo. Ela se perguntou se o coração humano era como um ímã, em que os polos opostos se atraíam um pelo outro.

Yonghee seguiu a farmacêutica até o porão. O laboratório estava bem iluminado. Béqueres e cilindros de vários tamanhos, inclusive vários reagentes, estavam alinhados no armário. Um ser vivo não identificado, fluindo como a raiz de uma planta em uma grande garrafa de vidro, chamou a atenção de Yonghee. Bolhas borbulhavam no copo da lamparina a álcool com sua chama azul acesa. Talvez fosse apenas impressão, mas parecia sentir um cheiro nauseante de produtos químicos. No meio de tudo isso, havia um velho com os olhos colados em um microscópio. Provavelmente, era o marido da farmacêutica, que explicou brevemente a ele as circunstâncias pelas quais Yonghee chegara até ali.

Apesar da expressão taciturna, o velho começou a explicar os ingredientes da poção do amor como um professor orientando uma aluna. Kisspeptina isso e aquilo, vasopressina, blá-blá-blá. Era possível sentir a gentileza com que tentava explicar termos desconhecidos de maneira fácil. Por fim, ele fez questão de frisar que todas as poções do amor produzidas ali eram certificadas pelo Ministério de Alimentos e Medicamentos

— Não sei até que ponto você está curiosa sobre o nosso produto, mas creio que não seria uma má ideia experimentar primeiro. Prefere passar pelo processo de aconselhamento antes, ou quer simplesmente assinar o contrato de compra do produto e experimentar? — Terminada a explicação do velho, a farmacêutica sugeriu os próximos passos a Yonghee.

A imagem da terapeuta, filha da farmacêutica, se sobrepôs ao rosto do velho. Ela, que não se parecia em nada com a farmacêutica, era igualzinha ao pai. A Farmácia do Amor era uma empresa familiar. Yonghee ficou curiosa sobre a vida de cada uma das três pessoas, tendo como centro a poção do amor. Além disso, queria conhecer as histórias dos inúmeros clientes que visitaram essas três pessoas. Yonghee sentiu que estava numa encruzilhada. Ela não era boa em fazer escolhas e tomar decisões, e viveu sua vida sem uma coisa nem outra.

Enquanto estava escrevendo o programa do curso de literatura com o tema do amor, as palavras de sua colega nunca saíram dos seus ouvidos: ensinar o amor às pessoas sem nunca ter experimentado o amor era contraditório e enganoso. Era por isso que ela tinha ido à Farmácia do Amor. Não importava o que dissessem, Yonghee falaria sobre juventude, literatura e amor para jovens de vinte e poucos anos durante um semestre. Como dissera um filósofo, se existem inúmeras escolhas entre o nascimento e a morte, então Yonghee também deveria ter direito de fazer escolhas na vida. Yonghee vivera a vida por meio da literatura, mesmo sem nunca ter se apaixonado. Se a literatura era igual a vida, era possível dizer que Yonghee sabia o suficiente sobre ela.

Mas ela queria conhecer o amor da vida real, fora das obras. Então escolhera visitar aquele lugar, a Farmácia do Amor. Quantas pessoas, cada uma com sua história, teriam buscado a poção do amor? O que conseguiram? Que mensagem a Farmácia do Amor lhes dera? Yonghee sentiu seu coração palpitando.

— É preciso passar por um aconselhamento? Também assinarei o termo de consentimento. E vou comprar os produtos. Além disso, tenho um favor a pedir a vocês dois, ou melhor, a vocês três, incluindo a filha de vocês.

Yonghee decidiu confiar em sua própria escolha.

— Um favor? — A reação do velho foi meio segundo mais rápida que a da farmacêutica. Yonghee reuniu coragem e falou de modo claro:

— Eu quero dar uma olhada neste lugar. Não só na farmácia, mas aqui no laboratório também. Desde que não atrapalhe a pesquisa do senhor. E também em vocês três, na farmacêutica, na terapeuta e no senhor, que desenvolveu o produto.

— Isso por acaso é como uma reportagem? De qual meio de comunicação? Jornal? Televisão? Ou talvez seja para um canal pessoal no YouTube. Dizem que é popular hoje em dia.

— A pergunta veio da farmacêutica. Como era de se esperar, ela pensava rápido e se mantinha atualizada.

— Eu não quero! Se é para essas coisas, não precisa comprar nossos produtos. Pode ir embora! — O velho demonstrou sua desaprovação com uma expressão contundente.

— Você sempre estraga tudo em momentos como este. Eu topo. A resposta não pode ser só sua. Teremos que perguntar a Hyoseon antes de tomar uma decisão.

— Neste caso, faça como quiser.

O casal brigou na frente de Yonghee e, no fim, a farmacêutica saiu vitoriosa.

Na aparência, eles pareciam completamente diferentes, mas, quando brigavam, não eram diferentes de nenhum outro casal. Mesmo casais que pareciam completamente incompatíveis, se ficassem juntos por muito tempo, acabariam se assemelhando não apenas em preferências e gostos, mas também na maneira de falar. Isso era o que os pais de Yonghee sempre diziam.

— Como dissemos que concordamos com a entrevista, acho que agora é a vez de a nossa cliente nos dizer de qual mídia veio, não?

— Sinto muito, mas não sou desse tipo de mídia. Eu realmente sinto muito.

— Mas por quê? Por que está pedindo desculpas? — perguntou a farmacêutica imediatamente, sem esperar nem um décimo de segundo.

— Creio que você ficaria mais satisfeita se a farmácia chamasse a atenção de um meio de comunicação desse tipo. Já que isso ajudaria a promover o negócio.

— Você tem razão quanto a isso. Minha esposa é tão interesseira que receberia com prazer qualquer veículo. *Tsc, tsc, tsc!* — O velho menosprezou a farmacêutica com uma expressão taciturna, sem se importar se os grandes olhos redondos dela se revirassem, revelando o branco dos olhos.

— Você precisa mudar esse hábito primeiro. Como sempre, não perde a oportunidade de me diminuir na frente dos outros. Não só você, mas a sua filha também. Tal pai, tal filha. Quando estiver mais velho, vai se ver comigo. — As palavras da farmacêutica foram rápidas. Até parecia ter se esquecido completamente da presença de Yonghee.

Como teria se desenvolvido o amor entre esse casal, com uma diferença de idade tão evidente? Yonghee ficou curiosa. Veio à sua mente também o clima ruim entre mãe e filha que Yonghee percebera ao entrar na farmácia pela primeira vez. O amor entre um casal ou entre pais e filhos também não devia ser igual para todos.

— Por favor, não entenda mal. Apenas supus isso porque

você disse que queria dar uma olhada, e não sou alguém obcecada por promover a farmácia. Foi por isso que perguntei quando estava pedindo desculpas. Pode ser que você já saiba, mas minha filha não apenas dá aconselhamento, ela também cuida da divulgação do negócio nas redes sociais. Os nossos produtos são bons, mas foram bem divulgados e, por isso, a nossa farmácia ficou bastante famosa.

— Claro. Eu também sei disso. Vim até aqui por causa disso.

— Então, qual é o seu propósito ao fazer a reportagem? — Dessa vez, foi o velho que insistiu. Ambos tinham a mesma personalidade impaciente. Qualquer pessoa que visse aquele casal diria que era uma combinação perfeita. A vida aparentemente nada harmoniosa deles seria digna de enfeitar qualquer página de livro.

— Não estou tentando fazer uma reportagem. Pela primeira vez, vou dar uma aula na faculdade. O tema é o amor. A verdade é que, mesmo na minha idade, eu não entendo nada sobre o amor... Vim para esta farmácia com o desejo de poder ensinar bem sobre o amor para os alunos. Quero aprender com a prática, não apenas na teoria.

De onde Yonghee havia tirado tanta coragem? A primeira sílaba de Yonghee, "Yong", brilhava como nunca.[20]

— Ah! Você é professora universitária — Foram as palavras que o casal pronunciou ao mesmo tempo. Parecia um dueto entre uma meio-soprano e um barítono.

---

20 Em coreano, o caractere 용 (Yong) também faz parte da palavra *yonggi*, que significa "coragem". (N. T.)

Yonghee disse que não era professora, mas apenas conferencista de meio período, ainda que aquilo não mudasse o fato de que lecionaria numa universidade, como seu pai dissera.

— O que você acha que é o amor? — A voz de barítono do velho a pegou desprevenida.

— É isso mesmo. Se você vai ensinar sobre amor aos seus alunos, precisa pelo menos saber defini-lo. — Dessa vez, o tom de meio-soprano da farmacêutica entrou em cena.

O modo como os dois falavam era completamente diferente do sarcasmo de sua colega. Pelo menos, não a criticaram por ensinar sobre o amor sem nunca ter tido a prática.

— Então estão me dando permissão?

— Não tem por que negarmos, não é mesmo? Você quer conhecer o amor. Essa é sua vontade. Estou apenas curioso para saber como vai transmitir isso aos alunos.

— Sim, você está certo. Então, meu marido quer que você nos conte sobre sua definição de amor ou coisa assim.

Yonghee achou difícil encontrar as palavras. No dicionário, o amor era definido como o ato de se preocupar com uma pessoa ou algo e colocar nesse sentimento toda a sua sinceridade e esforço. No entanto, era improvável que o casal tivesse pedido a Yonghee explicações sobre termos que podiam ser encontrados com uma simples pesquisa na internet.

— Eu gostaria de ouvir a opinião de vocês dois. O que é o amor, afinal? — perguntou Yonghee de volta.

— Nós perguntamos porque não sabemos direito também. Achei que uma pessoa que vai dar aulas na universidade saberia... Não é verdade?

A farmacêutica caiu na gargalhada com a resposta contundente do velho. O casal de meia-idade brigava, mas logo se entendia. De certa forma, eles se pareciam com os pais de Yonghee.

— Pois é! Nós também não sabemos. Vendemos produtos para quem quer o amor, mas a maioria prefere fazer com que as pessoas de quem gostam os tomem, em vez de elas mesmas os tomarem. Claro, às vezes duas pessoas se amam e querem que esse amor dure, mas são poucos os clientes assim.

— O amor é...

Yonghee parou de falar. Que tipo de amor ela realmente queria conhecer? Yonghee nunca experimentara o amor de fato. No entanto, tivera uma paixão passageira por alguém. As descrições psicológicas e as histórias de amor que apareciam inúmeras vezes nas obras literárias eram diversas, mesmo que parecessem iguais. Yonghee queria sentir isso também. Queria experimentar com todo o corpo o momento em que ela mesma espalhasse essa luz em direção a alguém, em vez da luz que os outros ansiavam e desejavam de Yonghee.

— Amor não seria a sensação de estar conectado a outras pessoas que antes estavam separadas como ilhas isoladas? A possibilidade de parar de viver apenas como eu mesma e poder sentir a mesma dor e a mesma alegria que os outros sentem?

Depois de dizer aquilo, Yonghee de repente ficou envergonhada. Pensando que era uma resposta desajeitada, lembrou-se outra vez das palavras da sua colega que a censurara, questionando para quem ela poderia ensinar algo que nunca praticou.

Mas os lindos olhos da farmacêutica brilharam ainda mais com essas palavras.

— Então, é isso. Um cliente veio à nossa farmácia dizendo que queria perdoar alguém. A sensação de estar conectado a outras pessoas. Agora consigo entender um pouco o porquê de o cliente querer tomar esse remédio. — Com uma cara muito séria, a farmacêutica soltou palavras enigmáticas.

— Bem, agora que você já viu o laboratório, que tal ir à farmácia? Minha filha já fez muitos aconselhamentos. Então, se a entrevistar, com certeza vai ouvir algo que vale a pena. Se for comprar os medicamentos, também terá que preencher um formulário de consentimento.

Ao ouvir as palavras do velho, a farmacêutica balançou levemente a cabeça, como se tivesse acordado de um sonho, abriu a porta da sala de pesquisas e seguiu em frente. Yonghee fez uma reverência ao velho e seguiu apressadamente atrás da mulher.

Som de um motor quente

Levantou levemente a veneziana. *Tchrrr*. O som da veneziana subindo era alegre e fresco, como o som de uma chuva torrencial durante a estiagem de verão. O carro do patrão estava parado em uma escuridão mais densa que o entorno. Quando apertou a chave, os faróis piscaram. Leehwan sentou-se no banco do motorista e apertou o botão de partida. O som suave do motor ligando e a vibração sutil do motor o fizeram sentir com todo o corpo o instinto de correr. O som do carro respirando. *"Psiu! Calma!"*, ele confortou o veículo como se estivesse acalmando um animal furioso. Leehwan saiu do carro e olhou para o capô, com a sensação de acariciar as coxas fortes e a crina poderosa de um cavalo de corrida. O som do motor era baixo, como o batimento cardíaco de uma fera selvagem, mas parecia vigoroso. Era como se estivesse pronto para partir a qualquer momento se ele pisasse no acelerador.

    Leehwan abriu o capô. Sentiu um cheiro forte de óleo, que o deixou enjoado e tonto. Dentro do capô, enxergava diversos mecanismos complexos e sobrepostos. Leehwan fechou os olhos por um momento, depois os abriu de novo e respirou fundo. As mãos de Leehwan, com luvas de proteção, sentiram os parafusos de montagem do motor. Eram metálicos, duros e firmes como os dentes de uma fera selvagem. A mão que segurava a ferramenta tremia como a mão de um paciente com Parkinson. O patrão disse que iria viajar com ela e pedira a Leehwan para verificar seu carro.

Um ano antes, duas mulheres viajavam em um carro cujo motor se desencaixou devido a uma rachadura no parafuso de fixação, conectado à carroceria. No carro, estavam uma mulher de meia-idade, no banco do passageiro, e outra de trinta e poucos anos, que era a motorista. A mulher de meia-idade tinha uma beleza que faria qualquer um ficar boquiaberto. No entanto, os olhos de Leehwan recaíram sobre a motorista. Ele se sentiu atraído pelos olhos claros e pela expressão amigável que parecia penetrar no âmago das pessoas. Mesmo a conversa que teve com ela quando viera inspecionar o carro posteriormente deixou uma impressão gravada na mente de Leehwan. Desde os personagens absurdos do conto de fadas até a história do rei Midas não tendo escolha a não ser morrer de fome.

Será que as pessoas viam todas as coisas mais ou menos do mesmo jeito? Ele percebeu que o patrão também tinha uma queda pela motorista, com quem tinha uma diferença de doze anos de idade. *Ele é como um ladrãozinho sem-vergonha*, Leehwan amaldiçoou o patrão mentalmente. O patrão demonstrara uma gentileza excessiva ao consertar o carro, e isso era porque tinha segundas intenções. Em vez de fazer com que Leehwan entregasse o carro, o patrão fez questão de ele mesmo ir entregá-lo a elas. Foi um truque para descobrir onde a motorista vivia. Mesmo após a conclusão dos reparos no veículo, a motorista manteve contato com o patrão. Leehwan também passou a chamar a motorista pelo nome, em vez de se referir a ela como uma cliente. De qualquer forma, Hyoseon tornou-se oficialmente a namorada do patrão. Digamos que Leehwan fora derrotado, sem ter chance de travar um duelo formal pela mulher de quem gostava. Felizmente, ou infelizmente, Hyoseon também parecia gostar muito do patrão. Ou melhor, estava claro que ela perseguia o patrão com mais avidez do que ele. Por outro lado, a gentileza excessiva que o patrão demonstrara inicialmente desapareceu e, de repente, ele se tornou frio. Outro pensamento lhe ocorreu: *Como ousa tratar Hyoseon assim, tendo a idade que tem?!*

— Deve ser raro encontrar mãe e filha que não se parecem em nada assim. Se ela pelo menos se parecesse um pouco com a mãe... *Tsc, tsc, tsc!*

Leehwan deveria ter percebido aí os verdadeiros sentimentos do patrão. Nem estranhou quando o dono do restaurante no subsolo disse a Leehwan que o clima entre o patrão e a mulher de meia-idade era estranho. Leehwan então resolveu seguir o patrão, que fechara o centro automotivo por um tempo para sair. Se aquela era a razão pela qual ele tratava Hyoseon com frieza, Leehwan poderia mudar de tática. Será que ele deveria revelar as verdadeiras intenções do patrão para Hyoseon e tentar conquistar seu coração? O rapaz ficou sem palavras assim que viu a mulher de meia-idade com a qual o patrão estava se encontrando. Era realmente um espetáculo.

No dia que Leehwan e o patrão estavam no auge da bebedeira, palavras que ninguém em sã consciência conseguiria ouvir saíram da boca do patrão. Ele disse que fecharia o centro automotivo e faria uma viagem.

— Para onde vai viajar?

— Faz diferença para onde eu vou?

— É claro que faz.

— Escuta aqui! Você ainda não sabe nada sobre a vida.

Cada palavra que o patrão dizia deixava Leehwan irritado, e ele tinha na garganta palavras entaladas, querendo perguntar o quanto o patrão sabia sobre a vida, vivendo do jeito que vivia.

— O que é importante para o patrão, que sabe tanto da vida?

— Escuta aqui! Não é para onde se vai, mas com quem se vai que determina o verdadeiro sabor da viagem.

O tom de voz do patrão subiu ao dizer aquilo, o que indicava que ele estava animado. Não era só por causa do álcool. Também dava para sentir a euforia masculina, potencializada pelo efeito da bebida.

— Está tudo bem terminar assim com Hyoseon?

— Ei, por que você continua falando dela? Ainda por cima, a chamando pelo nome? Bem, pode chamá-la como quiser. Está tudo acabado mesmo.

Leehwan sabia que o patrão viajaria com a mulher de meia-idade. E que a mulher era a mãe de Hyoseon. Ele imaginou o quanto Hyoseon tremeria de raiva, sentindo-se traída, se descobrisse isso. À medida que o álcool continuava a subir, seu corpo ficou incontrolável, e sua mente, turva.

Ele só conseguia se agarrar à ideia de que ambos estavam enlouquecendo.

— Ei, você teve algum progresso com aquela mulher de quem você diz que gosta?

— Agora vou dar o meu melhor.

— O amor é algo que se conquista. Olhe para mim. Tive que tentar dez vezes até que uma deu certo. Ei, Leehwan, seu patrão vai fazer uma longa viagem com a namorada. Certifique-se de verificar o carro para mim. — Quando o patrão disse essas palavras, a mente de Leehwan ficou clara, como se tivesse sido esterilizada por completo, embebendo-a em *soju* claro. Teve um lampejo de como acabar com os dois malucos em nome de Hyoseon.

O veículo do patrão, bastante antigo, fora adquirido em uma loja de carros usados havia dois anos. Ele dizia que o comprou a preço de banana, pois o carro tinha sofrido um acidente, ainda que não houvesse danos no motor. Com o motor em boas condições, o carro saiu praticamente de graça. O patrão, que entendia muito de automóveis, cuidou desse carro como se fosse um novo.

Leehwan estava pensando em mexer no conjunto removível do ventilador. Teria sucesso se deixasse o parafuso de montagem solto. Mas, no momento em que ia mexer no parafuso, a voz de sua consciência veio de um abismo interior de Leehwan e lhe mandou parar com aquilo.

Nesse instante, sua garganta doeu, como se tivesse mastigado pimenta, e lágrimas brotaram de seus olhos. Ele ficou tonto. Sua visão ficou embaçada e seu coração bateu forte, como se fosse saltar do peito. Leehwan fechou o capô do carro e respirou fundo. Uma mulher de meia-idade que roubara o namorado da filha, e um homem que traíra a namorada para ficar com a futura sogra. Aqueles dois tentavam fazer seu comportamento imoral se passar por amor.

Se não tivesse desistido de fazer aquilo, Leehwan teria sido chamado à delegacia de polícia para depor mais tarde. Acidentes em que o motor se separava da carroceria do carro não eram comuns. De qualquer forma, até tinha ensaiado dizer que havia uma pequena chance de acontecer. O registro de um carro reparado um ano antes com o mesmo problema provaria isso. No entanto, lidar com as vítimas de um acidente de carro acabou sendo apenas uma cena imaginada por Leehwan.

No dia em que iriam viajar, o patrão entrou no carro assobiando. Leehwan subiu em sua motocicleta e foi atrás do carro do patrão. A saída cinco da estação Estrada Infinita estava próxima. A silhueta de uma mulher foi vista de longe. Não era a mulher de meia-idade com corpo de manequim. O carro do patrão, que ia à frente, parou com o pisca-alerta aceso. A mulher que olhava para o carro com uma expressão de dúvida era Hyoseon. Naquele momento, sentiu um arrepio nos pelos de todo o corpo. Ficara tão cego de amor que quase podia ter matado a pessoa que tanto amava.

A janela do carro se abriu. O patrão e Hyoseon começaram a conversar. Era claro que o patrão também ficou constrangido. Como estavam na frente da estação de metrô, havia movimento de pedestres e carros indo e vindo. Leehwan buzinou na motocicleta, e o olhar de Hyoseon se voltou para Leehwan. O patrão saiu com o carro, e Hyoseon ficou parada na rua. Era uma situação difícil de entender. Leehwan acelerou em sua motocicleta e voltou para o centro automotivo. O carro estava estacionado em frente ao centro automotivo, e o patrão estava encostado no carro, fumando um cigarro.

— O que está fazendo aqui? Você não ia viajar? — perguntou Leehwan ao patrão enquanto tirava o capacete.

— Acho que não deu certo.

A ficha do patrão parecia ter caído. Um romance de adultério daqueles só acontecia em filmes, e a realidade era cruel.

— O que quer dizer com isso?

O patrão disse que parecia que a mulher tinha confessado tudo à filha. Ou talvez Hyoseon tenha notado o que estava acontecendo e saiu no lugar da mulher para fazer o patrão se dar mal. De qualquer forma, isso significava que o triângulo amoroso, que estava por um triz, fora completamente arruinado. Leehwan se animou.

Certa vez, Leehwan visitara a Farmácia do Amor. O patrão lhe dissera para ir até lá quando ele confessara que havia se apaixonado por uma mulher. O patrão falava coisas sem sentido sobre os produtos vendidos na farmácia, dizendo que fora Hyoseon quem lhe dissera tudo aquilo. Leehwan pesquisou na internet e descobriu que não era mentira. Por sorte, Hyoseon estava na loja. Ela, imersa na música com fones de ouvido, cumprimentou Leehwan calorosamente. A melodia fluida era familiar aos seus ouvidos.

— Que música é essa?

— É uma *chanson*, uma velha canção francesa. Você já deve ter ouvido falar muito a respeito.

— Faz sentido. É familiar aos meus ouvidos, mas não conheço as músicas.

Seu rosto ficou vermelho sem motivo.

— É "Um hino ao amor".[21] Existe até uma versão em coreano.

Leehwan prometeu a si mesmo que se lembraria da música que fluía em seus ouvidos e do título que Hyoseon acabara de dizer.

— A propósito, por que veio até aqui, Leehwan...?

— O patrão me contou que vocês vendem poções do amor.

— Entendi.

A reação de Hyoseon foi amarga.

— É que eu contei para ele que gosto de alguém...

— Isso é motivo de comemoração. Mas, pelo jeito, você ainda não deve ter se declarado.

— É porque essa pessoa já gosta de outra.

— Essa não! Por que será que as flechas do amor sempre acabam se cruzando?

— Não sei o que fazer. Eu preciso desistir dela, mas não é fácil fazer isso, e é doloroso demais.

Leehwan não teve coragem de dizer que a pessoa da qual não conseguia desistir era ela.

— Bem, e você tentou conquistá-la?

A expressão de Hyoseon estava mais séria do que nunca.

---

21 "Hymne à l'amour", canção de Édith Piaf lançada em 1950. (N. T.)

Dava para sentir claramente que tinha uma consideração sincera por Leehwan.

— Ainda não. Ela nem sabe que eu gosto dela.

Como se "Um Hino ao Amor" tivesse atingido seu clímax, a voz da cantora estava toda emotiva. Embora cantasse em uma língua estrangeira, as emoções que sentia em relação ao seu ente querido eram claramente sentidas.

Si un jour, la vie t'arrache à moi
Si tu meurs, que tu sois loin de moi
Peu m'importe si tu m'aimes
Car moi je mourrais aussi

Mesmo que a vida um dia te leve embora,
mesmo que você morra e se afaste de mim,
se você me ama, não importa
porque eu morrerei também.

— Quer dizer que você nem começou a amar, Leehwan. Meu pai diz que, quando um homem está apaixonado, ele arde. Será que você só não se aqueceu o bastante ainda?

— Talvez não. Mas o que posso fazer se só eu arder? Então, por isso mesmo, e se eu comprar o produto daqui e der de presente para ela? E aproveitar para me confessar também. Acho que seria ótimo se ela passasse a gostar de mim depois de tomar o remédio.

Hyoseon levantou o dedo indicador e o balançou.

— Eu também pensei nisso. Na esperança de fazer a outra pessoa tomar e gostar de mim.

— E aí? Você fez a pessoa tomar? Qual foi a reação?

Desta vez, Hyoseon balançou a cabeça.

— Não é bem assim. Em vez de esperar que a outra pessoa retribua o seu amor, a primeira coisa a fazer é ter um coração amoroso e apaixonado e amar. Porque a sinceridade das pessoas costuma funcionar.

Leehwan se sentiu revoltado. Aquilo queria dizer que ela mesma também não conquistara o coração do patrão.

— Mas, mesmo assim, a outra pessoa pode não aceitar sua sinceridade e gostar de outro alguém — respondeu Leehwan com um tom zombeteiro.

— Então, não há muito o que fazer. O amor é uma relação entre pessoas, e não pode ser forçado. Mas sabe de uma coisa? Quando se ama sem restrição, não resta nenhum arrependimento. Então, espero que você também não tenha nenhum arrependimento, Leehwan.

— Mas essa pessoa está sendo enganada.

— O que quer dizer com isso?

— Como expliquei, a pessoa de quem eu gosto gosta de outro. Mas esse homem gosta de outra mulher, de quem ele nunca deveria ter gostado.

Hyoseon soltou um suspiro profundo.

— A equação do amor parece complicada para todos.

— Hyoseon, vou pensar nisso e me lembrar do que disse, que o amor precisa ser dado primeiro.

Leehwan saiu da farmácia. Seu coração estava mais leve só de ter confessado indiretamente para ela.

Deixando para trás o patrão que estava ali, parecendo solitário, Leehwan deu meia-volta em sua motocicleta. Estava convencido de que agora era a hora de botar em prática o conselho que Hyoseon lhe dera.

As ruas residenciais da Estrada Infinita do Amor estavam repletas de X vermelhos. Parecia que a demolição começaria em breve. Leehwan agarrou o guidão da motocicleta e pisou no acelerador com força. Um barulho alto escapou da moto. O que será que tinha acontecido com a Farmácia do Amor? Será que ele não poderia mais comprar uma poção do amor? Leehwan estava impaciente.

Como esperado, a Farmácia do Amor estava fechada e apagada. Leehwan encostou a moto e tirou o capacete. Um aviso, colado na porta de vidro com fita, chamou a sua atenção.

A Farmácia do Amor está temporariamente fechada.

Depois da construção dos novos edifícios comerciais, previstos no plano de reabilitação da rua 3 da Estrada Infinita do Amor, iremos recebê-lo com uma nova cara.

Durante esse período, entre em contato conosco de acordo com as informações de contato abaixo.

Você ainda pode comprar a poção do amor. Esperamos que aproveite bastante.

Endereço: Sala 605, Edifício Gusam, rua 3 da Estrada Infinita do Amor, Yeonmo-gu
Contato: 070-7***-4***

Leehwan digitou o endereço e as informações de contato em seu celular. Não é porque existe o goleiro que não se pode marcar um gol. Aquela era uma regra do futebol que valia também para o amor. Além disso, se o goleiro estivesse distraído, olhando para o outro lado do campo, era apenas uma questão de tempo até que o gol fosse feito. Leehwan virou sua motocicleta e saiu da área residencial.

As pessoas que procuram o amor continuariam a consumir os medicamentos que seriam vendidos na farmácia recém-inaugurada. Leehwan também tomaria a poção do amor regularmente. Como se fosse um suplemento do amor. Até que seu coração se tornasse tão afetuoso em relação à outra pessoa que ele pudesse fazer de tudo por ela. Como Hyoseon dissera, se o amor também fosse parte dele, um dia ela reconheceria a sinceridade de Leehwan.

Quando um amor termina, um novo amor começa no mesmo lugar. Ele só esperava que ela percebesse isso. O som estrondoso do motor da motocicleta de Leehwan ecoou longe na Estrada Infinita do Amor.

Fim.

PALAVRAS DA AUTORA

Embora eu venha me dedicando muito a escrever um manuscrito de mil páginas, ao escrever as "palavras da autora", que ocupam apenas algumas delas, às vezes me sinto como se tivesse atingido um muro enorme. O romance de uma contadora de histórias podia acabar por aí. Tenho vergonha de dizer que preciso acrescentar mais alguma coisa. Mas isso é mesmo uma autocontradição. Sempre que leio um romance, fico obcecada pelas "palavras do autor". Deve ser a curiosidade de uma leitora de vislumbrar a verdadeira face do autor que criou um mundo ficcional. Nesse caso, eu não deveria hesitar em me mostrar, como uma cortesia aos leitores.

Faz vários anos que ensino "Prática de Criação de Romances" e "Literatura com o Tema do Amor" para estudantes universitários. Embora lecionasse todas as semanas sobre o amor em obras literárias, eu realmente não tinha pensamentos profundos sobre o assunto. Talvez estivesse insensível à sensibilidade de falar sobre o amor.

Em uma aula de "Prática de Criação de Romances", um aluno falou sobre o amor de um modo que parecia não combinar com sua idade. Ele estava apresentando a resenha que fizera de um romance. A orientação sexual e o ambiente familiar revelados abertamente por um estudante de dezenove anos me pareceram um tanto chocantes. Naquele instante, me deparei com uma questão bastante séria: o que é o amor? Depois disso, passei a acompanhar o aluno com interesse e carinho, com um olhar livre de preconceitos. Estávamos falando da mesma coisa? O aluno também me acompanhou (até diria que ele abriu seu coração para mim, já que criticava sem dó na minha frente as pessoas que o tratavam com preconceito). Quando o segundo semestre começou, reparei que o aluno não estava na lista de presença. Perguntei à turma, e eles responderam que ele havia tirado uma licença. O aluno nunca mais voltou à escola, e aquilo permaneceu como uma dor no meu coração durante muito tempo. *Farmácia do Amor da Família Botero* é uma obra inspirada nesse aluno. Cada um vive com sua própria sombra e sua própria luz. Só espero que o amor desse aluno se torne uma alavanca para uma vida na qual sombra e luz se unem.

O amor faz parte das pessoas, e escrever um romance não é diferente de viver uma vida. Ao contrário do meu trabalho anterior, que se concentrou nas más intenções do ser humano, neste trabalho procurei retratar o processo de pessoas bem-intencionadas, curando com amor as feridas que receberam na vida. Seria pretensão demais esperar que o amor da família Botero e das pessoas que visitaram a farmácia se espalhe infinitamente?

Muitas pessoas contribuíram para que esta obra fosse colocada no mundo. Minha mãe idosa, que gosta de ler mesmo aos oitenta anos, é a fonte de minha obra. Mãe, obrigada.

Vou escrever muito! Gostaria de expressar minha gratidão aos meus velhos amigos Seonhee e Jooyeon, que aguentam pacientemente todo tipo de reclamação sempre que escrevo o primeiro rascunho de um romance. Amigos, por favor, aceitem, mesmo que eu reclame de novo que escrever é insuportável de tão difícil! Professor Jo Dongseon, irei para a Ilha Yeongjong com o seu sexto romance. Obrigada sempre.

Por último, gostaria de expressar a minha mais profunda gratidão ao CEO da Clayhouse, Yoon Seonghoon, que acreditou neste trabalho e me apoiou até o fim. Cada momento que compartilhamos foi verdadeiramente feliz.

Agora vou amarrar os cadarços para mais uma viagem ao mundo da ficção, pois acredito que isso é o melhor que posso fazer, como romancista, para os leitores deste livro.

Agosto de 2022
Lee Sun-Young

SUA OPINIÃO É MUITO IMPORTANTE
Mande um e-mail para **opiniao@vreditoras.com.br** com o título deste livro no campo "Assunto".

1ª edição, nov. 2024
FONTES Bogart Bold 12/16,1pt
        Noto Serif Regular/Italic 10/16,1pt
        Noto Serif KR Medium 8/9,6pt
PAPEL Pólen Bold 70g/m²
IMPRESSÃO COAN
LOTE COA081024